錯雑

アズサの歌が流れて

椎葉乙虫

Sakuzatsu

azusa no uta ga nagarete

Shiiba Otomu

◎登場人物

◎東京の部

辛島　慎吾　　警視庁刑事
伊東　淳士　　警視庁刑事
今井　芽衣　　池上署婦警
山脇　亮一　　渋谷署刑事
山脇　健太　　亮一の長男
一谷　研児　　渋谷署刑事
佐伯　英明　　帝都大大学院生
寺尾　竜哉　　帝都大大学院生
栂沢　梓　　ジャズシンガー
栂沢　千代　　天城山道場の主
栂沢　奈弥子　　陰陽之館の主
おうめ　　天城山道場の使用人
桑田　隆一　　〈pit〉オーナー

◎九州の部

古賀　靖生　　東都医大病院医師

尾原　祐希　　東都医大病院看護師
古賀　丈治　　（株）ＫＩＨ社長
古賀　直輝　　丈治の子
剣崎　美沙　　直輝の婚約者
肝付　利兼　　福岡県警刑事
秋吉　利一　　元ＫＩＨ社員
定岡　正之　　元ＫＩＨ社員
柳瀬　隆司　　元ＫＩＨ社員

◎大阪の部

豊川　長次朗　　秀栄薬品社長
豊川　将成　　秀栄薬品総務部長
豊川　嘉和　　秀栄薬品東京・部長
豊川　恵利子　　長次朗の娘
犬山　欣也　　秀栄薬品常務
立木　鉄夫　　嘉和の手先
蒲田　則男　　将成の手先
田中　幸子　　元豊川家の家政婦

目次

装幀　オフィス・ミュー

錯《さく》雑《ざつ》

アズサの歌が流れて

第一章　二〇〇八年　東京・渋谷

1

今年の桜は例年並みになりそうだと、ぼんやりぬるめの風呂に浸かっていた。三月の十日が過ぎてからの一週間は、暖かい日が続いていた。この調子だと開花は滅法早いのではないかとＴＶで報じられていた。それが今週になって寒さが戻り、蕾が縮こまってしまったのだろうか。そんなことを思いながら、夕方から降り始めた雨音を耳に、湯船で手足を伸ばしていた。

「お父さん電話よ」の声で現実に引き戻された。今日は春先の金曜日とあって午前中から忙しい一日だった。先ほどやっと家に戻って、一本付けて夕飯を済ませたところだ。こんな遅い時間に何があったんだと、悪い予感が脳裏を掠めた。だが湯船の中で立ち上がって、妻の手渡してくれた携帯電話に出る。

「なんだ風呂か、声が反響してるぞ。あのな、道玄坂で仏さんが出たんだ。すまんが行ってくれるか。俺もすぐに家を出る」

「殺しですか？」

「事故か事件か、詳しいことはまだ分からん」

課長からの電話だった。湯冷めで風邪でも引いたらまずいと、冷水を浴びて身体を引き締めて風呂場を出た。

「ああ、今日慎吾君から電話があったよ。明日にでもうちに来たいらしい。良いか？」

「慎吾が？　何でしょう」

「土曜だから、ゆっくり酒でも飲みたいんじゃないか？　四月から所轄署に配属になるんだろう、そんな話なんじゃないかな。何か肴でも用意してやってくれ」

十一時十五分、呼び出しのかかった山脇亮一刑事は、急いで現場に直行した。まだ少し酒の臭いがするんだろう、先に来ていた係長は酒気に気が付いたようだ。

「おう、ご苦労さん、風邪引かんようにな」

横目で頷いて見せた。

「仏さんは病院に運んだ。心肺停止でな、救急車で搬送中にはほぼ死亡状態だったようだ。酔って階段を踏み外したか何かだろう。今のところ喧嘩や諍《いさか》いの痕跡はない。すまんが念のため近所を当たってくれ」

呼び出しで出てきた三名の刑事と手分けして、周囲を聞き込みに回った。日本で有数の繁華街、酔った挙げ句の喧嘩や諍いは絶える間がない。殆どが交番で処理される程度のものだが、傷害が絡むと所轄の渋谷署から刑事が出向いて処理に当たる。

春は、卒業の送別会や部活の新旧交代の集いなどと、学生たちの浮かれ気分のパーティーシーズンだ。その三月二十一日（金）夜半、坂道の階段の途中に若い男が倒れているのを通行人が見つけて、救急車を呼んで一一〇番にも通報した。酒の臭気が強くて単なる泥酔者とも見えたらしい。場所は渋谷区道玄坂の飲食店街の一廓で、脇道にある小さな石段の、下から二段目辺りだ。発見者は少し先の飲食店の従業員だった。十時半に店を閉めて、帰宅する途中で倒れている男を見つけたのだ。すぐに通報したのが十時五十分。駆けつけて搬送した救急救命士の話では、既に心肺停止状態だったという。まだ体温の低下は見られなかったので、急いで救急処置を施した。搬送中も心臓マッサージを続けたが、蘇生することはなかった。

いち早く駆けつけた警官が救急車に運び込む男を見ていた。男は若く身長が一八〇センチ前後で均整のとれた身体だったという。雨に濡れて髪が乱れてはいたが、顔立ちはやや面長で整った目鼻立ちだ。身体には階段から転がり落ちた時に出来たと思われる後頭部の打撲痕以外に、目立った外傷はなかった。そぼ降る冷たい雨のなかで、かなりの酒の臭いを発していたと報告されている。搬送された病院に向かった刑事からも、同様の報告が入った。診断に当たった病院の医師の見解は、後頭部の打撲痕以外には外傷は見当たらないが、階段を落ちた時に後頭部の首の付け根を強打したのだろう、ほぼ即死の状態だろうと言っていた。おそらく延髄部分を強打したことによる呼吸停止が直接の死因で、搬送時は既に心肺停止の状態だっただろうと、救急隊員と同じ意見だった。

特に薬物を嚥下した痕跡（形跡）はなく、従って薬物反応もナシ。時節柄学生たちのパーティーや飲み会が多く、何処かで痛飲して酔った挙げ句の転倒事故のように思える。倒れていた現場は雨に洗われたのか、それらしい痕跡は階段の何処にも残されていなかった。後から駆けつけた山脇も、そのことが少し気にはなった。だが、現場には事件性を示唆するものは何も見当たらなかった。

病院に向かった刑事の報告では、財布など所持品がダウンジャケットのポケットから出てきたという。所持していた定期券と学生証から身元が判明。氏名は佐伯英明で二十四歳、帝都大学文学部で大学院修士課程とあったそうだ。

「んん、なんだよ秀才じゃないか、しかも眉目秀麗なんだろう？　若いのにもったいねぇよな」

と言ったのは出来の悪い息子を抱えている係長だ。そして住所は、目黒区柿の木坂となっているという。

「なんとあの辺りはお屋敷ばかりだ。それにしちゃあ所持品の中に携帯電話が見当たらないんだろう？　変じゃねえかい」

そうなると、単なる事故に見えるものの、傷害致死もないとは言い切れない。

すぐに現場を離れた山脇は、同僚の一谷刑事と発生直後の現場周辺の聞き込みに回った。とはいえ、春が遠のいたような冷たい雨で、いつもは若者たちの闊歩する街も人通りが途絶えがちだった。これといった目撃情報や争った物音など騒ぎとなる話は、何処からも得られなかった。少し離れた場所に遅くまで開いている飲食店が数軒点在する。一軒ずつ聞き込みに回ったが、おかしな話で被害者の立ち寄った店は出てこなかった。被害者はこの辺りで飲んでいなかったのだろうか。だがそうなると、何故この場所なのかと疑問が湧く。

二人は雨の中から身をすくめて署に引き上げたが、手分けして回っていた別の組も同様の結果だった。

病院から戻ってきた刑事の話では、息子の事故死の連絡を受けた両親は、すぐに病院に駆けつけてきたようだ。

佐伯英明の父親は農林水産省の課長職で、感情を表に出さない性格なのか毅然《きぜん》とした態度を崩さなかった。妻はいかにも品の良さそうな装いで、すらりとした俗に言ういい女だった。そして気丈なのか泣いて醜態を晒すようなこともなく、涙すら見せずに姿勢を正していた。その夫婦の様子には近寄りがたい雰囲気があり、プライドの塊にさえ感じられた。だがすでに死亡が確認されたことを聞かされ、雨の中を帰って行く後姿が何とも寂しげだった、そんな説明があった。

被害者が搬送された病院に駆けつけた検視官は、そのあと現場にも回ってきた。だが夕方から降り出した小糠雨《こぬかあめ》に濡れた路面からは、痕跡らしき物が何も見つけられなかった。結局、検視官からは事件性は見られないとされ、酔ったうえで足を滑らせ転倒、運悪く後頭部強打での死亡の公算が強いと報告された。

翌日は土曜日だったが、山脇は朝から普段通りに出勤した。昨夜の死亡事故で、捜査課は全員が出て来ていた。課長は全員からの報告を受け、即座に結論を出した。

「事件性を示すようなものは何もなかったようだな。事故死で決まりだ。山脇、今日中に調書を提出しといてくれ、事故死でな」

「だけど課長、何か引っかかるんですよ。今どきの若者が、携帯を持ってなかったなんて、ちょっと変じゃないですか。手を下した者が持ち去った可能性が大きいように思えるんですが」

「昨夜の聞き込みじゃ、事件に繋がるような、喧嘩や争いなんか出なかっただろう？　交番にもそれらしい通報は何もなかったんだよな。泥酔した挙げ句の転倒死で決まりだ」

それでも山脇は、すんなりと応ずる気にはなれなかった。いくら泥酔していたからといっても、元気な盛りの若者があんな死に方をするなんて、はいそうですかと簡単に納得できかねた。だが、朝になって上がってきた鑑識からの報告では、争った形跡が全く見られず、第三者が関与したとは考えにくいとあった。課長はそれで決まりだと言ったが、山脇は喉の奥に小骨が刺さったままになっているような気分がしてならなかった。そんな山脇を見て、古参の刑事が話した。

「昔な、俺が世田谷署に居た頃の話だ。若い連中がふざけあって起こした事故なんだがね。全員が乗用車を降りて、後ろで屯《たむろ》して喋り合っていた。中の一人が車のトランク部分に腰掛けていたんだな。話から抜けて、運転席に乗り込んでいった奴がいて、ふざけ半分でサイドブレーキのレバーを外した。若干下り気味の場所だったから、車はほんの少しスルスルと動きだした。その拍子に腰掛けていた若者が滑り落ちてしまった。そして、道路に転がったまま動かなかった。仲間は冗談だと思ったが、一向に起き上がる気配がない。起こそうと手を摑んで引っ張りかけたが、ぐにゃっとしてまるで意識がない。おかしいと気が付いて、よく見ると呼吸をしていないし、脈までがない。“やばい”と慌てて救急車を呼んだ。十分ほどで到着した救急車の隊員は、即死状態だったと漏らした。どうやら、滑り落ちた時に車のバンパーで後頭部の延髄辺りを打ったらしいのだ。大騒ぎになったが、被害者の家族が訴えなかったため事件にはならなかった。後頭部の打撲では、延髄はさほど強打でなくても呼吸が停止してしまうらしい。恐ろしいもんだよ」

佐伯英明は足を滑らせて転んだ拍子に後頭部を打った。打ち所が悪かっただけのことなのかも知れない、と言いたいんだろう。だけど山脇は、そうですかと素直に受け取れないもやもやがあった。

その後上がってきた聞き込みからは、その日研究室の送別会がお茶の水の店であり、被害者の佐伯も参加していたことが分かった。だが、九時過ぎにその飲み会は終了している。そして皆と別れた後、事故の現場までの佐伯の行動が分からないままだった。九時から事故発生の十時五十分まで彼は何処にいたのか、誰かと一緒だったのか、証言や情報が全くなかった。

なんとも被害者佐伯の影が見えてこない。彼は何処からどうやって何のために、渋谷のその場に来たのか。一人で現場まで来たのか、誰かにこの場まで連れてこられたのか。まさか空から舞い降りたとか、タイムトラベラーのように突然姿を表したなんていうんじゃあるまいし。それに十一時少し前、遅い時間帯とはいえ渋谷の繁華街の外れ、全く目撃証言の出ないことに、山脇は引っかかった。さらに、知的階級に属するような若者が、携帯電話を所持していないことに、少しばかり奇異感を持った。これが単なる事故ではなく、殺人であったとすれば、犯人が自分の痕跡を消すために持ち去ったとも考えられる。一概に事件性がないとは決めつけられないと山脇は思った。経験から事件性を感じて進言した山脇の説は、課長や署長に「今どきの科学捜査の時代に刑事の勘など時代遅れ」と一笑されたが、心には疑問が残されたままになった。調書作成はその不明な点を埋めてからにしようと思った。

2

山脇は気乗りのしないままに、その日の午後佐伯の家に出向いた。

佐伯家は古くからある高級住宅地の一郭にあった。百坪ほどもあろうか、やや広めの敷地に建っている家は、建築後さほど年数が経っていないようなコンクリート住宅だった。

土曜日ではあったが、父親は朝から出かけていた。母親は口を濁していたが接待ゴルフなのだろう。死んだ英明はその佐伯家の次男で、家庭は祖父と両親、それに兄の五人家族だった。祖父と父親と兄は、それぞれが皆帝都大卒の国家公務員だ。祖父と同じように財務省に勤めている三歳上の兄は、長期研修で日本を離れていた。日本の中枢を担う高級官僚一家なのだ。だが英明は公務員になることを嫌がって、法科を避けて英米文学を専攻したという。

「めったに親の意見に逆らうことなどなかったのに、うちの家風がよほど嫌だったのかしらね。高校時代には音楽に夢中になってましたけど、父親に禁止されてオーディオを捨てられてしまいました。大学に入ってからはその反動でしょうか、絵画や音楽それに文学に熱中していました」

と母親は洩らしていた。

「昨日英明は、研究室の送別会コンパだから夜は遅くなるって出かけました。お茶の水だとか言ってましたね」

「そうですか、遅くまで飲んでいたんでしょうね。そこで飲み過ぎたんですか」

「でも英明は酔って醜態を晒すようなことは今までありませんでしたよ。うちの家系はもともと酒には強いほうですから、英明自身もウワバミのくちなんです。それに道玄坂だなんて、何の用事があったのか知りませんけど、石段を踏み外して転倒死など考えられません。もっとしっかり調べてくださいませんか」

「学校は春休みに入ってますから、もう誰も残っていないでしょう。昨日の詳しい状況を知りたいのですが、どなたか英明さんと親しい人や友人か仲間をご存じありませんか」

ちょっと待ってくださいと、母親は玄関脇の階段で二階に上がっていった。上でゴソゴソ音がしていたが、十分ほどして降りてきた。

「こんなクラス名簿しか見当たりませんね。日々の口ぶりでは、この中の三好さんと寺尾さんが親しかったようでした。他にはちょっと思い当たりません」

大学院の同学年生の名簿のようだった。専攻別に記されている中で、英米文学の欄に佐伯のほかに五名の名があった。携帯番号、それにメールアドレスが書かれていたが、住所欄がなかったのは、個人情報流出に気を配ったためだろうか。

「それから、英明さんの所持品には、携帯電話が見当たらないんですけど、何か心当たりはありませんか」

「ああ携帯電話ね、二十日の朝でしたか、何処かに忘れたようだって、出がけに騒いでました。学校に忘れて来たんじゃないのって私が言うと、研究室を出た後も使ったんだって言ってましたけど、結局なくしたんですね。ドコモに連絡したようです。二、三日待って出てこなかったら買わなきゃ、携帯電話がないとホント不便だよなあって言ってました。何か関係あります？」

「いいえ、今のところ特には。それで、英明さんは誰かに故意に突き落とされたとお考えですか」

「それはあなたたち警察が調べることでしょう」

「息子さんは誰かに恨みを買っていたなんて、考えられますか」

「分かりません。ただ、多少正義感が強かったところがありましたから、逆恨みを買うことはあったかも知れません。でもそんなに激しやすい性格ではありませんでした。若さからでしょう、善悪をはっきり言い切るところがありましたけど」

母親の言葉を鵜呑みにした訳でもないが、事件性の有無をもう少し確かめてみる必要がありそうだと思った。

その日昼過ぎに家を出た英明は、一旦学校の研究室に寄ってからそのままお茶の水の会場に行ったのだろう。だが今どきの若者が携帯電話も身につけていないで、さぞ不自由だったに違いない。山脇にすれば、携帯が残されていないことで、捜査が一向にはかどらないことに苛立ちを覚えた。被害者の通話履歴が、日頃どれだけ捜査の助けになっているかを改めて思い知らされた。それでも携帯電話を所持していない理由が判明したことで、事件の可能性が少し薄らいだようにも思える。あとは空白の時間と渋谷に居た理由が埋まれば疑う余地はなくなるのだが……。

課長に言われていた調書の作成は、もう少し調べてからにしようと、その日は早めに署を出た。

☆

山脇が家に戻ると、既に慎吾は食卓テーブルに座って妻の淑江を相手に茶を飲んでいた。広くはない官舎、その食卓が憩いの中心でもある。玄関を開ける音で立ち上がった淑江は、風呂に湯を張り始めた。帰宅するとすぐに着替えて、風呂に入り酒という手順になっているんだと、叔母の淑江は説明した。やがて浴衣姿の山脇が席に着く頃には、三種類ほどの肴が食卓に並んでいる。

「待たせたな、先にやっていてくれれば良かったのに」

「そう言ったんですよ。でもその家の主が帰る前に、飲み始めるのはちょっとと言ってね。慎吾も少しは大人になったんですよ。ちゃんと一升瓶一本持ってきましたよ」

「んん、鬼平犯科帳か」

山脇はテーブルの脇に乗っていた文庫本に目を落とした。

「好きなんですよ、池波正太郎。皆に時代劇なんてダサーイって笑われますけど」

「俺も好きだな、剣客商売なんて良いじゃないか」

「時代小説は良いです。でも本当は劇画の方が好きなんですけど、バッサーと斬る場面ではぐっときますね、胸がすかーっとします。でも漫画はやめろって上司に言われちゃって。警察官がバカにされるし、犯罪者に舐《な》められるって」

「いや、舐められる方が良い場合もある。強面《こわもて》で頭ごなしに接したら良いってもんでもないだろう、俺はそう思うけどな」

叔母は両手で瓶を持ち、二人のグラスにビールを注いだ。取りあえずはビールと、二人はグラスを傾ける。

「池上署に決まったらしいな」

「ええ、比較的穏やかな署らしいですね。ちょっと気合いを外されたような気分です。まあ少し気負いすぎていたんですかね」

「池上署か、それも良いんじゃないかな。定年までは先が長いんだ。じっくり心の地盤を踏み固めるには良いチャンスかもしれん」

「そうですね、剣道もしっかりやりたいし、昇進試験もあるし……ですか」

「忙しい所轄に異動になると、そんなこと言ってられんからな」

「研修で一年間、あちこちの署に回されたんですけど、何処も皆ベテランの猛者ばかりでした。僕らはほんのちょっぴり表面だけを覗いて来ただけなんですね。それぞれの部署の雰囲気だけは分かりましたけど。それじゃあ本番には頑張ってやるぞーって、張り切っていたんですよ」

「確かに各所轄にはかなりの違いはある。だけどな、そう言ってしまえば同じ署内でも部署が違うだけで様子ががらっと違ってしまう。刑事課と生活安全課は仕事の処し方が違うのは分かるだろう？　交通課や庶務課もまた雰囲気が全く違う。だがそれぞれに一所懸命に仕事をしているんだ。何処に回されても精一杯やるしかないんだよ」

「それは分かります。でも忙しい部署の方が働き甲斐がありますよね」

「下町の署は確かに活気があるから、仕事の張り合いがあるかもしれんな。次の異動では何処に回されるか。忙しい署の刑事課なんかに配属になったら、昇進試験どころじゃなくなってしまうぞ。中には刑事課を避けて試験勉強にあくせくする者もいるがね」

「警部補ぐらいにはなりたいけど、まずは巡査部長の試験ですね。でも捜査課の刑事になりたくて警察に入ったんだからそっちもしっかりやらなくちゃ。叔父さんみたいに……」

「所轄の刑事なんて、縁の下の力持ちってやつでな。誰に見向きもされないでもこつこつやる、そんな仕事だ。俺も捜査一課に移りたいと思った時期もあったけど、所轄の仕事も案外捨てた物じゃない。毎日毎日愚にも付かないことばかりで、いい加減嫌になる時もある。だけど直接市民と触れ合えるんだ、案外人間味があって楽しめる」

「やり甲斐のある仕事だと思いますよ。そりゃあ一課のように重大事件を追いかける方が、華があるんでしょうけど」

「おい、俺に日本酒を付けてくれ。慎吾はどうする。ビールか」

「じゃあ僕も日本酒、叔母さんお願いします」

「姉さん言ってたわ、最近慎吾も一丁前に飲むんだからって」

「さっきの話なんですけど、舐められても良いって……」

「そうさな、人はどんな馬鹿な奴でも何か矜恃を持っているもんだ。自分が相手より上の位置にある部分を感じると途端に気安くなる。胸襟を開いてくれる、たとえパチンコの釘の見方を知っているなんてことでもだ。絶対に言わないとつっぱっていた奴が、あっさり口を開くってこともある」

「それで自供を取り付けるってことですか」

「必ずしもそう上手くいくとも限らない。ハタから見ればぐうたら刑事に見えるかもしれない、だから俺は所轄どまりさ。でもな、漫画が好きなら、チャンバラが面白いなら、それも良いんじゃないか」

少し酔いが回ってきたんだろうか、言い回しが諄《くど》くなってきた。でもそんな叔父が人間臭くて良い、慎吾はそう思った。

三日後に英明の通夜が行われた。親類関係が十数名、高校時代の同窓生が数名、研究室からは講師と助教それに寺尾と三好が参列していただけだ。あとは父親の職場関係者だろうか、二十名ほどが集まっていた。

山脇は、母親の言っていた寺尾と三好を見つけて脇に誘い、死亡当夜の話などを詳しく聞いてみた。二人とも地味な風体で、髪もこざっぱりしている。他の研究室仲間たちは、送別会の翌日にはそれぞれ地方の実家に戻ってしまったそうだ。なにしろナンバーワンの大学だ、日本全国から集まる学生が多いことを改めて知らされた。

「送別会での彼の様子はどうだった？　何か気になるようなことはなかったかな」

刑事という人種に興味があったのか、好奇心丸出しの目を向けてきた三好は、小柄で痩せぎすの狐顔だった。

「刑事さんが聞き回っているって、事件なんですか。事故じゃなかったんですか」

「いやそういうことではないんだよ。事故でもきちっと報告書を作成しなければならないんでね。なにしろ人が一人亡くなっているんだから、いい加減なことで済ます訳にはいかないいんだ。それで、何か気が付いたことってないかな」

「特別変わったことなどなかったなあ。まあ教授や助教にしても、話題は自分の研究している専門分野のことばかりで、面白い話なんてありませんしね。予定通り九時にはきっちり終わって、二次会に流れるつもりだったけど、佐伯は先に帰ってしまったんですよ」

「佐伯君はいつもそんな風だった？」

「そんなことはないですね。彼、付き合いは悪くないほうで、飲み会ではたいていは最後まで飲んでましたよ。何しろ酒好きのほうだったから。だけど、飲むと少し諄くなるんでね。理屈っぽいのは帝大生の専売特許なんだけど」

先に帰ってしまったのは、その日に限ってのことのようだ。

「当日はかなりの量を飲んでたんだろうか」

隣に座って飲んでいたという寺尾が答えた。中肉中背の大人しそうな青年だ。

「まあそれなりにね、ビールから焼酎に替えて結構飲んでましたよ。ウーロン割で六〜七杯だったかな。佐伯は強いから平気な顔をしていましたけど」

「二次会に付き合わなかったとなると、事故のあった十時五十分まで、彼は誰とどこにいたんだろう。知っていることがあったら教えてよ」

「さあねえ、特になにも聞いてない。もう一軒行くかと誘ったけど、今日はちょっと……と断ってきた。女かって聞いたら、いや野暮用だと言ってたけどどうなんだか。アイツはもてるから結構いろんな女子大生と付き合いがあった。だから、てっきりその口だろうと、こいつに冷やかされていたんです」

　話を振られた三好は、口をとがらせて弁明した。

「合コンやっても、いつもあいつに女性たちが集中するから、俺らは引き立て役ですよ。佐伯が良いところを持っていってしまうんだ」

「佐伯君が付き合っていた女性知ってるかな。どんな人だったか……」

「付き合ってた女？　さあ誰だろうな、でもあの晩は女と会うような口ぶりじゃなかったですよ」

　佐伯が付き合っていた特定の女の存在を、二人は聞いていないようだ。そんなわけで、寺尾たちと別れたあと事故のあった時間までの佐伯の行動は、依然として不明のままだった。最後に二人の携帯番号を聞いておいた。別れ際に寺尾が、思い出したように付け加えて言った。

「二ヶ月ほど前のことだけど、佐伯が女性と寄り添うようにして歩いていたのを見たんです。渋谷の宇田川でしたね。気になったのはその女性が、眩しいほどに輝いていて、ファッション雑誌から抜け出たような良い女だった。かなり親しそうにじゃれ合っていたように見えたので声はかけませんでした」

「何歳位の、どんな印象の女性だった？」

「ジーンズで地味な服装だったから、学生なんだろうか。二十歳ぐらいかなぁ」

「その女性、前に何処かで見た記憶はないかな」

「いや、初めてですね、コンパでも会っていません。あんな良い女、何処で見つけてきたんだろうって思ったぐらいだから、全く初めて見る顔です」

少々気になる情報だった。二ヶ月というのは正月過ぎ頃のことだろうか。そしてもっと気になることは、酒好きな佐伯が二次会の誘いを断ってまで行かねばならない野暮用とは、いったい何だったのか。


携帯電話紛失のことは、研究室で大騒ぎをして探し回っていたのを仲間が知っていた。そのことについての寺尾たちの証言は、母親の話と一致している。捜査をしている警察にしてみれば、全く間の悪い話だ。

翌日鑑識から上がって来た報告によると、血中アルコール濃度は二・六ミリグラムと、強度酩酊の域に達していたとあった。その数値は、若者といえども運動失調の状態であった数字だといえる。寺尾たちと別れた後に痛飲したのだろうが、一体何処で誰と一緒だったのか。いずれにしてもこの数字から、事故死の見解が決定的になってしまったのだ。

コンパのあったお茶の水から渋谷の現場までの間に、佐伯は何処に居たのか。誰かと一緒だったのか、野暮用というからには相手は男か、いや、恋愛対象でない女ということもあり得る。だが一向にその一時間五十分の溝が埋まらなかった。送別会会場のお茶の水から自宅の東急東横線の都立大前に帰る途中で下車したのか。あるいは待ち合わせをして誰かと会っていたとも考えられるが、それが渋谷だったのか？

被害者の周辺を聞き込んでみても、何らトラブルらしい醜聞は出てこずじまいだった。もっとも、この若さで殺されるほどの恨みを買うことは稀だとは思っていた。あれば特殊な関係者だろうから、周囲の誰かが気付いている筈だ。結局遺恨がらみの線はないと判断するしかなかった。

一方違った見方からすれば、若者は些細なことで言い争いに巻き込まれるものだともいえる。正義感の強い者はその可能性が特に大きいだろう。そんな憶測から、佐伯の倒れていた周辺で、繰り返し何度も目撃者を捜し回ってみた。けれど近所の交番にも、小競り合いやその類の届けは出ていなかった。佐伯自身は血の気の多い方ではなかったという。何者かに絡まれて突き落とされたという見方も出来なくはなかったが、その線も出てこないままだった。

小事件多発の忙しい日々のなか、暇を見ては佐伯の写真を持って周囲の飲食店を回ってみた。それでも彼が立ち寄ったという店は出てこなかった。そして佐伯と女性が一緒だった可能性もあり得ると、併せて聞いて回ったが、その線も徒労に終わった。

解剖結果が出た。首の後ろの付け根に打った痕跡が残っていることから、延髄を損傷したことでの即死と報告された。鈍器で打ったような打撲痕は、コンクリート階段の直角部分に強くぶつけた痕跡に合致するとあった。他に外部から受けた身体の傷はなかった。そのことから、トラブルや争いに巻き込まれた疑いはないものとされた。

その結果、結局は当初の推測通り、酔って濡れた階段で足を踏み外した転倒死ということに落ち着いた。所轄では日々の忙しさが半端ではない。傷害致死の事件扱いとなると捜査本部を設置しなければならない。あえて面倒なことに関わりたくないという上部の思惑もあったのかもしれない。

遅れてしまったが、二十六日（水）、空白の一時間五十分が埋まらないまま、山脇は事故死の調書を仕上げて上に回した。


昼近くになって、甥の辛島慎吾から携帯に連絡があった。近くまで来ているけど、忙しくなかったら昼食を一緒にどうかという。つい先日ウチで一緒に飲んだばかりなのに、何か言いたいことでもあったのかと思ったが、たまには気分転換に甥とランチでもするかと、了解と答えておいた。

慎吾の母親は山脇の妻の姉にあたる。慎吾には三歳上の姉がいて、幼い頃は活発だったその姉によく泣かされていた。男のくせにだらしがないんだからと、母親は嘆いていた。その慎吾が高校の頃から目立って身体が大きくなり、剣道を始めだした。そのまま大学時代も剣道を続けていたのは、叔父を見て警察官になりたいからだった。

三年前に大学を卒業して警視庁に入った慎吾が、警察学校を修了したと報告に来たのはその年の九月だった。そして半年の研修後に一年の実地であちこち回されて、やっと池上署に落ち着いたという。その間に何かと話を聞いたり、相談にのってやったりすることもあった。まだ警察の組織内での苦労や捜査の苦渋など何も分からないヒヨコだが、前向きな精神でひたむきに進んでいる慎吾を見て、山脇は自分の若い頃のことに重ねてしまっていた。

「今日は非番なのか」

「昨夜が当直だったので、今日は休みなんです。ちょっと欲しい物があって、東急ハンズまで買いに来ました。それに、先日お邪魔した時に聞き損なったことがあって、ちょっと気になっていたんで」

山脇は裏通りにある古いビルの地下に慎吾を連れて入った。上等な店ではないが、夫婦でやっている旨くて安い定食屋がある。

「ところで、慎吾は飲み会なんかに参加する方か」

「そうですね、仲間とワイワイやるのは嫌いじゃないですよ」

「何かの会、同窓会とか歓送迎会とかの後で、二次会に流れることがあるだろう。そんな時、慎吾だけ一人抜けるってなことあり得るか？」

「まあ他に用事があれば……」

「例えばどんな用事が考えられる？」

「うーん、他の誰かと約束していたとか、ですかね」

「野暮用ってなことだと」

「相手が女性とか仲間じゃないってことですか？　つまり大人の人っていうか、遊びや面白いことじゃなくて、仕事とか打ち合わせとかですかね」

「なるほどね」

「何かあったんですか」

「いや、管内での若者の事故死なんだ。当人は野暮用で出掛けたっていうんだけど、その相手が誰なんだか分からないんだ」

注文したミックスフライ定食が出て来た。山脇は普段は丼物や麵類が殆どだが、どちらかというと揚げ物のほうが好みだ。それがこのところ少し体重が気になりだしているので、極力油物を控えている。たまには良いだろうと、慎吾と同じ物を注文したのだ。

「暫《しばら》く会ってないけど、お義姉《ねえ》さん元気？」

「母ですか、相変わらずですね。近所のおばさんたちと集まっちゃ何かやってます。趣味の会らしいですね」

「慎吾の仕事の方は順調？　問題はないか」

「ええ、すっかり慣れました。高卒で入って来ている婦警が、やたら先輩ぶって面倒見てくれてます。年は僕より下なのに偉そうなんで、参ります」

「女性は真面目だから、いい加減にやってるとやり込められるぞ。それに一般の女子のように大人しくしていたら、警察の仕事は務まらない。気も強くなるさ。慎吾は、まだ恋人は居ないのか？」

「ちょっと無理ですね。仕事に追いかけられてますよ」

「そんなこと言ってたら、青春時代なんてあっという間に通り過ぎてしまう。遊びも、もっと積極的にやらなきゃな。なんだかんだ言っても、俺たち若い頃にはよく遊んだもんだ」

「そうですか、まあ男同士ではよく飲みには行きますけど、サツカンは女に関して奥手が多いんですかね」

「婦警も沢山いるだろう？　家庭に入ってしまえば良い女房になるし、サツカンの仕事をよく知っているから、家庭でのトラブルは少ない」

「そんなもんですか。でも正直、恋人は欲しいで〜す」

「ところで、聞き損なったことってなんだい」

「実は今の話なんです」

「今の？」

「叔父さん随分ご酩酊だったんで、曖昧にしか話さなかったんでしょう。酒に酔って転倒死した帝都大院生の話ですよ」

「今話したことかい？　野暮用で出掛けたけど、その相手が分からないってことか」

「それまで一緒に飲んでいた仲間と別れて、事故死した……でしたね。別れ際に野暮用があるからと言って別れた」

「そうなんだ、ちょっと引っかかって、どうにもスッキリしない。それが……？」

「気になって、少し考えてみたんです。ずば抜けて頭の良い人って自分に自信がある、だから自意識が極端に強い人が多い。何事も自分が一番だと思っているから、つい自信過剰になってしまう。そういう人は他人の命令なんか聞こうとしない。何処かに呼び出されたとしても、すんなりと行くことはまずない。そんな男が野暮用で会いに行くとしたら、彼が大事に思っている人のためではないかと思う。父・母・兄弟・恋人などが困っていると知れば、呼び出しに応じるんじゃないだろうか、飲み仲間を断っても出向いて行くんじゃないかと、ふとそう思ったんです。すいません余計なことでした」

「父親は現職の上級公務員、兄は外国で研修中で国内にはいない、となると母親か恋人か」

「恋人に会いに行ったのでなければ、恋人のために他人に会いに行ったと考えると」

「なるほど、そうなると、やはり女を突き止めなければならないか。いや有り難う、その線しかないよな」

3

五月半ばの昼少し前に、山脇は仕事が一段落して身体が空いたことがあった。暖かな日差しに誘われたとでもいうのか、何とはなしにふらっと帝都大のある本郷に向かってみた。佐伯が逝って、もうすぐ二ヶ月になる。若者が一人、酒に酔って転び、打ち所が悪く死亡した。警視庁管内ではその手の事故死はちょくちょくあることで、決して珍しいことではない。日々時が移り過ぎてゆく中では、雑多の中の一つの出来事でしかなく、すぐに忘れ去られてしまう類いの出来事だ。にもかかわらず山脇の脳裏に引っかかるのは、空白の埋まらない一時間五十分があるからだろうか。事件性があるとかいうのではないが、一人の若者の死ぬ直前の約二時間というもの、何処で誰と過ごしていたのか、疑問が解明されないままになっていることが、ただ漠然とではあるが気になっていただけのことなのかも知れない。

キャンパスに入ってみると、新緑の香りが漂う中で学生たちの華やぐ姿があちこちにあった。足を踏み外すような事故さえなければ、佐伯の姿もこの中にあっただろう。

山脇は英米文学研究室に顔を突っ込んで〈亡くなった佐伯さんのことを聞きたいのだ〉と伝えた。警察と聞いて訝《いぶか》る研究員に、捜査ではなく調書の補足だと説明した。だが新学期への入れ替わりで、研究室には佐伯と親しかった人物は殆どいなかった。何よりも彼自身親友と呼べるような人間関係が出来ていないのかも知れなかった。取りあえず彼を知っている知人などから、事故のあった日と少し前の数日の佐伯の行動を聞いて回った。だがお互いを尊重し干渉しないことが当たり前であるかのような若者たちを見て、これが現代の最高学府の姿なのかと考えさせられる思いだった。山脇の若い頃にはアパートの一室に詰め込まれ、飲んで騒いで語り合った青春があった。だが今の若者には、そういうべた付いた人間臭い関係が煩わしいのかも知れない。そんなこととは関係ないのかも知れないが、研究室の人たちは佐伯の行動など全くといってよいほどに無関心に見える。

その日寺尾は遅くなってから出てきた。

「まだ何か聞き回っているんですか、佐伯の死に疑問でもあるようですね。事故じゃなくて殺されたなんて」

「いや、事故ということで調書を作成したよ。ただもう一つ分からないことがあって友人たちに聞いていているんだけど」

「佐伯のことで？」

「事故のあった当日の彼の行動なんだけど、送別会が終わってから、死亡時刻の十時五十分までがどうしても埋まらなくて」

「先日もそんなこと言ってましたね」

「一番親しかった寺尾君でさえ知らないんだから、聞き回っても誰も知らないのは当然なんだけど、ひょっとしたら何か耳にしている人がいるかも知れないと思ってね。でもここの学生さんたち、人のことは全く無関心なんだね」

「まあ、普段からあまり人のことは干渉しないですから」

親友と呼べる仲だったんだろうに、彼にしても深くまでは心を許し合っていなかったようで、先日通夜に聞いたこと以外に新たな物は何も出てこなかった。

「ちょっと淋しい気持ちになってね。悩みの多い若い年代にはお互い何でも話せる友人が居るんだろうが。ここの学生さんたちにはそんな気配が見られない」

「政経学部の連中は実社会でエリートとしてやっていくんでしょうから、人との関係をまず第一に考える。でもここは文学部ですよ、個人の存在や内面の深い部分の探求が最大の目的なんです。個人というものが確立して、初めて人と人との精神面での繋がりが分かるんじゃないですか」

何だか頭の痛くなるような話に、山脇は顔を顰《しか》めた。

「だからって、自己の中に閉じこもっている訳ではありませんよ。女の話もすれば酒だって飲み交わす。ごく普通の学生なんです」

そう言われても、山脇はなにか釈然としないものを感じた。二、三の学友の話の中で言われたことだが、佐伯には高慢なところあったのかも知れない。確かに母親の言っていたような嫌みなところがないでもなかったのだろう。が、それはエリート意識の強い一流大学の学生にはよくあることと、周囲の者はさほど気に留めていなかった。ここの大学の学生に見られる特有のエリート意識で、佐伯はむしろ穏やかなほうだったようだ。これといって悪い噂は聞けなかったし、人に恨まれたり疎《うと》んじられたりするような話は出てこなかった。佐伯の周囲に、彼を突き落としてまで殺そうとする者が居たなどということは、冗談でも考えられないと寺尾は笑っていた。だがそれは自分たちこの大学の学生は、世間一般とは違うのだという意識から出てきたようにも聞こえた。それは凡人の僻《ひが》みなんだろうか。山脇の目から見た彼らは、やはり心の底から打ち解けて本音で付き合ってはいないようだった。

今年になってからの一～二ヶ月、佐伯は若干思い悩んでいる様子が見られたとはいうが、それがなんであったのか誰も聞いてはいなかった。一番親しかったと自負する寺尾でさえも、表面だけでの付き合いのように見えなくもない。年末年始の休暇の間に何かあったのかも知れない、だが、人に恨まれたりトラブルに巻き込まれたりということは、ないはずだと寺尾は否定した。学業に身が入らなく、行き詰まっているかに見えたという者もいたが、学生によく見られるスランプだろうと誰も気には留めなかったようだ。

事件性は全く感じ取れないのだ。もっとも調書を上に回してしまった後だから、今更事件性があったとしても、確証が出ない限り覆《くつがえ》すことなど出来はしないのだが。

近頃の若者は、もう一つ分からない。そういえば今朝ほど電話のあった甥の慎吾も若者だったな、だが今のあいつには職場にやっと慣れたばかりで、遊んでいる暇なんぞないだろう。その慎吾が、夕方渋谷署に来ると言ってきたことを思い出した。

繁華街を抱えた署は、盗難、事故、喧嘩など際限なく発生する事件に追われる毎日だ。しかも春めいた気分、新旧交代の時期、一年中で暮れの忘年会シーズンに次いで人出の多くなる時期でもある。小競り合いや軽犯罪がひっきりなしに起こる、身体が幾つあっても足りない。心に疑いを残したままのことも、すぐに忘れ去られてしまう。佐伯英明の転倒死もその一つでしかないのか。

辛島慎吾からの電話は、先週行われた警視庁剣道大会の報告だった。警視庁に勤めてから三段に昇格した慎吾は、配属になってまだ間もない池上署の期待を背負って、大会に出場していた。中堅として参加していたのだが、その対抗試合では惜しくも負けてしまった。話というのはその試合の報告と、運動不足の山脇を道場に引っ張りだそうという気遣いがあってのようだった。確かに暫く道場はご無沙汰している。下腹に贅肉が付いて、中年太りだと妻に嫌みを言われていた。その晩ちょっと会って渋谷で飲むことになった。

丁度帰りかけていた一谷刑事に声を掛けて、三人で路地裏の飲み屋「加代」に向かった。客が十人も入れば一杯になってしまう手狭な店だ。ばあさんというにはまだ少しばかり早いが、まもなく五十の枠も踏み外しそうな小柄な女性が、一人で切り盛りしている。警察官を承知で気楽に飲ませてくれる数少ない店の一つだ。勿論他の客の居る時には仕事の話はタブーだが……。

六時半と、街はまだ明るい。そのせいでもないだろうが、店には先客の姿はなかった。まずはビールと、三人でグラスを合わせる。

「慎吾君のところも忙しいんじゃないのかい」

山脇を挟んで座った、向こう側から一谷刑事が慎吾の顔を覗く。

「毎日駆けずり回ってますね。あちこち空き巣に入られてます」

「何処の署も、春先は多発するんだ。気候が暖かくなって気が緩むし、ほいほいと出掛けがちなものだから、狙われる。特に住宅地を多く抱えている署では大変だ。一谷も休む間なしだろう」

「そうですね。仕事で走り回ってるから、それだけでへとへと。慎吾君のように道場で一汗かくなんて時間も気力ないね」

「そんなこと言って。叔父さんも一谷さんも、下腹が出て来てますよ」

「そのうち、慎吾もそうなるって。年中仕事に追い回されて、竹刀なんて持ち方さえ忘れてしまう。そうはいっても慎吾の言うように、たまには運動をしなくちゃあな。少し走っただけで息があがっちゃ、犯人を追いかけられなくなるし」

管内の空き巣多発で、慎吾は掛けずり回っている。だがそんなことより、試合で惜しくも二対三で負けた悔しさを頻りに話していた。一谷も、剣道をやっていたというだけに、話はいつの間にかスポーツ談義になっていた。

「そういえば、健太くんも剣道をやっているんですよね」

「ああ、中学の時やりたがっていたけど、高校に入って正式に始めたよ。俺が時折庭で竹刀を振っているのを見て育ったからかな」

「叔父さんの所、庭ってありましたっけ？」

「ばか言うんじゃない、竹刀を振るくらいのスペースはある」

「最近は全然やってないんでしょ」

「そう、山さんしっかり肉が付いちゃってますよ。なんちゃって俺も同様、人のこと言えないんですけど」

「一谷さんもやってない？　皆んな道場に行きましょうよ。運動不足で早死にしますよ。成人病にまっしぐらですよ」

　そして、山脇は、転倒死をした佐伯やその友人たちと同じ年頃の慎吾に、事件の概要を話してみた。今どきの若者は本音でぶつかり合えないのか、聞いてみたかったのだ。一谷は、山脇が未だに佐伯の事故死に拘《こだわ》っていることに意外な顔をしていた。捜査対象にならない解決済み案件を、山脇が一人で追っていることを初めて知ったようだ。

「そういう若者達が多くなっていることは確かです。携帯やパソコンなんかで自分の世界に閉じこもって、人との付き合い方を知らない世代なんて言われてますよね。でもそれって、そうしていても何も困らないから、誰にも小言を言われないからですよ。他人と上手く付き合うって、かなり神経を使うでしょ。画面に没頭している方が楽だし、その方が面白いからあえて変わろうとしない、そんな必要がないんです。僕も学生時代には若干その気がありました。それが警察学校に入ると、のんびりしている余裕などない集団生活に追い込まれました。追い立てられるように毎日を過ごしているうちに、気が付いたら少し変わってました。警察学校って自分の意思や考えを的確に相手に伝えなければ生きていけない社会です。そんな場面に追い込まれて、そのことに慣れたんでしょうかね。人と本音で話せるようになってみると、いちいち計算しながら話さなければならないような煩わしさから解放されて、その方が楽になったんです。そうなってみると、世間には泥臭いほどに昔気質の若者もいることが見えてきました」

「やはり、時代がそうしたんだな」

「山さん、でもその佐伯さんの居た環境は国内でもトップレベルの人材の集まりでしょ。我々のような凡人とは違った人種なのかもしれません。我々は時代遅れの人種、古くさい昔気質のアナログ人間なんですよ」

「そういうことだな。次の時代は自分たちが国を牛耳っていくぐらいに思っている者達だろうから」

「昔気質といえば……、今でも忘れません。まだ現場実習の頃のことなんですけど」

慎吾の話は、昨年の暮れのことだった。まだ警察学校を出たばかりの頃のこと。あちこち実習に回され、二〇〇六年の秋には新宿歌舞伎町のマンモス交番にいた。その年の暮れに歳末警戒にかり出され、強請《ゆすり》や窃盗そして酔っ払いの乱闘や喧嘩の始末に忙しい日々を送っていた。

「その酔っ払いの喧嘩に少し珍しいケースがあって、記憶に残っているんです」

通報があって駆けつけると七人での乱闘騒ぎだった。取りあえず全員を交番に連行して事情を聴取、サラリーマン風の三人対街のチンピラ四人のいざこざだった。四人組の言い分は、三人の方にはもう一人逃げた男がいて、その男が彼らの女に手を出したので注意したと言い張っている。「俺の女に手を出した挙げ句、奴らが先に手を出した」と息巻いていたのは、敏夫というちょっと背の高い男だった。その街に屯しているチンピラたちだけに、警察は彼らのやり口は承知していた。結局は新手の美人局《つつもたせ》で、逃げたという三人組のもう一人の男を敏夫の女が誑《たら》し込んで路地裏に引っ張りこんだ。そこに敏夫が顔を出して、凄《すご》んで金を要求する筋書だった。いつものように簡単に持ち金を脅し獲る算段だった。一時代前の大袈裟な美人局よりも安易に小遣い銭が稼げるのだという。ところがその男には他に三人の連れがいて、逆に脅され一発殴られてしまった。普段息巻いていた敏夫は腹の虫が治まらず、仲間を呼んで襲い返したのだ。だが肝心の鴨になった張本人は、素早く逃げてしまった。

けれども、残って署まで連行したその三人、うんともすんとも口を利こうとない。さらにその三人はさほど傷を負っていなかった。むしろ襲ったはずの四人のほうが怪我はひどかった。

お前たちが襲ったんだから、と被害届も出させずに四人を帰した、敏夫には二度とやるなと言い含めて。だが残された三人は相変わらず一言も口を利かない。逃げた一人のことも言わなければ、自分たちの住所氏名すら口を噤んでしまっている。調書を取ることもできない。頻繁に起こる小競り合いなどの通報の処理にただでさえ忙しい。叱りおいて済まそうとしたが、その態度に業を煮やした巡査部長は三人を留置するように慎吾たちに指示した。慎吾は三人の前に出がらしのお茶を置き、ポケットから出したタバコを提供した。年長の若者はタバコをくわえてそんな慎吾を見つめていた。頑固にも喋らなかった身元は、取り上げた（預かった）所持品から簡単に判明して、翌朝勤務先に電話で事情を説明した。明け番の慎吾はそのまま帰宅したが、その日昼前には男の兄が三人を引き取りに署に来たそうだ。

男たちは、兄貴分らしい年長の豊川嘉和《よしかず》が二十七歳で、近畿メディカルという会社の営業係長で、他の二人は立木鉄夫二十三歳、蒲田則男二十歳のフリーターだというが、豊川の腰巾着らしい。迎えに来たのは豊川将成《まさなり》三十二歳、嘉和の兄で近畿メディカル大阪本社の総務課長だった。彼の言い分では、昨日大阪から出張して来て、弟たちと新宿で飲んでいたそうだ。彼らは飲み足りなかったらしくもう一軒行くと言っていたが、自分は先にホテルに帰った。騒ぎはそのあとのことだったろうという。あの二人は数年前まで暴走族仲間と付き合っていたこともあって、何かというとすぐに突っかかる癖がまだ抜けきれていない。嘉和のほうは少しはまともになったけど、そんな連中と未だに付き合っている。こいつらの成長はまだまだですよ。そう言い捨てて自分の関与を否定していたが、チンピラたちといざこざを起こしたのは当の総務課長だっただろうと巡査部長は見たようだ。

翌日出勤して、そんな経緯を聞かされた慎吾は、一言の申し開きもしなかった豊川嘉和という男に興味を覚えた。兄を庇《かば》ってのことだろうが、何を置いてもまず己という風潮の今の世で、何か前時代の生き残りでも見たような気がした。

近況報告に立ち寄った慎吾から、山脇と一谷は焼酎の合間にそんな話を聞かされた。慎吾は採用されてから三年目、今年の四月から池上署に配属されていたが、やっと巡査部長試験に合格した。もうすぐ二十五歳になるという、早いものだ。俺が結婚した時にはこいつはまだ一歳でやっとよちよち歩きを始めたばかりだった。それがこんなにデカくなった。俺も年をとる訳だと、山脇は慎吾を見やった。

4

日々仕事に追われているうちに、いつの間にか季節が過ぎて行く。佐伯のことを忘れてしまったわけではないが、ついつい頻繁に発生する事故や事件に忙殺されて、放り出したまま八ヶ月が過ぎてしまっていた。

十一月初旬のことだった。数日前に発生した窃盗事件の聞き込みに出かけようとしていた時、携帯が鳴った。

「寺尾竜哉です。佐伯が付き合っていた女がいましたよ」

そう言われたが、寺尾という名前についてすぐにはピンと来なかった。

「分かりませんか、三月二十一日に道玄坂で死んだ佐伯英明のことですよ」

「大丈夫、しっかり覚えてるよ」

「何か分かったら知らせて欲しいって、名刺くれましたよね。あの時、佐伯が女と歩いていたことがあったって、僕言いましたね。その女を昨日東京駅で見かけたんです」

「佐伯君の恋人らしいっていう女性のことだね」

「あの当時、親しげに戯《じゃ》れあったりしてたから間違いないです。あいつのあんな風に、にやけた顔見たことがないですから。女がとびっきり美形だったから忘れませんよ。僕、記憶力には自信があるんです」

映像の記憶と言葉による記憶とは、脳の使う場所や働きが違うんだと言ってやりたかった。今から捜査に出かけるところだと言うと、寺尾は携帯に写メールを送るから見てくれと言った。

寺尾は八ヶ月前に自分の証言が疑われて、そのままにされたことに不満を持っていたのだろう。今回はしっかりと携帯電話に写真を撮っていた。すでに事故死で処理済みのこと、今更蒸し返すことは難しいと言いたかったが、寺尾の申し出は半ば強引だった。絶対に間違いないと強調していた。山脇は、友人を思う彼の心にほだされてしまったのかもしれない。

忘れかけていた記憶を辿ってみた。日々途絶えることなく発生し続ける小事件の処理に追われて、山脇の中ではすでに終わってしまったことだった。今更調べてもと、気が乗らなかったものの、夕方署に戻って八ヶ月前の調書を引っ張り出してみた。読んでいるうちに、事故死で済ませてしまった当時の不審感が蘇ってきた。寺尾の情報は信憑性に欠けるのではと疑いながらも、暇を見つけて少し当たってみることにした。

昨日、寺尾が見た時は携帯に納めたものの、大勢の人でごった返していた東京駅で、すぐに見失ってしまった。だが大きめのバッグを持っていたので、旅行にでも行く途中にも思われたと言う。八ヶ月前に寺尾が見掛けたのは渋谷の繁華街だったが、その女性がまだ渋谷界隈にいるとは限らない。それでも山脇は、多発する事件の処理の合間に寺尾の言った時間帯や場所を押さえて探してみた。繁華街や飲食店街を中心に写真を見せて回った。

そしてついに手掛かりが見つかった。写真を見て、渋谷のジャズライブバー〈ｐｉｔ〉で歌っているアズサだろうと教えてくれた若者がいた。早速署に戻り、ネットで〈ｐｉｔ〉のホームページを開き、ライブのスケジュール表を覗いてみた。確かにその中にアズサという女性歌手がいる。しかもそのアズサのプロフィール写真が、寺尾の送ってくれた写メールの女性とよく似ている。いや同一人物そのものと言い切って良いほどだ。その歌手のアズサのスケジュールは月に二回で、第一と第三の水曜日に出演するように表示されていた。だがその女性が佐伯と親しかった女性かどうかは、それだけで決めつけられるものではない。

このことは仕事ではなく、個人的に気になることを確かめるだけのことと、一谷には言わないでおくことにした。言えば一谷も一緒に動くだろうが、二人が動けば捜査とみなされ問題視されてしまうだろう。お咎めは自分一人で沢山なのだ……。

ともかく、渋谷のジャズライブバー〈ｐｉｔ〉を訪ねることにして、夕方七時に署を出た。

ＪＲ山手線の高架を潜り抜けて、道玄坂に向かった。傾斜地に小さなビルがビッシリと乱立している。その一郭にあった、間口の狭い古いビルを見上げた。飲食店の看板が幾つも出ている、その地下にジャズライブバー〈ｐｉｔ〉があった。ジャズの生演奏など、とんと縁のない山脇は、地下への階段を見回しながら降りて扉を引いて、一瞬立ち止まりかけた。いきなりどでかい音に気圧《けお》され、うす暗い店の入り口で戸惑ってしまった。気を取り戻して奥に進み、カウンターの奥にいたスタッフに声を掛けてみた。出てきた店長らしい男と話そうとしたが、どうにも相手の話がよく聞き取れない。男は音を避けるように、山脇を店の外に連れ出した。桑田隆一でオーナーだと名刺を出したその男、ずんぐりむっくりの少々太めで五十歳そこそこに見える。携帯に入っている写真を見せると、「ああアズサですが」と頷いた。

「で、彼女が何か？」

「今年の三月に亡くなった佐伯英明さんのことを、ちょっと聞きたいんですよ」

「ああ佐伯さんのことですか、何とも気の毒な話でしたね。当時店じゃ皆驚いて大騒ぎしていました。でも半年以上も前のことですよね、今になって何でしょうか」

佐伯もこの店の常連客だったのか。

「この女性が佐伯さんと親しくしていたという情報がありまして、少し事情を伺おうかと。彼女はアズサさんというんですか」

写真の女性は、アズサの名前で月に二回の予定で第一と第三の水曜日に歌っている。ジャズシンガーで、二十二歳の大学四年生だと教えてくれた。佐伯は〈ｐｉｔ〉によく顔を出していた常連客の一人で、特にアズサの熱心なファンだった。去年の暮れ頃から二人は親しく話すようになっていた。他の客の手前もあるからと、桑田は店内では控えるように忠告したという。その後二人の仲は進んでいたようだが、詳しいことは知らないようだった。

さらに桑田や従業員から事情を聴くことで微かに見えてきたことがあった。客のことを余り言いたがらない様子だったが、山脇は粘っこい程の聞き上手。さほど苦労することもなくおおよそのことを知り得た。それは、美貌の彼女を巡る男たちの争奪戦とでも言うべきなんだろう。単なるファンというものではなく、一人の女性として彼女を追い回していた男たちが数人いたのだ。そしてそのトップを行く幸運のカードを引いた男が佐伯英明だった。他に有力な恋人候補というのは、東都医大付属病院の研修生の古賀靖生《やすお》と、医薬品卸会社のサラリーマン豊川嘉和とその連れの立木鉄夫ら数人が噂されていた。桑田やスタッフ達の話から、山脇は全貌が少し見えてきたように思えた。佐伯が殺害されたと仮定するなら、その動機は男女の縺《もつ》れにあるのではなかろうか、そう推測してみた。

「アズサさんからも話を聞きたいのですが。いつなら会えますかね」

「授業に影響しないように月に二回のスケジュールで歌ってます。第一・第三の水曜日になっていますから、その日なら確実にここで会えます」

山脇は出直すことにして〈ｐｉｔ〉の階段を上がって署に戻った。

5

それならと第三水曜日の十九日、山脇は帰宅途中の八時過ぎに再び〈ｐｉｔ〉に立ち寄った。だが、店内を見回してみたがアズサらしい女性は見当たらなかった。それにスピーカーからピアノの音が流れているだけで、演奏はされていない。それでも店内はほぼ満席に近い状態で、それぞれに飲んだり話したりしている。アズサの歌はもう終わったのかと、黒服のウエイターに尋ねてみた。

「第一回目のステージが終わったところです。第二ステージは九時からの予定になってます。相席でよろしかったら」

指示された場所は、ステージから離れた隅の方で、椅子が一つだけ空いていた。狭い隙間だったが、なんとか割り込んでその椅子に腰を落とした。すぐに注文したビールが届いたが、どうにも窮屈で落ち着いて飲めない。辺りの様子を見回しながら、グラスに口を付けた。まあ満席の居酒屋みたいなものと、ざわついた空気に身を任せていた。

十五分ほど経っただろうか、前方のステージにスポットライトが点いた。流れていたバックグラウンドミュージックやあちこちからの話声でざわざわしていた雰囲気も、アズサの姿が見えるとすぐに静寂に変わった。ステージの中央に立ちライトに照らし出されたアズサは、キラキラ輝いて見える。遠目ではあったが絶世の美人に見えるのは、化粧のうまさなんだろうかなどと余計なことを考えた。それにしてもどことなく憂いを感じるのは、気のせいとでもいうのだろうか。山脇は照明に浮き出されたステージから、グラビア写真を眺めているような感覚になっていた。まずはスローなバラードで始まった。出だしのピアノに続いて、会場一杯に生の歌声が響く。高いキーだが金属っぽくない深味のあるのがアズサの特徴だと桑田から教えられていた。流れてくる声に耳を傾けていると、曲の中に引き込まれそうになる。バックの演奏、ドラムスやベースの低音は耳だけではなく身体にまで響いてくる、初めて知った感覚だ。拍手に続いての二曲目もゆったりとした曲で、それはさらに山脇の心を強く揺すってきた。そして三曲目はがらっと変わってアップテンポの歌、観客をリズムに乗せ引きずり込んでいく。

何曲歌ったのだろう、気付くとツーステージ目も終わっていた。九時半を回っているから、今日の演奏はこれで終了なんだろう。ざわめきとともに周囲の客が引き始めた。それでも山脇はそのまま暫く動かなかった。あらかじめ桑田に話してあったので、彼女に時間を割いてもらっている。大きな音の中にいた余韻が残っていて、まだ酔ったような感覚だ。ゆっくり立ち上がってカウンターの隅へ移動した。そこにアズサを見つけて、緩慢な動きで隣のチェアスツールに並んで座った。だが彼女に目を向けてみると、なんともかなり緊張している風だった。刑事から何を聞かれるのかと、意識しすぎているのだろうか。

「事件の捜査ではないから、気を楽にしてね」

アズサは何を追求されるのかと、神経を張り詰めた様子だ。佐伯の話を始めるとピンと張っていた糸が緩んでしまったとでもいうように肩を落とした。

「事故のあった日とその前の日と、二日間も会っていませんでした。それが今でも心残りなんです。でも学校があるから毎日会っていた訳ではないんですよ、週に二日か三日です。あの日は送別会が終わったら〈ｐｉｔ〉に寄るって言ってたから、ここで待ってたんです。でもその夜は英明さんは店には来ませんでした」

ハンカチを握った手をカウンターに乗せている。その手に視線を落としているアズサの横顔には、まだあどけなさが残っているように見えた。

「その日、佐伯君から連絡はなかったのかい」

「その日は朝、携帯電話をなくしたからって家の電話から連絡がありました。そのあとは話してません」

「彼が亡くなったことは、いつ知ったの？」

「次の朝も連絡がなかったから、ちょっと寂しいまま学校に行ったんです。携帯電話をなくしたからしょうがないかって。事故のことを知ったのは学食で昼食を摂っている時で、ＴＶのニュースを見て知りました。驚いて、食べかけのランチもそのまま、何をしたか覚えていないほどに錯乱してしまいました。嘘でしょうって思いながら、すぐにも飛んでいきたかった」

「病院にも警察にも来ませんでしたね」

　事情を知りたいと渋谷署に駆けつけたが、両親と思われる人がベンチで待っていた。母親らしい人（面立ちが彼に似ていた）がハンカチを手にぼーっとしているのがわかった。ジャズ歌手なんて論外だと父親に酷《ひど》く反対されていたことを、佐伯から聞いていたので両親の前に顔を出すことも出来ずに、そのまま立ち去ったという。

「まだご両親にも紹介されてないことに気付いたんです。厳格なお父さんやお母さんと聞いていましたので、私が顔を出してはいけないと、じっと我慢しました。どうしても詳しいことが知りたかった、でも誰にも相談できずに〈ｐｉｔ〉まで来てしまいました。もしかしたら英明さんが居るかもしれないなんて思って……、でもそんなことはあり得ないですよね。マスターが驚いて調べ回ってくれました。彼は打ち所が悪く即死状態だったと聞かされて、ニュースは本当のことだったと分かったんです。それから一週間、ろくに食べられず、ただメソメソし続けていました。あれからもう八ヶ月……ですね。なんとか立ち直って学校も歌も続いてますけど、ふと気が付くと彼のことを考えてしまうんです。唄う歌は失恋のバラードばかりが目立って多くなりました」

「その頃あなたの周囲には、熱心なファンは何人位いました？」

「五、六人ですか、私まだ学生で、アルバイトみたいなものですから」

「それは、誰と誰でしょう……」

アズサから出た四人の男性の名前、帝都大学文学部大学院生佐伯英明はもちろん、東都医大付属病院研修医の古賀靖生、秀栄薬品東京支店の課長豊川嘉和、秀栄薬品の立木鉄夫などが熱心なファンだったという。ただ、佐伯以外は分かっているのは彼らの名前と所属ぐらいで、詳しい連絡先など彼女は知らなかった。

明日は学校があるからと、アズサは早めに〈ｐｉｔ〉を立ち去った。スピーカーから流れるピアノの音のなか、山脇は彼女の余韻を感じながら考えを廻らせていた。一人の女を巡って、嫉妬や対抗心から殺人にまでエスカレートしてしまうなんてあるものなのかと。そうであるなら、何としてでも隠された真実を追究してみようと思った。悪への仇討やリベンジなどの世界に生きるのは、自分たちの性《さが》なのだから。先ほど見せられたアズサの悲しみが、心を湿らせてくれる。残された者の悲惨に暮れる陰鬱な日々が、暗く揺れている光景として目に浮かぶ。それらの人たちに与えられる希望と勇気とは何だろう？　取り止めもなく思考が変わっていくのは、少し飲み過ぎたバーボンのせいだろうか。

それらの生臭い現実の争いがあるのなら、浮世離れした幻想的な歌声が全てをかき消してくれるに違いない。そして心の中まで洗われて、透き通っていく。無我の境地なんだろうか、心の中で何かが大きく広がっていくようだ。

「歌なんてほんとに無力ですね。歌を聴くより、本当は温かいスープの方が良いんじゃないかと、寂しくなりました。でも、体にスープが必要なように、心にもスープが必要だろう……そう思って歌ってます」

「心の迷いか未練のせいか、誰もがあの人に似て見える……」

先ほどアズサはそんな言葉を囁《ささや》いていた。

十時半過ぎには客がまばらになったが、山脇はバーボンを片手にカウンターの隅から離れようとしなかった。手が空いたのか、桑田が隣に座った。

「いつも赤提灯でね、ジャズボーカルなんて、まともに聴いたのは初めてなんだ。でも凄いねえ、スローな歌聴いていると、何処かにすーっと引き込まれていくようだ」

「それがアズサの魅力ですよ。少しキーの高い、それでいてハスキー掛かった声は独特でね、まだ駆け出しなのに、しっかりファンの心をつかまえている」

「学生とは信じがたい……」

「英文科の四年です。三年の時に歌い始めたから、もう二年になりますか」

「歌い始めたっていったって、客を前にしてだろう？　いきなりプロになったわけだ」


桑田がポツリと語りだしたのは、アズサが〈ｐｉｔ〉で歌うようになった最初の頃の話だった。桑田は若い頃、日本を飛び出して米国に行っていたことがあった。ジャズに浸っていたその頃に知り合った友人に、トーマス・ハントという青年がいた。トーマスは米国の貿易商で働いていたが、その後日本の女性と結婚して、日本に移住して貿易会社を始めた。そして妻の姪に当たるアズサに、中学生の頃から英語とジャズを教え始めた。その頃からアズサの天分を見抜いていたのだろう。東京の高校に入りたいというアズサを自宅に同居させて、本格的に英語とジャズボーカルを教え込んだ。

アズサが大学三年の四月のことだった。ハントの古くからの友人である桑田は、自分の店〈ｐｉｔ〉で歌ってみてはと勧めた。アズサは大学に入ってからあちこちの学園祭などのイベントで歌うことがあった。桑田はそれを聴いていたのだ。だが〈ｐｉｔ〉のステージはプロの世界のことで、アマチュアでの学芸会のようなものとは全くレベルが違う。アズサは尻込みして、一度は断った。それでも歌うことが好きだった彼女は、ハントの強い勧めもあって、思い切ってその申し出を受けてみることにした。

それは二〇〇七年四月半ば過ぎのこと、小雨が烟《けむ》る肌寒い宵だった。渋谷の古いビルの地下から歌声が流れ出てくる。ピアノトリオをバックにして……。

七時開始の一時間前、緊張で身を硬くしたアズサは、音合わせでステージに上がった。薄暗い店内、テーブルでくつろいでいる二人連れはグラスを傾けていた。七時からの生演奏を気長に待つジャズファンだろうか。アズサを眺めて、予定表に書かれている新人だろうかと話しているように見える。そんな雰囲気に酔いそうな気分、ピアノに引きずられるようにして歌い始めた。

自分が何を歌っているのか、意識の持てないままに声を出していた。それでも歌いこんでいるスローな曲だけに、ワンフレーズ歌う頃には曲に乗れてきた。なんとか最後までいけた。うん、これならいけると、もう一曲、アップテンポの曲をピアノにお願いした。ドラムスの打つリズムに身体が反応する、ベースが摑めた。ピアノに促され、裏からベースが押してくれる。ドラムスが心地よくリズムを刻んでいて、何とも楽しく乗れる。二人の客もご機嫌にリズムを取っていた。

そして一休み後の本番、週中の水曜とあって客はまばらだった。テーブル席三十名、カウンター十名の店内スペースに十二、三名程度の入りだった。それでもカウンターの奥でリズムを取っているオーナーの桑田は、口元を緩め満足そうな顔をしている。

ワンステージ終了後、拍手が暫くの間鳴り止まなかった。カウンターの隅に戻って来たアズサは、桑田の出してくれたビールを一気に飲んだ。スーッと全身に張っていた強張りのようなものが解けて行くような感じだった。今まであちこちで歌ったことはあったが、プロのプレイヤーをバックにして、きちっとしたステージで歌うとさすがにガチガチに緊張してしまう。しかも身内や気の置けない知り合いたちの前とは違って、耳の肥えたジャズファンたちの鋭い視線が痛いように感じる。

「少し緊張気味だね。次はリラックスしていこうか、ジャズなんだから」と、少し離れて座った顎鬚のピアノが言ってくれた。

休息の終わる頃には十分に心がほぐれていた。第二ステージでは、彼女本来のハスキーがかった高音のボイスで、ハイテンポのリズムに乗っていけた。歌声が冴え渡った。

ツーステージ終了後、心地よい疲労感があった。

「五月からのスケジュール表に月に二度、アズサの名を載せるけど、いいかな」

桑田はアズサのステージを目当てに来店する客が定着するのに、さして時間はかからないと思った。おそらくジャズファンの間でメールが飛び交うこと請け合いだ、とも言ってくれた。幸先のいい初ステージだった。

桑田は授業に影響のない水曜日にと、月に二度（第一・第三の水曜日）の出演を決めてくれた。渋谷の〈ｐｉｔ〉は、二十五年前ニューヨークから戻った桑田が開いた店だ。それなりの歴史があり、ジャズファンの間では一流の名で定着している。このようなステージで演奏したいとか歌いたいと希望するプレイヤーは多かった。そんな店でアマチュアが歌わせて貰うことは異例のこと。金曜と土曜は人気のベテランプロが出演している。初日桑田は、取りあえず名前は本名のアズサそのままで進めた。それがそのまま未だに続いているが、彼女もそれで良いと納得していた。彼女の英語の発音はネイティブそのものに聞こえて、遜色がなかった。それもそのはず、高校時代は義叔父のトーマス・ハントの家で生活していた。学校が休みの日には数人の外国人社員に混じって、アルバイトではあるが常時仕事をしていたのだから。

曲のレパートリーもプロに負けてはいなかった。リズム感のある乗りでハイテンポな曲は客の心を揺さぶりハイに誘う。彼女のややハスキーではあるがキーの高い声は、バラードで際立った。定期的に出演するようになって間もなく、彼女のプロフィールや出演予定の問い合わせが、引っ切りなしに寄せられた。端麗な顔立ちにステージ映えのするスタイルは、ファンの心を摑んで魅了してしまう。桑田とハントは、自分たちの目に狂いがなかったことにハイタッチ（Ｈｉ－Ｆｉｖｅ）するほどだった。

若者や学生が多い街、徐々にではあったがジャズボーカリストとしてアズサの存在は認められ定着していった。

これが、マスターの語ったアズサに関する話だった。

桑田はまだ山脇刑事に二、三度しか会ったことがない。それなのに要求されたわけでもないことを躊躇なく喋ってしまった。彼はそのことに、なんとも言えない不思議さを覚えた。今までこれ程にアズサのことを語ったことなどなかった。なのに、何が自分をそうさせたのか、この刑事は喋っている己の存在を意識させない、相手が心の示すままに話すように仕向ける、そんな術《すべ》を心得ているのか、あるいは単にバーボンのせいなんだろうか。

山脇のバーボンは途切れることなく続いた。そして桑田も同じ酒を飲んでいる。マイルスデビスのペットが少し落とした音量で流れている。ゆったりと桑田の話も続く。

昨年の夏が終わる頃、彼女の前に佐伯が現れた。八月の二度目の出演日に来てから、九月以降アズサの月二回の出演日には必ず店に顔を出すようになった。佐伯はいつも一人で現れた。

アズサと挨拶を交わし、会話をするようになるのに時間はかからなかった。その二人が親しくなることに、障害になるものは何もなかった。携帯の番号やメールアドレスの交換と、一気に接近していった。背が高くスリムな体型、やや面長な凛々しい顔立ちの佐伯にアズサは惹かれ、すぐに夢中になった。佐伯の理屈っぽい会話、自信過剰にも見える物言いなどは、帝都大大学院生というラベルに覆い隠された。アズサはこの男性なら、佐伯英明さんなら栂沢《つがさわ》の姓を捨てても良いと思った。長女で家を継ぐ身でありながら、栂沢の家が何たるかを知りながら……。

その同じ頃には東都医大研修生の古賀靖生も店に来るようになっていた。そしてその年の晩秋に近い水曜日、酔った勢いで店に入って来た二人連れの若者がいた。年嵩の男はいかにも気取った装いで、高級そうな金の腕時計をしている。ブランド品のスーツ姿だったが、ノーネクタイでボタンダウンシャツの胸ボタンを二つ外していた。一見恐そうなごつい顔のその男は、四十歳少し前に見えた。もう一方の若い方の男は、まだ三十歳前のようで背は高く肩幅もあったが、極端に痩せて見えた。ざわついたステージの間の休憩時だったが、二人は言葉を交わすこともなく、流れるＣＤのジャズを黙って堪能している風だ。〈ｐｉｔ〉では見掛けない人種だった。やがて二回目のステージが始まり、アズサは歌った。スタンダードナンバーからアップテンポの曲、そしてスローバラードと進んだ。その男たちはさして彼女の歌に感動したようには見えなかった。年嵩の男が痩せて貧相に見える若者を、まるで弟を扱うようにしていたのが印象に残った。

何処がどう気に入ったのか、その男たちは二週間後に再び現れた。店に入って来たのは、一回目のステージ直前で、急いで来た様子だった。前回と同じ二人連れだったが、酒を飲んでいる様子はなく、二人ともスーツを決めていた。だが見ようによっては正装の暴力団にも見えるのは、二人の若者らしくない落ち着きと鋭いほどの目つきからだろうか。その後二人をよく見掛けるので、アズサがマスターの桑田に尋ねると、他の曜日には現れたことがないという。客のオーダーを用意しながら「アズサちゃんも妙な男に好かれるなぁ」と言っていた。

その二人も、十二月も終わりの頃には、アズサと親しく言葉を交わすまでになっていた。多少イントネーションに違和感があるのは関西出身なんだろうと思った。話してみると、意外に気さくで、それなりにマナーもわきまえている。豊川嘉和と名乗った男は見掛けよりもずっと若く二十七歳で、医薬品販売会社に勤務していると言っていた。痩せぎすの男、立木鉄夫が言うには、豊川は社長の御曹司で、まだ若いので東京支店で仕入れの見習いをしているらしい。その豊川は、急速にアズサに近づいてきた。演奏後に花をプレゼントしたり、食事に誘ったりしてきた。だが、その頃のアズサは佐伯に夢中だったので、適当に受け流していた。それに、アズサはプロの歌手としての意識がまるでないため、ファンと食事をするなど考えてもみなかった。そして、アズサはそのことを佐伯に話した。佐伯はアズサがつきまとわれていると解釈して、嘉和にアズサが迷惑がっている、ファンとして少し行き過ぎだと注意を促した。だが佐伯の言葉は、己の才能を過信する若者にありがちな、少しばかりきつい口調だった。世の中の全てを見下すとでもいうような言い方だったのかも知れない。

山脇は、十二月三日（水）の夜も、帰宅途中に〈ｐｉｔ〉に立ち寄った。桑田の話からアズサを取り巻く男たちの存在が見えてきた。だが、それがどうしたというのではない。今更三月に事故死したとされる、佐伯英明の真相を知ったところでどうなるものでもない。佐伯が皆と九時に別れてから十時五十分に事故現場で転倒するまで、何処に誰といたのか。その行動に不明な部分がある、それが気になるだけのことだったが、手が空くとどうしてもそのことを考えてしまう。そんな性癖が自分にあったなんて、今まで気が付かなかった。長く刑事をやってきたせいなのか、嫌な性格になったものだと自嘲ぎみだった。

金回りの良さそうな若者、つまり豊川嘉和のことだが、今でも必ず月に二度現れると聞いていた。アズサのステージがお目当てだろうが、彼女に近づく様子は見られない。単なる一ファンとしてだけのようだ。それに、古賀靖生という研修医もアズサの歌を目当てに、店に現れている。その二人に、佐伯の空白の一時間五十分を埋める物が何なのかと聞き質したかった。ずばりそのことを知らないまでも、何かヒントになることが出てこないかと、淡い期待を胸にして水曜日には店に足を運んでいた。

その日現れたのは、豊川嘉和だった。それと、立木鉄夫というスリムな男も一緒だった。だが、店を出た辺りで捕まえて話そうとしたが、細い裏道を通り抜けて素早くタクシーを摑まえて立ち去ってしまった。事件の捜査ではないからと気を抜いていたのか、なんとまあ不手際なことだと苦笑いだった。

6

いよいよ年の瀬だ、余計な仕事は手っ取り早く済ましてしまおうと、翌日秀栄薬品と社名の変わった四谷の東京支店を訪ねた。豊川嘉和に会おうとしたのだが、受付嬢の応対では「豊川はこの春大阪の本社に異動した」と、残念そうな口ぶりだった。時折東京には出張で来ますが、と言われて、次回の出張の予定を尋ねてみた。受付嬢は内線電話で問い合わせていたが、暫くやりとりしていたものの確認が取れなかった。昨夜〈ｐｉｔ〉に来ていたが、会社には寄らずに大阪に戻ったのか。なんとも妙な話だと思ったが、その日はそのまま引き下がった。

二週間後のアズサの出演日は十二月十七日、今年最後のステージだ。だから必ず店に来るはずと、午後に再度秀栄薬品を訪ねてみた。嘉和は月に二度ほど東京に来ると知らされていたので、当然大阪から出てきているものと考えた。だが、受付嬢は「今日も豊川嘉和は東京には来ておりません」と、すまなそうな顔を見せた。諦めて帰ろうとした時、上から降りてきた男が山脇を呼び止めた。着崩れのしていないぱりっとした紺のスーツの管理職らしい男は、総務部長の豊川将成と記された名刺を出した。受付から嘉和を訪ねて山脇刑事が来たことの連絡を受けたのだろう。山脇に会うために降りてきたのだと言って、隅の接客コーナーに案内した。部長はパイプ椅子に掛けながら、豊川嘉和は弟だがと山脇を凝視した。気圧された訳でもないが、山脇は訪れた用件を率直に伝えた。

「今年の三月のことですが、学生の佐伯君が転倒死をした事件が渋谷でありました。そのことについて、佐伯君と知古の関係だった豊川嘉和さんの意見などを伺おうと訪ねたんですが……」

「それは残念、弟は今春から大阪勤務になりましてね。でも、その転倒死の事故のことは知ってますよ。ですがそれは事件性、つまり事故死ではない疑いがあるんですか」

「一応事故ということで、処理を済ませてます。でも、これは私の個人的な疑問で、どうもきちっとしないと気が治まらないものですから。いや、気になさらないでください。嘉和さんに二、三伺えばすむことなんです」

「なるほど、ですが嘉和がその佐伯さんとどの程度のつき合いがあったでしょう。それと、九ヶ月近くも前のことですよね。今もまだ記憶しているかどうか、分かりませんね。私と弟は年の差こそあれ、普段から何でも話す仲ですけど、彼の口から佐伯という名前を聞いた記憶が全くありません。たぶん通りすがり程度の関係でしかなかったんじゃないですか。お役に立てないと思いますよ」

「嘉和さんが大阪に転勤になったのは、今年の春でしたね。で、今日か明日にはこちらに出張で来られるんじゃなかったですか？」

「その予定はありませんね」

「それでは、次回東京に来られるのはいつでしょう」

「今のところ日程は決まっておりません。何せこの医薬品卸業界、年の暮れはめっぽう忙しいんですよ。嘉和も大阪でてんてこ舞いしているはずです」

「立木鉄夫さんもこちらの社員ですよね。やはり彼も大阪に転勤ですか」

「立木ですか、彼は正社員ではありません。嘉和が仕事を手伝わせているだけの臨時職員という立場です。何かと小回りの利く若者なんでしょう、もう何年も傍に置いているようですから」

「立木さんも佐伯君とは親交があったようですが、ご存じでしょうか」

「立木のことは、全く知りません。今言ったように、嘉和が個人的に雇っている者ですから」

話はこれだけ、早く帰れとばかりに席を立って、目で山脇を促した。それが何とも高慢な態度に感じとれた。


一旦署に戻って窃盗事件の処理に当たったが、結構時間が掛かってしまった。署の玄関を出る時に腕時計に目をやると、すでに七時半を過ぎていた。今日は第三水曜日、ふと〈ｐｉｔ〉に寄ってみる気になった。もう一度アズサの歌でも聴いて帰るかと。

既にライブは始まっていた。薄暗い店内は人いきれとドデカイ音で、冷えた外気から飛び込んだ山脇は軽い目眩《めまい》に襲われた。目が慣れると、壁際に立ち見が数人見えてきた。ぐるりと店内を見渡した。ダークスーツを身につけている二人連れの若者が目に入った。ジーンズにＴシャツやブルゾンなどのカジュアル姿の客のなかで、フォーマルで決めている二人はやや目立つ存在だ。その二人が豊川嘉和と立木鉄夫だろう。日中に会社を訪ねた時には、豊川嘉和は東京に来ていないと部長が言っていた。あれは嘘だったのか。それとも〈ｐｉｔ〉に来るのは、二人が会社には内密にしているのか。演奏中、豊川と立木から目を離さないようにしていた。

二回目のステージが終了すると、二人はさっさと席を立ちレジに向かった。いっときに帰る客で、レジに列が出来ている。山脇は後で払うからと声を掛けて外に出て、階段を上がった辺りで待った。

レジを終えて階段を上がってきた嘉和に声を掛けた。

「豊川嘉和さんですね、少し教えていただきたいことがあります。それほどお手間は取らせません、十分ほど時間はありますか。今晩は東京にお泊まりですか」

「ええ、一泊しますが、何か……」

「渋谷署の山脇ですが、事件の捜査ではありませんから、気楽にお願いします」

刑事と知って、豊川は少し気を引き締めたかに見えた。

「立ち話も何ですから、歩きながらにしましょう。実は今年の三月のこと、佐伯英明君がこの先の坂の階段で、転倒して死亡しました。彼は〈ｐｉｔ〉の常連で、アズサさんのファンだったから、たぶん顔見知りじゃないかと。それで同じ趣味の豊川さんに二、三教えて欲しいことがありましてね。佐伯さんの事故死はご存じですよね」

「後になって知りました。タイミングが悪くて、三月末に大阪転勤になりまして。四月の半ばになってから〈ｐｉｔ〉に来て、初めて聞かされたんです。大阪ではニュースにもなりませんからね。それがどうかしましたか」

「当日佐伯君は送別会に出席して、九時に皆と別れました。渋谷で倒れて死亡していたのは十時五十分で、その間の一時間五十分が不明のままなんです。それで、彼の親しい人たちに聞いて回っているんですが、誰も佐伯君の行動を知りません。もしや豊川さん、ご存じないかと思いましてね」

「今言ったように大阪への転勤で大わらわ、何しろ急なことで、その月の二十日付けの辞令なんです。私物の整理や事務の引き継ぎ、それにアパートからの引っ越しと慌ただしかったと記憶してます。たしか佐伯君が亡くなったのはその頃でしたね」

「三月二十一日の金曜日ですね」

「一番忙しくしている最中ですよ。日中は会社で引き継ぎ、夜はアパートで荷物の梱包、ああ、この立木にも手伝わせてますから。実は私、佐伯君とは挨拶を交わす程度で、話をしたことはありません。ファン同士なんてそんなものですよ」

「歌手のアズサさんを巡っての恋の鞘《さや》当てなんて噂もあるようです。あなたは大分ご執心だったようですね」

「それで、私が佐伯君を殺したっていうんですか。冗談でしょ、第一彼女はまだ学生ですよ。私とは十歳近く離れてます。選択肢の一人にも入れてもらえませんよ」

山脇は答える豊川の顔色を探るように見ていた。二人の後ろを歩く立木は、襲いかかるほどの形相で睨んでいる。

得るところのないまま、豊川と別れて家に向かった。駅を出て歩き出した時に、携帯音が鳴った。見ると慎吾となっている。

「どうした？　こんな遅くに、何かあったのか」

「やっと自転車盗難の調書を書き終えて、帰る途中です。先日の一谷刑事と話していた件、佐伯とかいう若者の件ですけど、その後どうなったのかと思いまして。なんとなく気になってます」

「何だかねぇ。片手間に調べているんで、思うようには進展しないな。それより、渋谷に好いジャズライブの店を見つけたぞ。凄い音だしているんだ。今度連れて行くよ」

「へえ、叔父さん、ジャズなんて聴くんでしたっけ？」

「最近聴き始めたばかりだ。なんか塡《は》まりそうだ」

「じゃあ、楽しみにしてます。酒もいけそうな店でしょ」

「ああ、赤提灯のようにはいかないけど。あまり遅くまで頑張るなよ、義姉さんが心配するぞ。そう言っても警察官じゃ無理だな……。オヤスミ」

7

年内のアズサのステージは、昨日十七日が最後だった。次回のステージは年明けの七日が予定されている。それまで待つのは、ちょっと間がありすぎる。このままでは気持ちよく年が越せないと思うのは、山脇自身の性分だ。だがそんな風に気に掛けるのは柔軟性が欠けたせいだろうか、自分はもう若くはないのかもしれない。あと数日で年の瀬の非常警戒が始まる。ともかく、早いところ気持ちのけりを付けてしまおうと、午後にでも古賀の仕事先の病院を訪ねてみることにした。古賀靖生は東都医大の付属病院に勤務していると聞いている。

総合受付で研修医の古賀靖生と尋ねただけで、現在は呼吸器内科に所属していることがすぐに分かった。受付で言われたように病棟に行って用件を言うと、先生は十五分ほどで休憩になるからと言われた。待っている間に、ナースセンターや病室などを少し見て回った。壁に掲示板が掛かっていて、手書きの通知や報告などが所狭しとばかりに張られている。カラーペンやら蛍光ペンでのお知らせは、若い看護師たちが書き募ったもののようだ。なかなか明るい雰囲気の病棟なのだろう。張り紙などに気を取られていると、先ほどの看護師が呼んでくれた。急いでそちらに向かうと、面談室なのか小さな部屋に案内された。待っていた古賀靖生は、顔立ちの整った面長で中背の青年だった。

「先生、九州の出身と聞きましたが、九州はどちらですか」

「福岡の博多です。医大に入学してから東京でアパート住まいです。それでご用件は？」

「率直に言いますと、先生はアズサという歌手を目当てに、熱心に〈ｐｉｔ〉に通っているようですけど、いつ頃からでしょう」

「目当てとはどういう意味で言われているかわかりませんが、私は確かにアズサさんのファンで、ライブを聴きに行ってます。それだけのことで、他に目的はありません」

古賀は〈ｐｉｔ〉に通い出した経緯を話してくれた。

福岡での高校時代の友人が東京の大学に数人いて、卒業後もよく集まっては飲んでいる。その中にマスコミ関連に就職した仲間がいて、新しい穴場をよく見つけて来る。〈ｐｉｔ〉に初めて行ったのも、その男に連れられてのことだった。こぢんまりした店ではあったが、それだけに興《きょう》に乗った演奏が聴けた。気に入って何度目かに寄った時、アズサのボーカルに出会った。アップテンポの曲やスタンダードナンバーも良かったが、スローバラードを聴かされた時背中に身震いを覚えた。目を閉じて聴くと、その歌声はハスキーにもかかわらず、澄み渡った空間のなかを遠くへ遠くへと響き渡るような透明さを感じさせた。そして何よりも、まだ彼女が大学生だということになぜだか感動してしまった。それからというもの、大袈裟に言えばアズサの虜《とりこ》になったとでも言えるのかもしれない、古賀はそう語った。

「私は単に彼女のファンというだけのことで、個人的には何もありません。〈ｐｉｔ〉で歌を聴いて何度か話をしただけのことです」

「彼女の歌は素晴らしい、しかもめっぽう美人だときている。男なら好きになって当然でしょう。それなのにあなたはファンというだけで満足しているとおっしゃる」

「ごらんのとおり私はまだ研修医です。いくら素敵な女性がいるからといっても、何もできる立場ではないんです」

「しかし、恋とか愛とかは収入や社会的地位とは関係ないでしょう」

「世の中にはそういう人も居るでしょうけど、私はどうもそうはいきませんね。それに彼女の周囲にはもっと相応しい男性が大勢いますから」

「今年の三月でしたね、佐伯君の事故死……ご存じですよね。そのことについて若干質問させてください」

「〈ｐｉｔ〉の常連でしたね。何度か会ってますよ。でも挨拶を交わす程度でしたね。今頃になってその話って、何かありましたか？」

　山脇は訪問の理由を簡単に説明した。事件の捜査ではないが、自分の中で年内に解き明かしておきたい問題の一つで、佐伯が死ぬ直前の行動についてだと話した。

「私の個人的な興味というだけのことなんです。佐伯君の事故当夜の行動の一部が不明のままでして。まあ言ってみれば、分からないことはそのままにして置きたくない性分なんですね」

「今年の三月というと、研修医になってやっと二年目になるところでした。次はどこの科に回るのか、内心ピリピリしていました。〈ｐｉｔ〉には月に二回行くだけで精一杯でしたね。他のことに気を取られている余裕などはありませんでしたね。佐伯君の事故死は新聞に小さく載っていた記事を見ただけです。四月に店に行った時には、もうその話は出なかったと記憶してます」

「不明の一時間五十分について、何か気が付いたことはありませんか」

「残念ですが、何もありませんね。うーん、私よりもアズサさんの方がそのあたりのこと知っているんじゃないですかね」

「ときに、大阪から来ていた豊川嘉和さんはご存じですか」

「羽振りの良さそうな人ですよね。彼女に花束なんぞやってたり、形《なり》は少し派手ですけど、意外と無口なように見えましたね。でも話をしたことはありません。なにしろ彼女は評判が良くて、お目当てが沢山いましたから簡単には近付けませんよ」

率直で話しやすく感じたのは、患者に対しての話術とでもいうのだろうか。あれこれと二十分も話していたが、結局は空白が埋まることはなかった。

日本で一、二を争う繁華街を管内に持つ渋谷署では、十二月の二十日から歳末警戒態勢に入る。毎年恒例のことだった。署全員が担当地域を割り振られ、機動隊からの応援とで夜中まで警邏《けいら》にあたるのだ。

翌日から歳末戦線に突入する、前日の十九日は、皆早めに仕事を切り上げて家路についた。だが山脇は、暫くご無沙汰だった赤提灯に立ち寄った。明日からまた暫くは、そう、年始の明治神宮の警邏が終わるまでは顔を出せないのだ。久しぶりにばあさんの顔でも拝むかと「加代」の引き戸を開けたが、席は満杯だった。そのまま帰る気にもなれず、たまにしか行かない居酒屋に向かった。

相棒の一谷刑事は、先月二人目の子供が出来たばかりで、イクメンのつもりなんだろう、さっさと帰ってしまった。山脇は隣の席にいた常連客らしい男の駄法螺《だぼら》に調子を合わせて、思いの外ピッチがあがってしまった。居酒屋を出たのは十一時過ぎだった。もともと酒はいける口、この程度の酒では泥酔にはならないと自負している。師走の寒風が頬を撫でてほろ酔いには心地が良い。ぶつかる通行人を避けながら、駅に入っていった。いつものように階段を上がってホームの最後尾に向かって歩いた。そして、山脇は足を滑らせたかのように、よろけて駅のホームから転落した。

山脇が立ち上がりかけた丁度その時、電車が入ってきた。

あっという間の出来事だった。

慎吾は出勤前の朝のＴＶニュースでそのことを知った。食べかけていた箸を放り出して携帯電話を取り上げ、一谷刑事に電話を入れた。まだ時間が早いかなと思っていたが、すぐに電話に出てくれたので、ニュースで見たことの真偽を尋ねた。

「そうなんだ、撥ねられたのは間違いなく山さん、山脇亮一警部補だ。所持品で判明したよ。詳細はまだ分からない。俺も今、署に来ているんだけど、とにかく大騒ぎだ、夕方にでも電話してくれ」

あたふたしても始まらない、取りあえずは池上署に出勤した。けれど、何とも落ち着かない気持ちだった。ニュースで見たり、関係各署からの連絡で知ったりで、こちらの署でもその話で騒然としていた。課長に聞いてみたが、まだ事実関係が確認されていないので濫《みだ》りに騒がないように、外部からの問い合わせにも慎重に答えるようにと窘《たしな》められた。

叔父が死んでしまったという、突然の衝撃が頭の中を占めてしまった。それが少し収まってくると次に、何故ホームから転落なんてしたんだと考え込む。一日中そんなふうで、何もかもが上の空状態の有様だった。

夕方、一谷刑事に連絡すると、まだ署にいるらしかった。

「アルコールの血中濃度がかなり高くなっていた。これから山さんの行きつけの店と、事故の時間あたりのホームで聞き込みに出掛ける。だけど、どうにも風向きが悪い、酒酔いでの転落死との見方が強いんだ」

「私も聞き込みに協力します」

「いや、止めたほうがいい。本庁からの圧力で、皆ピリピリしている。余所の署が加わるのは、嫌がられるだけのこと」

そうは言われたものの、叔父の死の真相が知りたくてたまらなかった。酒に酔って転落するなんて、何としても考えられないことだ。まだ五十歳になったばかり、老いるにはあまりにも早すぎる。剣道で鍛えた身体、しかも町中を歩き回る仕事で足腰はまだまだ若いはず。よろけてホームから落ちるなんてあり得ないと、慎吾は強く信じているのだ。

そして翌日夕方、一谷刑事からの電話では、飲んでいた店が判明したという。

「当初の思惑通り、酒に酔って足をとられホームから転落し入って来た電車に轢かれた、ということに決着した。奥さんには課長から連絡が行っているけど、慎吾君からも説明してくれ」

叔父さんの命が尽きてしまった、あの酒好きな笑顔を絶やさない男の一生が終わってしまった。本当なんだろうか、ピンとこない。振り返ってみれば、子供の頃からずっと叔父を見てきた、ずっと慕っていた。だから警察官になろうと、何の迷いもなく思い続けてきた。叔父のような警察官になりたいと思う心は、今でもまだ点《とぼ》っている。これから警察官としてずっと成長し続ける姿を見ていて欲しかったのに。なのに、なぜ逝ってしまったんだろう、口惜しい。

佐伯青年の死から数えて九ヶ月、忙しい十二月の年の瀬に、所轄の刑事が事故死を遂げた。端から事件性がないものとして、殺害説は無視された。現職の警察官が殺害されたとなると、大事件としてマスコミの攻撃材料になり警察の威信に関わる。そんな訳でもなかろうが、簡単に事故死で済まされてしまった。確かに現場や遺体の状況からは、事件性を思わせるものは見当たらなかったのだ。防犯カメラを当たってみたが、異常なものは見つけられなかった。結局は酔ったうえでの事故死として処理されてしまった。密かに大学院生の死を追っていたことを仲間の刑事たちは知って、苦笑いぎみだった。山脇が酒に酔って同じように事故死をしたことに因縁めいたものを感じて、死者が呼んだのではないかと気味悪がる者もいた。

現職の刑事の事故死となると、犯罪性の有無が取りざたされる。一旦は捜査一課も出向いての捜査になったが、司法解剖の結果からも事件性を疑わせるものは何も出てこなかった。一谷を始めとして数人の刑事が事故の時間帯で聞き込みをした結果、事故を目撃した二人の人物を見つけることが出来た。その証言では、山脇が一人でふらりと歩いて、ホームからすとんと落ちたというのは二人とも同じ意見だった。だが、さらに追及してみると、他に気を取られたりして、はっきりとは見ていないような曖昧さがあった。それでも、年の瀬を控えての繁忙時期もあったからなのか、事故死と断定した結論づけは早かった。渋谷署内では、あの転倒死した青年が山脇を呼んだのではないかと、不気味な噂が密やかに囁かれ続けていた。

山脇亮一が日頃窃盗や傷害など所轄の仕事の合間に、単独で何かを追っていたことは課長も薄々察していた。だが、彼が何を何処まで追っていたのか把握していなかった。親しかった同僚の一谷をはじめ、捜査課の誰もが彼の単独行動を察してはいた。にもかかわらず、日々発生する犯罪の処理に追われ、余計なことには触れないようにしていた。知らないふりをしていたことを若干後ろめたく思う者もいない訳ではなかった。

中でも一谷の塞ぎようは酷かった。一人で捜査していたのに詳しいことを聞きもしなかった自分を責めていた。山脇が何を根拠に、解決済みの事故死を調べていたのか全く不明だった。おそらく山脇は他の誰も引き込まないようにと、一人で捜査を続けていたのだ。そんなことから、経過を調べようがなかった。渋谷署の署長はキャリア組で、諸般の事情から殺害事件にしたくなかったのではと、一部で噂が流れていた。隠ぺいしてしまった、事件性はないものとして、事故死で処理を済ませた、そう囁《ささや》かれていた。

山脇の葬儀には警察関係者はわずかしか参列していなかった。だが辛島慎吾は、他の所轄署の新人警官として参列していた。叔父の死に少なからず不審感を持ったものの、余所の署の出来事に新米警察官が口を挟めるものではない。面識のあった一谷刑事に尋ねても明快な答えは出してもらえずじまいだった。ただ、山脇の同期だという捜査一課の刑事が参列していた。本庁の刑事だからなのか、他の参列者とは離れて立っていた。すーっと慎吾の傍に寄ってきて、やっと聞き取れるほどの声で言った。

「剣道の腕を上げたそうだな」

突然のこと、慎吾は振り向いて相手の顔を見たが、誰だか記憶がなかった。

「はあ、やっと三段です」

「その調子で続けることだ、山脇も期待していたぞ」

それだけ言うと、すっと離れて行った。誰なんだろう、あの人。

冬の初め頃、佐伯の死亡事故のことを聞き回っている刑事がいた。皆が忘れかけていた時分になって、なんでまたと思っていた。年の暮れにさしかかった頃、その刑事が電車に撥ねられて死亡したことを桑田は知った。〈ｐｉｔ〉に顔を出して、桑田から詳しい話を聞いていた。初めて酒を飲み交わした刑事だから、強く印象に残っていたのか。桑田は数社の新聞を広げてそのニュースを読み漁っていた。

二〇〇九年春、アズサはニューヨークにあるトーマスの友人の貿易事務所「東洋貿易」に就職するため渡米することになった。本格的にジャズボーカルの勉強を始めることを桑田やトーマスから勧められたのだ。

第二章　二〇一二年　福岡

1

春が間近に感じられるようになってきた三月十五日のこと、古賀靖生は東都医大病院で外来患者の診察に当たっていた。十一時半少し過ぎ、つっと寄って来た担当の看護師が耳打ちしてくれた。

「福岡の弟さんから電話が入ってます、緊急のようですけど、出られますか」

なんだろう、病院に電話をよこすなんて。まあスマホがロッカーに入れっぱなしだからだろうけど。緊急って言うから、よほどの急ぎの用件なんだろう。靖生は診察中の患者に断りを言って、回線電話に出た。

「父さんが、殺されちまったよ。兄さんすぐに帰って来てくれないか」

「ナニッ、殺されたって……、死んだってことか？」

「ああそうなんだ。一週間前から行方が分からなかったんだけど、今朝発見されたんだ。凄く無残な遺体でね」

六日ほど前に、〈父さんそっちに行ってないか〉と弟の直輝《なおき》から電話があったが、その時はさほど慌てている様子ではなかった。〈まさか、若い女と海外に逃げた訳でもないだろう〉などと冗談を言い合うほどだった。母が逝ってから三年、まだ父は五十五歳と、老人の部類に入れるには少しばかり早い。女性とのトラブルでもあったんだろうかと考えてもみた。それにしても、今までに断りもなく父が何処かに出かけたことなど一度もなかった。そんなことをする人ではないだけに、皆が心配していると直輝は言っていた。靖生も気がかりだったが、ついつい忙しさに紛れてそのことは頭から抜け落ちてしまっていた。

すぐに行かなければと気が急いて、どうにも尻が落ち着かない。とはいっても今日の外来患者はしっかり診なければならない、貴重な時間を割いて遠くから来て待っている人も居るのだから。

福岡行きの飛行機の予約を看護師から事務局に頼んでもらった。学校が春休みに入ったこともあって、どの便も予約がほぼ満席に近い状態だったが、十五時十五分発のＪＡＬ三二三便、羽田発の福岡行のビジネスクラスがなんとか手配出来た。事務局は鼻高々な口ぶりだったと、看護師は舌をペロッと出して見せた。外来患者の診察を終えたのは十二時四十分、一旦マンションに戻って着替えなどを準備しなければならないと、なんとも気が急いた。尾原祐希《ゆうき》にも言っておかなければ心配するだろうと、移動しながらスマホに連絡を入れた。昼休み時間はあと十分も残っているのに、祐希はなかなか電話に出なかった。いつまでも待ってはいられない、後で連絡すればいいと、スマホを切った。昼食を摂るのも止めようかと思うほど、落ち着かない。それでも慌ただしく片付けを済ませて病院を出た時には、コンビニに寄ってサンドイッチと牛乳を買った。

バタバタして舞い上がり気味の心が落ち着いたのは、飛行機の座席に着いてからだった。福岡空港到着の予定は十七時十分、機内では二時間ほどの時間がある。シートベルトを締めてスマホの電源を切ろうと取り出した。チカチカと画面に着信メールのサインが点いていた。開いて見ると祐希からのメールだった。〈ゴメンナサイ、午後の準備で忙しかったの、何かご用だった?〉とあった。靖生は手早く返信メールを打った。〈父が死んだから、急ぎで福岡に行く。今飛行機に乗ったところだ。詳しくは夜にでも電話をするから〉と送った。電源を切ってスマホを収めた。ふと父の顔が目の奥に浮かんできた。どういうことなんだろう、ひどく無残な遺体だと直輝は言っていたが、患者の待っている診察室での電話では詳しく聞く余裕はなかった。病院から部屋に戻った時に直輝のスマホに電話を入れてみたが、暫く待ったものの出る気配がなかった。混乱状態なんだろうかと、詳しい事情の分からないままの搭乗だった。

福岡空港からタクシーに乗って、午後六時前に桜坂の実家に着いた。まだ夕暮れには少し間がある。車を降りて立ち止まり、束の間周囲を眺めていた。このあたりは小高い丘、所々で遠方まで見通しが利いて、気が晴れる心地がする。ああ、帰ってきたんだと思う。暫くぶりだからか、やっぱり実家は落ち着くと頷いた。そんなこと言ってる場合じゃないと気づき、急いで門を潜った。玄関に入ると、いつもとはどこか違った空気を感じた。奥から慌ただしく出てきた家政婦の君代さんが、スリッパを出してくれた。

「お帰りなさい、直輝さんは今戻ったばかりで、奥の間で着替えてます」

そうか、今この家には君代さんと直輝しかいない、だから活気が感じられないんだ、そう思いながら奥のリビングに行った。君代さんは、五年前に母の具合が悪くなって以来古賀の家に来てくれている。三年前に母が乳がんで逝ったあとは、引き続き残された男二人の世話をしていた。靖生は十二年前に大学に入学して東京に出ていたから、彼女がこの家に来た時には福岡には居なかった。だが里帰りする度に、彼女の世話になっている。テキパキとよく動く、よく気の付く女性だなと感心している。少しふっくらして中年太り気味なんだろうが、いかにも温厚そうで男二人の世帯には打って付けのようだ。

居間のフローリングを抜けて、八畳の間にバッグを置いて横になった。畳の上に手足を伸ばすと、久しぶりの我が家の感触が全身に伝わってきて、やっと気分が落ち着いてきた。暫くして、奥から直輝が出てきた。

「少し前に刑事が帰ったばかりなんだ」

そう言って居間のソファにどっかりと身を沈めた。

「父さんが死んだって、どういうことなんだ」

「警察の話では、死後一週間は経っているって言ってた」

「一週間って、行方不明になった日のことかい。行方が分からなかったんじゃなくて、殺されていたってことか?」

「そういうことになるな。九日、金曜の朝十時に会社を出て、その日のうちに殺されてしまったんだよ」

「会社を出る時父さん、何処に行くかは言ってなかった?」

「事務員の話では、県の販売協会の事務局に行くって出かけたらしい。だけど、確認したら協会には行ってなかったんだ」

「協会に向かう途中で、呼び止められたかして何処かに連れ込まれてしまった。その場所で殺害されたってことなのかな。だけど、何で父さんが殺されなければならなかったんだろう、思い当たるようなことはないのか」

「絶対にあいつらだよ、決まってるさ。秀栄薬品の連中だ。他に父さんを殺す奴なんていないよ」

「それで、死因は何だった？　直接の死因だよ」

「そんなことは知らないよ。あのさ、腹が切り裂かれていたんだぜ。ご丁寧に内臓を引っ張り出して、横に放ってあったんだって。俺は刑事に止められて見てないけど、刑事の話では酷い有様だったって。あんな惨《むご》いのは見たことないって言ってた」

　靖生はふと腹裂きの刑を思い浮かべた。古代オリエント文明の頃実際に行われていたし、十五世紀のヨーロッパでは、宗教戦争の中で頻繁に行われていたと記憶している。図書室でそんな絵を見たことがあった。本来は見せしめの刑の意味が大きかったのだろう。犯罪者を憎む気持ちがあまりにも大きくなり過ぎた結果だろうか。精神錯乱に陥って集団パニック状態のなかで行われるんだろうが、何とも惨い話だ。説明書によると宗教がらみの場合が多いようだ。そんなヨーロッパの中世時代に行われていた処刑に似ている？　それ程までに親父は憎まれていたということなのか、あるいは新興宗教の狂信的信者に関係していたとか。だけどそこまでの遺恨を持っていたとは、一体どんな人間なんだろう。

十一時、寝る前に祐希に電話を入れると、待っていたようにすぐに出た。父親が殺害された事件の内容を話すと、その異常性に驚いていたが、看護師という仕事柄なのか死については淡々と話していた。

「それで靖生さん、葬儀が終わってから戻ってくるのね。お母さんが亡くなってまだ三年でしょ。残された人たちが可哀想」

「何もね……、何一つも親孝行も出来なかったんだよ。そればかりが胸に刺さっているんだ、残念でしかたないよ」

最後には声が詰まってしまった。

遺体が発見されたのは三月十五日（木）午前八時半のこと。古賀丈治社長の行方が分からなくなり、家族が捜索願を出してから丁度一週間目だった。発見されたのは、福岡市坂下町の倉庫街の奥まった場所にある建物の中だ。古い倉庫が建ち並ぶ中で、忘れられたようにぽつんとある、小さな廃屋に見えるようなプレハブの簡易倉庫。その建屋の前に、いつまでも白い大きな乗用車が停まったままでいた。この数年使われた様子のない倉庫なのにと、隣の倉庫に在庫品を出しに来た作業員が気に留めていた。近くに用事でもある誰かが、一時的に車を置いているんだろうと、その時はそのまま帰った。それが数日後に再び作業に行った時になっても、まだそのままになっていた。新しい綺麗な高級車で、放置するような車ではない。傍に寄ってガラス越しに内を覗いて見たが、助手席や後部座席には何も置いてないし汚れてもいない。ドアを引いてみたがロックされている。不審に思った作業員は、すぐに警察に通報した。

五分もするとパトカーが駆けつけて来た。無線で本部とやりとりしていたが、ナンバー照会で捜索願の出ていた会社社長古賀丈治の使用していた車であることが判明した。同乗していた若い警察官は、倉庫の周囲を見回ったり背伸びしてガラス窓から中を覗いたりしていた。何か不審を感じたようで、倉庫の扉の留め金を外して強引に廃屋内に入って行った。さほど広くないベニヤ板むき出しの庫内で、締め切った部屋の空気が淀んでいる。物は置かれてなくガランとしていたが、隅に青いビニールシートが広げてあり、何かを覆っているのが目についた。警官はその青いシートの端をつまんで、軽く持ち上げるように捲《めく》って中を覗こうとした。中から異様な腐敗臭が湧き上がって、鼻を突いてきた。手袋のまま鼻を押さえてさらに大きくシートを剝ぐと、靴も靴下も着けていないむき出しの脚が二本並んでいる。全体が見えるようになお大きく剝いで目をこらすと、男性の裸体でしかも死体だった。衣服が全てはぎ取られ全裸状態で、顔は眼を大きく見開いて歯を食い縛っているように見える。死体は、肋骨の辺りから腹部にかけて、三十センチにわたって縦に切り開かれている。内臓全てが引っ張り出されて、片方の脇に一纏《まと》めにして放り出されていた。警察官は外に飛び出して、何度も深呼吸をしながら、同乗していた警察官に大声で喚き、倉庫内を指し示した。

脇に放り出されていた内臓、心臓と肝臓さらに胃、それに腸がひと塊に置かれ、大腸の端が体内に繋がったままだった。表面は乾燥したのか鈍く光っていたが、血糊はさほどついていない。殺害してこれだけの作業をしたとしたら、大量の出血があったはずだ。それにしては辺りに大きな血痕や血溜まりは見当たらず、拭き取ったような痕跡が残されていただけだ。或いは殺害したのは別の場所とも考えられなくもない。なんとも残忍で惨い光景だが、頭部さえ見なければ蠟細工の標本のようでもあった。

切り開かれた腹の左側上部、心臓の少し下辺りに、鋭利な刃物で刺した痕跡があった。その傷は表層から肉を貫き、内臓部分にまで達するほどに見えた。それが直接の死因だろうと推測出来た。春はまだ浅い三月半ばとはいうものの、今年は例年にない暖冬のためか、既に腐敗が始まり内臓特有の悪臭が辺り一面に漂っている。大きく眼を見開いた顔や汚れた髪の頭蓋には、これといって目立った外傷はなかった。行方不明の届け出のあった古賀丈治の公算が高いため、届出をした家族に連絡を入れた。そして十時過ぎ、駆けつけてきた遺族に、スマホに撮った遺体の顔写真を確認してもらった。その結果、車の所有者で捜索願の出ていた古賀丈治に間違いないと確認が出来た。まもなく到着した検視官によって、自家融解の進行状況から死後一週間程度経過しているものと判断された。福岡県警は殺人事件として直ちに捜査本部を立ち上げた。

　犯人は被害者を刃物で刺し殺しただけでは満足出来なかったのか、腹を切り開いて内臓を引き出す行為に及んだとみられる。刃物で腹を切り裂く行為はとても尋常とは言えず、遺恨の深さを意味すると言っても過言ではあるまい。だが一方では宗教的な呪いか災いを排除する儀式かなにかで、行った犯行とも考えられる。また犯人の異常性格を表現しているという意見もあって、捜査本部では殺害の動機を判断しかねていた。被害者の衣服や所持品が全て持ち去られているのは、被害者の身元の発覚を遅らせるためとも推察できる。だが、それにしては被害者の車をそのまま放置しているのは何を意味しているのか、どうにもちぐはぐ感が拭い取れない。また犯行に使用されただろう鋭利な凶器も、辺り一帯の捜索では発見されていない。直輝が担当の刑事から受けた説明はそんなところだった。

「親父を殺したのは、秀栄薬品の奴らがやったことだ、絶対にそうに決まってる。刑事にそう言ってやったよ」

「直輝がそう言うんだから、そうに違いないだろうけど、秀栄薬品のやり方ってそんなに凄いのか。まるで気違い沙汰じゃないか」

「お互いに仕事だから、客を取ったり取られたりはまあ仕方ない。この医薬品卸の業界、九州地区は平成二十年までは、何とか小競り合い程度で収まっていた。そこに大阪の秀栄薬品が乗り込んできたんだ。新参者はゼロから出発だから、かなりの無理をしないと販路なんて出来やしない。だけど、奴らは半端じゃなかったよ。なりふり構わず、安売りをするわ賄賂はまき散らすわで、節操なく荒らしまくった。お陰で、九州の医薬品卸業界は大荒れに乱れたんだ。だから恨み骨髄はこっちのほうさ」

「それにしても商売敵の秀栄が父さんを殺すなんて、あまりにもあからさま過ぎないか。他には考えられないのか」

「父さんは人の嫌がるようなことは絶対にしないし、社員たちにもきつく言っている。兄貴もそのことよく知ってるよな、恨まれるようなことなんて、他には考えられないんだ」

「仕事上でのトラブルで、殺人までやってしまうなんてあり得ることかなあ。そんなのって暴力団の世界も顔負けじゃないか。今までに客の取り合いとかで殴り合いとか、暴力沙汰になったことはなかったのか」

「いやそれはなかった。だけど、奴らの遣り口はそれ以上に陰湿なんだ」

「そう言ったって、攻めてきたのは向こうの方、つまり秀栄薬品なんだろう？　攻めたてられたこっちが恨むっていうなら分かるけどな。秀栄がうちの会社を恨みに思うなんておかしいんじゃないか、逆だろう」

「それはそうだ。損害を被ったのはウチラの方だからね。九州の医薬品卸問屋は、あちこちで優秀な営業マンを引き抜かれて売り上げはガタ落ちらしい、ウチもそうだった」

「どう見たって、遺恨を持つのはウチラの方ってことだよな。それなのになんで、秀栄がウチを敵《かたき》に思うんだ？」

「父さんは九州地区の医薬品の卸売組合の理事長をやっている。だから、目に余る強引な販売をする会社には、厳しく注意をしたり公取に報告したりしている。秀栄はその都度国からお叱りを受けていた。目に余る行為があれば、販売許可を取り消すとまで言われていたようだから」

「それでオヤジを恨みに思っていたってことか。本当だとしたら逆恨みじゃないか。ちょっとやりすぎ、おかしいよそれって」

秀栄薬品の攻勢に悩まされている直輝の被害妄想じゃないのか、常識から考えてあり得ないことだ……靖生はそう考えた。確かに直輝の言うように、割り込んできた卸売業者の強引な販路拡大作戦にいいようにかき回されてしまったに違いない。それまでずっと九州地区では上位を誇っていた（株）ＫＩＨが、まともに攻撃を食らってかなりの打撃を受けただろう。順調に伸ばしていた売り上げを、急激に潰されかけている直輝の苦渋は分からないでもない。だからといって、悪いのは全て秀栄だと決めつけてしまうのはちょっと先走りすぎで、いささか短絡的すぎるのではないだろうか。それよりも何かの原因で精神異常者を刺激して、反感をかって殺害されてしまった。そう考えるほうが筋が通っているんじゃないだろうか。

2

社長の突然の惨事に、社内は慌てふためいていた。古賀丈治はまだ五十五歳と若く元気だっただけに、何もかも全てを自分が一人で総括していた。仕事が社長に集中していたために、急に居なくなったあと、社員たちは何をどうしたら良いのか見当も付かず、ただ右往左往するだけだった。ニュースで訃報を知った取引先や知人たちからの問い合わせが殺到して、直輝たちは説明やら対応に追われていた。今後のことや対応策など考える余裕すらなかった。そう言って疲れた顔の直輝が戻ってきた時は、既に夜の九時を回っていた。どっかと座り込んで、暫く身動きもしなかった。靖生は声を掛けずに、ただそっと見ているしかなかった。

「兄さん帰って来て欲しいよ。俺一人じゃ会社を乗り切るのは心細い、無理だよ」

と直輝は弱音を吐いていた。相当に参っているのだろう。三年前に母を亡くして、今度は父が逝ってしまった。これからは広い家に一人で暮らすことになる。会社の運営も直輝一人の肩にのしかかってくる。靖生は何だか弟がやけに惨めに思えて、可哀想にもなった。だからといって俺が何をしてやれるというんだ、辛かろうと思っても絶対に手を出してはいけない。親父が生きていたらきっとそう言うだろう、己にはそう言い聞かせて堪えるしかない。

「専務がいるし営業部長だっているじゃないか。前社長の爺さまもいる、専務や爺さまが元気なうちにしっかり鍛えてもらえよ、な。跡継ぎはお前なんだ、お前しか居ないんだよ。俺は今じゃあ病院の仕事から抜けられなくなっている」

直輝の肩に手を置いた靖生。やっと二十八歳になったばかりの彼に、この難局が抜けきれるだろうかと心許なく思えた。出来ることなら力を貸してやりたい。そうは思うが、情に流されてそれをしてはいけないんだ。「兄貴は外に出て行ってしまう。所詮外から来た人間なんだ」そう誹《そし》られるだろう、だけどここは直輝が自分の力で耐え抜いて行かなければならない。今後は、ＫＩＨを直輝自身が維持していかねばならないんだから。それに、婚約者の剣崎美沙が傍に付いて居るじゃないか。

古賀丈治、二代目社長が殺害されたことにより、会社の業績が大きく後退していくのは誰の目にも明らかなことだ。その業績悪化は甚だしく、倒産の危機に瀕するところまで落ち込む可能性もあり得る。社内では、秀栄薬品の吸収合併に賛同する声も囁かれだしているらしい、だけど直輝、ここが踏ん張りどころだぞと言うしかなかった。

殺害された古賀丈治社長には、養子の靖生三十歳とその後生まれた実子直輝二十八歳の二人の息子がいた。靖生は東京に出て、大学病院に勤務している。弟の直輝が古賀家の運営する（株）ＫＩＨに入っていたが、大学卒業後六年足らずの若者では、窮地にさらされた会社の状況にはまともに対処出来はしないと、世間は見るだろう。

だからといって靖生は、会社経営ということに関しては全く経験のないずぶの素人、手を貸すことなど出来るものではない。一方会社では営業の柱だった定岡正之が、部下の柳瀬隆司と一緒に商売敵の秀栄薬品に引き抜かれ、顧客やデータまでも奪われてしまった。そんな時に、社長が殺害されてしまったのだ。その窮地に追い込まれた会社の社員たちは、結束を固めて文字通り死にもの狂いの動きをするしかない。だが、それがどれほどの効果があるのだろうか。確かに、地場産業を応援する医療機関は意外に多いと聞く。とはいえ、それも売り上げ実績に大きく作用するとは考えにくい。敵対する大阪の秀栄に反発する九州の人たちが、どれほどいるものなのか。あてに出来るものではない。

丈治に全てを任せ一線を退いていた前社長の古賀由次朗が復帰して、業務を見ることになるのだろう。本人はもう身体も頭も働かないからと言ってはいたが、息子の死と会社の危機に際して、残された者の責務だからと、会社再建に協力すると言ってくれている。だからといって業界の激しい変転やコンピューター化された管理業務には追い付いていける訳ではない。それでも日々出勤して席についているだけで、動揺する社員たちが奮起して一丸となる雰囲気作りになり得るかもしれない。そんな要《かなめ》になれるのならと、大役を引き受けたようだった。

（株）ＫＩＨの前身である九州医薬品卸販売（株）は、古賀丈治の父の由次朗が昭和四十三年に起こした会社である。その古賀由次朗は、現在八十一歳で、若い頃は古賀家の家業（本業は山林経営で、博多で塩・酒類卸・食品卸・医薬品卸）を手伝い、切り盛りしていた。大戦後の日本経済は大きく変転し、新たな分野に進出を余儀なくされ、由次朗が新しい分野に携わるようになった。昭和の初期から細々と続けてきた医療機器や医薬品の卸販売の分野に力を入れて開拓する方針に決めたのだった。古くからの取引先の掘り起こしから開始し、病院関係への営業に尽力した。そののちに、本業から分社化する形式で独立して、九州医薬品卸販売（株）を立ち上げた経緯があった。そして後を受け継いだ丈治の時代に、（株）ＫＩＨと社名を改めて建て直しを行った。それは業界そのものが大きく膨張を続けていた時代でもあった。

二十世紀の後半にかけて、世界では科学分野は目覚ましいほど急激に発展した。医学や薬学もそれに伴い飛躍的に成長して、市場も膨大なものに肥大し続けていった。そういった世界的な流れに追従するかのように、国内でも医薬品メーカーは次々に新薬を開発していった。当時の日本社会は高度成長期にあって国民全体の生活レベルが上昇し、医療福祉や社会福祉にかかる費用も肥大化していった。古くからあった薬品販売会社や医薬品卸問屋は努力せずして膨張していったとまで揶揄された。だがその頃から、自社の利益の成長のみしか考えない業者たちの安売り合戦が始まってしまった。医薬品メーカーの間での売り込み合戦でも同じ様な流れだった。一社が新薬の開発に成功すると、膨大な利益が得られる。だが他社は黙ってそれを見ている訳ではない。といって新たな薬を開発するには膨大な時間と資金を要する。その新薬の特許切れを待つか、先行した薬のコピーを特許すれすれに製造するかしかないのだ。それにより疑似製品が大量に出回ることになり、各社は販売に躍起になって手段を選ばない無秩序販売が横行するようになっていった。そして、その無秩序な売り込み合戦を見逃している訳にもいかず、国が規制に乗りだすことに動き出した。その結果、制約を受けて製薬メーカーは己で売り込むことが出来にくくなり卸問屋を使うようになる。だが小規模企業ばかりで力のない医薬品卸業は、メーカーの傀儡《かいらい》のような存在で、否応なく販売合戦に巻き込まれて行くことになる。

そんな時代の背景もあり、（株）ＫＩＨも一時は順調な発展を続けてきた時期があった。だがその後、行き過ぎた販売合戦によって、自分たちの首を絞める結果となった。最近では各社とも売り上げの衰退を記すようになり、ＫＩＨも利益の確保や企業形態の向上に躍起になっていた。にもかかわらず、その最中に突然の経営者の死というとんでもないアクシデントに見舞われてしまった。そのことによって、ＫＩＨは未曾有の大打撃を受けて、衰退の岐路に立たされることになってしまったのだ。

発見されてから二日後、縫合した遺体が警察から戻って来て、十九日（月）、葬儀を行うことになった。事件の被害者とはいえ尋常でない死に様なので、社葬にはしないことに決まった。それでも社員や親類の他に参列者の多い葬儀になったのは、生前の故人の人柄と交友の広さからだろうか。

靖生は通夜を終えて、会場の外に出て一息入れていた。日中は穏やかで暖かかったが、夜になると急に冷えてくる。まだ春には間のある冷気を頬に受けて、火照った身体を冷やしていた。五～六分もしただろうか、静かに直輝が横に立っていた。清めの宴に残っていた人たちと話し込んでいただろうに、お疲れさんと声を掛けてやった。

「この数日、なんだか訳の分からない間に時間が経っていったような気がする」

「ゴメン、何もしてやれなくて……」

「兄さん何も謝ることなんてないよ。俺、親父に言われていたんだ、兄さんはああやって明るくしてるけど、心の中ではずっと苦しみ続けているんだから、そっとしてやってくれ。古賀の家は直輝が背負って行かなければならないんだからって」

「すまない、何もかも直輝に押しつけてしまって」

「兄さんも東京で頑張っているんじゃないか。しょうがないさ」

そう言ってくれるけど、俺はこの弟に何をしてやれるんだろう、そう思うと無性に己の存在に苛立ちが湧いてくる。俺は一体どうすれば良いんだろう。


翌日、異常といえる死に方にもかかわらず、十時からの告別式も大勢の参列者が集まってくれ身動きの取れない程だった。それでも葬儀社の行き届いた配慮の故だろうか、さしたる問題もないまま無事に式は終了した。

だが靖生は大学病院では担当する科が決まったばかりの新任担当医で、多忙な身であるから早急に職場に戻らねばならない。葬儀を終え、火葬場から戻って、そのまま初七日の法事も参加して、慌ただしく着替えを済ませて式場を後にした。直輝は心許ないような目つきをして、そんな靖生を見ていた。もっと傍に居て欲しいんだろう、ゆっくり話をしたいんだろう、だけど今は時間のゆとりがないんだよ。お前の傍には美沙さんが居るじゃないか、慰めて貰え。そんな心を残して、靖生は二十一日の夜の東京便に搭乗した。

3

三月十五日の夕方だった。定岡正之が早めに仕事先から秀栄薬品福岡支店に帰社すると、すぐに部下の柳瀬が寄ってきた。

「定岡さん、古賀社長が死んだこと知ってます？」

唐突だった。柳瀬の顔を凝視した。

「いいや、またどうして？」

「さっきニュースで見たんです。坂下町の倉庫で社長の遺体が発見されたって。例のあの倉庫らしいですよ」

「遺体って、殺されたっていうことかい」

「そうらしいです。驚きましたよ。病院の待合室を通り抜けようとして、ＴＶのニュースでチラッと見ただけですけど」

「古賀社長が殺された？　何でまた……、本当にニュースでそう言ってたのか？」

「立ち止まって聞いたんだけど、アナウンサーの話が途中からだから、詳しくは聞けなかった。テロップなどと合わせて考えると、近所の人からの通報で警察が調べに行ったら死体があった。それが一週間前から行方が分からなかった古賀社長だったってことらしいんです。現場からの中継だとかで、映ってたのがあの坂下町の古い倉庫でした。息の根が止まるほど驚きましたよ。自分の知ってる人が事件になるなんてね。急いで会社に戻ってきちゃいました」

確かに坂下町の倉庫には覚えがあった。七〜八年前だったたか、ＫＩＨが社屋を改築する時に、一時的に借りて使用していた。普段使用していない物や、あまり動きのない商品を移動させて、その倉庫に収納していたのだ。普段必要のない物ばかり入れてあるから、殆どその倉庫には行ったことがなかった。社屋の改装工事が終わった暮れの大掃除の時、皆で置かれていた物を引き取りに行ったこと位だろうか。倉庫は賃貸契約を終了して、すぐに返却したように聞いている。ニュースで映されていた死体発見場所は、絶対にあの倉庫だと柳瀬は断言していた。

「そうか、嘘じゃないんだね」

「なんだか嫌な気分ですね」

まさか俺たちの裏切りが原因じゃないだろうなと、唾をのみ込んで柳瀬の顔を見つめた。どちらかといえば図太い部類の柳瀬も当惑しているようで、眼差しが落ち着きを欠いている。嫌な気分なんてもんじゃない、喉がからからだった。殺されたって？　事故で死んだんじゃないんだ、病気で死んだ訳でもない、本当なんだろうか。柳瀬が何か言っていることもろくに聞こえていない、定岡は生返事ぎみだった。

その晩家に帰ると、真っ先にTVを付けて、チャンネルを弄《いじ》ってニュース番組を探した。だが時間帯が悪いのか、ニュースは何処もやっていない。何をしてるのよと、不審そうに声を掛けてきた妻に、後ろ向きのままで答えた。

「ニュースだよ、どっかでやってないか」

「九時にならなきゃダメよ、お風呂入ったらぁ」

そして、やはり九時のニュースでは、大きく扱っていた。食い入るように目を凝らして画面を凝視していた。一言たりとも見落とすまいとしていた。遺体は無残な殺され方だったと知った時には、胸が押しつぶされるような嫌な気分になって、とても穏やかではいられない、身体が火照り声が出せなかった。脇で一緒に画面を見ていた妻は、なんの衝撃も受けていないような表情だ。完全に余所ごととしか思っていないのだろうか。

「へえ、古賀社長が殺されたんだ。私たちの仲人をしてくれたのよね。確かまだ五十代半ばぐらいでしょ、可哀想にね。でもあんた、早いところ今の会社に移って良かったじゃないのよ。KＩＨは今頃てんやわんやだわ。社長が死んじゃったら、あの会社はもう先がないんじゃないかしら」
そんな言い方はないだろうと妻の顔を凝視した。確かに仲人をして貰ったこともあった。古賀社長は自分より一つ年上の定岡を、本当に親身になって世話をしてくれた。年の近いこともあって入社以来まるで兄弟のように過ごした時期があった。古賀丈治が先代社長の後を継いでからも、その関係は変わらなかった。その頃のことが一つ一つ思い出されて、目頭が熱くなり画面がぼやけてしまった。他の出来事が映されているが、ニュースなど全く見えない。アナウンサーの喋りがやたら騒々しく聞こえていた。

殺害犯は自分のしたことの成果を確認したいがために、葬儀に顔を出す傾向があるという。刑事たちは葬儀場に立ち会ってそれらしき人物をマークしていたが、疑わしいと目を付けていた秀栄薬品の人物は現れなかった。〈裏切り者〉と、葬儀会場からつまみ出されるとでも思ったんだろうか、定岡と柳瀬は古賀社長の葬儀には参列していなかったのだ。

是非にも二人の事情聴取をするようにとは、福岡県警捜査陣の総意でもあった。それならと、肝付《きもつき》刑事は葬儀の翌日二十日の朝一番に山口刑事を連れて、秀栄薬品の福岡支店を訪ねた。所長に面会を申し込んで、状況を説明した。世間の噂では、ＫＩＨと秀栄薬品の間に不穏な空気が充満していると言われている。それが古賀社長の殺害に繋がっているのではないかと、巷の雀どもが騒いでいる。捜査本部でも、犯人は秀栄薬品に関係があると考える捜査員もいる。ここはきちっと主だった社員から話を聞きたいのだと申し出た。事情聴取の結果、なんら疑いが出てこなければ、悪い噂を払拭することにもなるだろう。その捜査協力の申し出、つまり社員への事情聴取に所長は快く承諾をしてくれ、社員たちに言い渡してくれた。柳瀬隆司と定岡正之がＫＩＨから異動してきたという経緯から、その二人に対して重点的に話を聞きたいと付け足しておいた。

「それではまずは柳瀬君からにしましょうか」と所長は彼を部屋に呼んでくれた。柳瀬は、すぐに会議室に入って来た。少し緊張しているようにも見えたが、躊躇することもなく空いている椅子にどっかと腰を下ろした。所長の用意してくれた社員名簿によると、四十二歳となっている。あまり繊細な神経の持ち主には見えない。肝付刑事は書類から顔を上げて、単刀直入に切り出した。

「古賀社長が殺害されたことは知っているね」

「ええ、ＴＶで知って驚きました。酷い姿になっていたと、夕刊で読んで何でそこまでするかって憤慨しました。確か殺されたのは、九日のことだったとか」

「そう、鑑識からは九日に殺害されたと報告が上がってきている。その九日なんだけど、柳瀬さんは何処で何をしてたのかな」

「九日って金曜日でしたね。当然会社に出勤して、一日中仕事に回ってましたよ。ノートに記録してあるから、持ってきましょうか」

「後で見せてもらおうか。それでだけど、柳瀬さんは以前ＫＩＨに勤めていたんだね。あちらからかなりの顧客や売り上げを持って出たんだろう？　ＫＩＨからは相当恨まれたんだろうな。それでこちらに移ってから、向こうの人から何かされなかったかな。嫌がらせとか、面と向かって何か言われたとか。或いは実力行使とか」

「いやそれはないですね。客先で顔を合わせたことも何度かありましたが、お互い気まずく頭を下げただけでした。本音は恨んでいたのかもしれませんね。確かに、彼らには済まなかったと思っています。だけど、どうせ仕事をするなら自分の努力をちゃんと評価してくれる会社で働きたいと思ったんです。あの会社は古い人が多くて上が閊《つか》えて頭打ちなんです。努力の甲斐がなかったですね。仕事の出来る人間は不満だらけでした。そんな時に秀栄が声を掛けてくれたんです。誘いを断る理由なんてありませんよ」

「ところで、定岡さんはどうなんだろう、同じように思っているんだろうか。彼が発端で、柳瀬さんを連れて動いたと聞いているけど」

「そうなんです、定岡さんが私も一緒にと誘ってくれたんです」

「それじゃ定岡さんは、あんた以上に向こうの人から恨まれていてもおかしくはないよね。何か報復のようなことをされてないかな。古賀社長から呼び出されて叱咤されたとか、そんな話を聞いていないかい」

「さあ、聞いてないですね。第一、古賀社長はそんな恨み言を言う人じゃありません。それに私たちが転職してから二年も経っているんですよ。移ってすぐならいざしらず、今になって何かするなんて、考えられます？」

「君たちが客とデータを持ち去ったことで、ＫＩＨは極端に売り上げがダウンしたと聞いている。その影響で苦境に立たされているんだよ。そのことは知っているだろう？　少しは相手のことを考えたらどうだ」

自己中心性の強い柳瀬も、強面の刑事から咎められて、足下に目を落としてしまった。

「ところで、このところの社内の空気はどうだい、ＫＩＨを強く誹謗するような人物は居なかったかい」

「去年あたりからＫＩＨの勢力が弱ってきて、今年はさらに売り上げを落としているようです。そんな状態だからでしょう、最近はあまり話題には出ません」

これ以上聞くことはないかと、山口刑事に目で合図した。

「それじゃ今日はこれで終わります。先ほど言ってたノートを見せてよ。ああ、コピーをもらってもいいかな」

柳瀬を帰すと、次に定岡を呼んでもらった。呼ばれた定岡が部屋に入ってくると、その後を追うように柳瀬がノートとそのコピーを持ってきた。山口刑事はそれを確認し照合しながら、コピーを受け取っていた。肝付刑事は従業員名簿に目を落としていた。中背で少しやせ気味の定岡は、角張ってえらの張った顔をしていた。だが何とも目が優しげに見えて、ゴツそうな顔立ちのわりに迫力がない。

「定岡さんは、確か昭和三十一年生まれだったね。というと、今は五十六歳か。で、福岡のS大学を出たと、書いてあるけど」

「ええそうです、間違いありません」

定岡正之は、私立のS大学を卒業した後、九州医薬品卸販売（株）に入社している。当時はまだ中小企業の域を出ない小さな会社で、社長は現会長の由次朗だった。世間の景気が上向いて来たとはいうものの、三流大学で成績も芳しくなかった定岡には、他に就職する手立てもなかった。父親の知人から紹介されるまま、就職浪人を避けたいために決めてしまった。いろいろあったものの、その後三十五年を恙《つつが》なく勤めてきた。その間医薬品の開発は世界的に目覚ましいものがあり、先進国に追い付く勢いの日本も、その恩恵に与《あずか》った。業界の扱い高は年々膨大な成長を続けていた。会社も規模が拡大し、小さな医薬品問屋を吸収して（株）ＫＩＨへと飛躍的に発展を遂げた。だがそれだけに社員も苦労をしてきた。次から次へと新商品が開発され、それらへの知識や扱う技術も高レベルなものに変わっていった。時代の変転により、新薬の開発速度がめまぐるしく、古い世代の社員には付いていくことが困難だった。

もともと頭脳が凡庸で切れ味の良い方ではないことを自覚している定岡は、ただひたすら勤勉に勤めていた。さしたる業績や活躍があった訳でもなく、華のある性格ではなかった。それでも会社が成長し発展することで社員が増え続けて下から押し上げられる、いわば年功のみで部長職に上っていった。だが、新薬を扱う花形の第一営業部からは外れて、納品や配達業務の傍ら医療小物などを扱う第三営業部の担当になっていた。

社内の売れ残り的な女子社員と成り行きで結婚したのは、三十五歳を目前にした頃だった。その結果三十八歳を過ぎてからやっと子供を授かった。今では上の娘が高校三年、下の男の子が高校一年に成長している。従ってまだまだ働かなければならない。だが会社は役員以外の定年は六十歳で、その後は嘱託扱いになる。そんなことで悩みが多かった。そこを秀栄薬品につけ込まれた形になった。

「柳瀬さんからも聞いたけど、まずは古賀社長の殺害された九日の定岡さんの行動を伺いたいんだ」

定岡は手帳を出してページを繰っていた。

「金曜日ですね、その日は部下二人と一緒に佐賀の病院を回ってます」

「なるほど、いつも部下の方たちと一緒に行動するんですか」

「本来なら客からの注文受けや新薬の説明なんかは、部下だけで済むんです。私の出番はないも同然なんですけど、たまには客先に顔を出しておかないといけません。事務上の話だけではあとあと問題が起きた時に繕いにくくなりますから」

「九日は一日ずっと一緒に居たんですか。一人で行動することってありますか」

「考えてみると、一人になる時間ってないんじゃないでしょうか。社内で事務処理をするにしても、いつも誰かが傍にいますから」

「定岡さん、古賀社長に何か言いたいこと、困ったこと、嫌いだったこと、ありますか」

「私、古賀社長には恩こそあれ、困ったり嫌だったりなんてないですね。あの方には本当に良くして貰いました、お世話になりっぱなしで、お礼も感謝も出来ないままになってしまいました。あんな良い人が殺されなければならないなんて、何か間違っているんじゃないかと思います」

「誰か、古賀社長を怨んだり妬《ねた》んだりしているなんて、聞いたことありませんか」

「ありません。たとえそんな人が居たにしても、古賀社長を尊敬している私の耳には入れてくれませんでしょ」

「今日はその辺りにしますけど、何か気が付いたら知らせてください。そうそう、定岡さん、この会社に移って来たのは、確か二年前だったね。その当時の経緯を少し詳しく教えて貰いたいな」

「承知しました。ですが、それが古賀社長の殺害に何か関係がありますか」

「直接は関係ないかもしれない。だがね、秀栄が九州に進出して、競争相手から優秀な社員を引き抜いて顧客を奪っていった。一番被害を被ったのはＫＩＨだろう。その社長が殺害されたとなると、秀栄との関係が問題になってくるのは当然じゃないかな。話を聞かせてくれるかな」

「かまいませんが、話が少し長くなるかも知れませんが」

「次回にゆっくり聞くから、長くて結構だ。二十分でも三十分でもいいですよ」

その日はそんな話で終わった。後で秀栄の内部情報を聞こうと考えたが、ついつい先延ばしになっていた。

4

四月一日付けで、秀栄薬品では大きく人事異動が施行された。福岡支店から豊川嘉和と立木鉄夫、それに定岡正之が、そろって東京へ転勤になった。四月二日、それを知らされた肝付は舌打ちをして、捜査が後手に回ったことを悔いた。

捜査本部では、現在未だに容疑者の挙がらない状態に苦慮していた。参考人として名前の挙がっている三人の東京への異動は、秀栄薬品が仕組んだのではとも考えた程だ。それならと、定岡正之、豊川嘉和、立木鉄夫、そして古賀靖生に対して事情聴取を行うようにと、肝付と山口の二人に東京行きを命じた。二人はそれを受けて、四月三日に福岡を出発することにした。

そうはいっても、肝付刑事は、東京の地理には全く不案内、山口刑事にして観光目的の旅行で二、三度行っただけといった有様だった。そういうことならと、県警捜査一課では警視庁に協力の要請を入れることにした。さらに肝付刑事自身は、警視庁に在職している姪の今井芽衣に連絡を入れて道案内を頼んだ。

　叔父からの連絡を受けた今井芽衣は、現在池上警察署で婦警を務めている。だが殺人事件の捜査で来る叔父の要請には、所轄の自分では荷が重いと考えた。そして、元同僚の捜査一課の辛島慎吾に電話を入れた。

「先輩、久しぶりじゃないですか」

「先輩はやめてよ。私の方が三つ年下なんだから。それより相談に乗って欲しいんだけど、良いかな」

「何だか知らないけど、芽衣さんの頼みならＯＫに決まってるじゃないですか」

「実はね、福岡県警の叔父さんが殺人事件の捜査で東京に来るんだって。だけど叔父さんってむちゃくちゃ方向音痴なんだ。それで道案内を頼むって、今朝連絡が入ったの」

「それで……」

「私考えたんだ。私が手伝うにしても、休まなきゃならないでしょ。それに殺人事件の捜査なんて、ちょっと私には荷が重い。慎吾さんお願い、案内してやってくれないかな」

「そうだよな、俺が捜査協力するなら、仕事ってことになる。つまり堂々と道案内も出来るってことか」

「そう考えたんだけど、ダメかな」

「今ＯＫって言ったじゃないですか。だけど、伊東係長に相談してみるよ。目下のところ、重要案件は抱えていないから問題ないとは思うけど」

電話を切ると、慎吾はすぐ伊東係長の席に行って、事情を説明した。

「ああ、その件なら福岡県警から一課に協力要請があった。課長から手のすいてる係で対応してくれと言われた。ちょっと待ってよ」

係長は内線電話でなにやら話していた。

「殺人事件の捜査なんだと。今日の昼過ぎには刑事二人が福岡から到着するっていうから、丁度良い、辛島が案内してやってくれるか。えーっと、肝付刑事と山口刑事の二人だ」

慎吾は今井芽衣婦警にＯＫの連絡を入れておいた。


新幹線で到着した二人と、東京駅新幹線改札口で待ち合わせた。ともかく捜査行程の打ち合わせをと、駅構内の食堂に入ろうとした。だが何処も満員状態で、結局客の流れの速いカレーショップに入った。昼食を摂りながら話を進めるつもりのようだったが、何しろ東京駅は人が多すぎて、まともに話など出来そうにもない。それでも肝付刑事はお構いなしに事件の概要を慎吾に説明し始めた。早々に出て来たビーフカレーを口に入れながらの慌ただしさ。肝付刑事はまず秀栄薬品の東京支社に行きたいと言う。慎吾はスプーンを置いてその住所をスマホで検索した。するとその秀栄薬品の東京支店は、四ツ谷の駅近くにあった。それならと、押し出されるようにショップを出て、そのままＪＲに乗って四ツ谷に向かった。肝付刑事は人の多いことに驚いていたようで「こりゃあ我々だけで来たらとんでもないことになっていたな」と、キョロキョロしながら慎吾に付いていていた。駅から十分ほど歩くと、秀栄薬品の入っている小ぶりなビルがあった。

受付で案内を請うたが、一時半を若干過ぎてしまったからだろうか、社内に人影は少なかった。それに目当ての豊川嘉和と立木鉄夫は不在で、朝出掛けたままで帰社は夕方になるだろうと言われた。それでも、午前中の仕事を終えて午後に回る客先に出掛ける準備をしていた定岡と会うことが出来た。豊川嘉和と立木鉄夫には翌日の朝一番で尋ねると肝付は考えたのか、その分定岡から十分に情報を入手しようとしたようだった。慎吾は事情聴取の邪魔になってはと、席を外そうとした。だが肝付は後日必要になるかも知れないからと、かまわず同席を許して慎吾を定岡に紹介した。

「先日はどうも。で、また今日もなんですけど、定岡さんも参考人の一人なんですから承知置きください。まだ完全に容疑が晴れたという訳ではありませんので。今日は先日の話の後半を聞かせてください。時間はありますか」

「そうでしたね、三月に尋問された時にそんなこと言ってましたね。大丈夫ですよ、時間はたっぷりあります」

「まずですね、豊川嘉和さんと立木鉄夫さんのことを少し聞かせてください」

「その二人のことは、あんまりよく知らないんですよ。私が秀栄に入社してからは、二年ほど一緒の支店に居ましたけど、直接話をしたことが殆どないんです。まあお二人とも口数が少ないのか、仕事以外には誰とも話さないような人たちでしたから」

「知っていることだけで結構です。彼らは東京の人間ですか、秀栄にはいつ頃から勤めていたのか分かりますか」

「豊川課長は大阪出身じゃないですか、社長の次男ですから。立木さんは社員ではなく、豊川課長の個人的な使用人というか秘書のような扱いでしたね、東京出身のようです」

「社内での評判や評価は？」

「仕事は何としてでもやり遂げる、狙った客は絶対に外さない人間だと、評判です。でも人柄は決して悪くないと皆言いますね。無駄口や人の噂話など一切しませんし、会議でも言い争ったり声高に責めるようなこともありません。でも何故だか、ちょっと恐いような雰囲気があります」

「ヤクザ風な感じってことかな」

「顔や身体つきがそうなのかもしれません。でも社内では一番紳士的な方ですよ」

「そうですか。ところで、先日の話の続きをお願いします」

「私が秀栄に誘われた頃のことから話しますか」

「ああ、そうしてください」

肝付は、一見関係のなさそうなそのあたりも聞く気になった。今回の事件に纏わるヒントが隠れている可能性を視野に入れたのだろうか。


定岡がまだＫＩＨにいる頃の話だ。秀栄薬品が九州地区に進出して三ヶ月が経過した頃から、ＫＩＨでは大幅に売り上げがダウンし始めた。大阪から参入してきた秀栄薬品の攻勢が大きな原因なのは分かっているが、ことはそれだけではなかった。侵入会社からの攻勢に刺激されたことから、地場の各社が接待や饗応《きょうおう》に熱を入れだしたのだ。ＫＩＨは古賀社長が医薬品卸売組合の理事長を受けていることもあって、過度な接待は自粛していたので、その影響が出始めたのだろう。信用と丁寧なサポートで対応してはいるものの、接待サービスに勝てる訳ではない。せめて値引きだけでもと、先月あたりから個々に対応してはいるが、それで食い止められるのは一部でしかなかった。何度会議をやっても身になる答えは出てこなかった。

その頃医薬品業界では、国の締め付けから生き残るため、昭和の大再編成に続く平成の再編成の嵐が吹き荒れていた。大手製薬会社の合併に始まって、中小の製薬会社も吸収や合併が相次いだ。言うまでもなく医薬品の卸売業界も、それにつれて大荒れの状態だった。首都圏から始まって関西地区に広まり、九州地区も例外ではなくなっていた。大手各社が己の傘下にすべく、地場の卸問屋へのアタックを続けていたのだ。

「医薬品卸問屋としては中堅の上といったところの秀栄薬品も、生き残りをかけて会社拡大を図って九州に乗り込んできたのだと聞いてます」

「福岡に侵入してきたって訳だな。それが九州医薬紛争の起こりってことになるのか」

「そう言っても差し支えはないでしょう。九州の医薬品卸業の全てが巻き込まれてしまったんですから」

「なんだか殴り込みじみているね」

「もともと秀栄薬品は、以前から大阪道修町を地盤にした、豊川薬品の名で商いを続けていました」

それが大編成の時期の昭和四十年と四十五年に、二度の吸収合併を繰り返して大手の広域医薬品卸業として名を連ねるまでになっていった。一度目の合併で近畿メディカルに改名し、さらに二度目の吸収合併で社名を秀栄薬品と改めていた。会社の規模から見れば飛躍的な発展だったが、売り上げの成長はさほどではなかった。

そして今回九州に乗り込んだ秀栄薬品は、まず販売実績を確保しようと動き始めたのだ。これは製薬会社が全面的にバックアップして、初めて出来ることだ。一年前から行ってきた市場調査をもとに、大規模に販売を始め出した。製薬会社の営業担当ＭＲ（医薬情報担当者）とタッグを組んで、狙いを絞った医療機関のあちこちにアタックをかけた。製薬会社の医薬品説明会を開き接待につなげることで、各医療機関に入り込むという、半ば強引な攻めを繰り返していた。

だが従来からの地場問屋は意外に堅調だった。大手医薬品メーカーのバックアップを受けての攻撃にもかかわらず、地場問屋のＭＳ（医薬品卸販売担当者）たちが築き上げてきた人間関係は想像以上に堅かった。新薬の説明会には秀栄薬品が主導権を握っていたというのに、注文は従来の取引問屋に流れてしまう結果に終わることが多かった。経費を掛け、関係者を呼び集めたにもかかわらず、成果は思うように上がらなかったのだ。経営危機感に迫られていた秀栄薬品の経営陣は、半ば社運を賭ける決断をして九州に本腰を入れてかかることになった。そして大阪本社から犬山常務と力のある営業員を二名、更に東京にいた開発担当の豊川嘉和課長を、九州に異動させた。

「秀栄は全力を注いで来たんだね」

「そうですね、なにしろ豊川課長の抜群の営業力は、業界随一と定評がありますから。二〇〇八年の暮れに東京から呼び戻されていた豊川課長は、もともと大阪本社で新規開拓部門を担当して中部北陸方面を攻めていました。秀栄が新たに狙いを付けた地方都市に進出する準備と、開拓営業が彼の本来の仕事だったんです。知らない土地で新たに道を作っていく、精神的に相当きつい毎日なんでしょうが、黙々とこなしていたといいます」

「精神が強靱なんだろうな、人並み以上の神経をしているってやつか」

嘉和は若干三十二歳ではあったが、異常とも思われるほどに根を詰めた粘り強さと打たれ強さが身上《しんじょう》だ。その迫力ある強引な営業スタイルで、顧客を次々獲得して来た。そのことは社内では誰もが認めていた。その上に何といっても経営者の身内（次男）という立場もあって、社内での発言力の強さもあった。

秀栄薬品では新たな体制のもとに戦略を練り、綿密な企画を組んで新規開拓の営業を開始した。それと同時に九州での主力大手卸売業者に狙いを絞り、吸収合併（乗っ取り）という手段で勢力拡大を図ろうとしていた。九州で三本の指に入るＫＩＨとサクタ医療をターゲットとして、犬山常務の動きが開始された。ＫＩＨに狙いを付けた理由は他にもあった。九州医薬品卸売組合のまとめ役をしていたＫＩＨの古賀社長は、一年前に秀栄薬品が福岡に支店を出した時に「業界再編成の吹き荒れている今、新規参入する時期ではないだろう、自重してくれ」と難癖をつけてきた。そのことに遺恨を持って秀栄薬品の上層部は、以来ＫＩＨを目の敵にしていたのだ。

「二年前の二〇一〇年二月始めの頃、秀栄薬品の犬山常務さんから、直接私に食事の誘いがありました。犬山常務とは大手病院主催のゴルフコンペなどで、以前から顔を合わせていました。他の病院や医局からの誘いは、営業担当者に参加させるんですけど、二、三の総合病院だけは以前からの関係もあって私自身が参加していました。その年の四月のコンペで、赴任してきたばかりの常務に初めて会ったんです。九州に乗り込んで無茶な営業をし出していた秀栄薬品の常務取締役だと紹介されました。同じ組では回りませんでしたけど、後のパーティーで同じテーブルになったんですね。常務は気楽に話しかけてきました。たいした話ではなかったんですけど、その時の話ぶりが企業トップの人に多い〈上からの目線〉ではなかったんです。それはずっと、今でも変わらないんですね。役職の人に見かける鼻の先に威厳をぶら下げているタイプではありませんでした。私には新鮮な感じでした。次回もその次も変わりませんでしたから、この人は気楽に話の出来る人なんだと思ってしまいました。今になって考えると犬山常務は人誑《たら》しなんですかね。そして事務長を通しての食事の誘いになっていったんです。中洲の料亭ではこれといって仕事関係の話にはなりませんでした。まあ、事務長の自慢話や、お互いの家族の話など他愛のないものでした。まるで相手の人間性を確かめていた風で、そっと撫で合っているようなものでした」

「形振り構わず中小の医薬品卸仲間の顧客を奪っている秀栄薬品には、日頃から危惧していたんです。その時はそのことをすっかり忘れさせる雰囲気でした。でも、いよいよウチの会社の得意先にも手を出すという話になると覚悟してたんですが、それもありません。胸を撫でおろす心地で料亭を出ました。そして後日、常務から電話があったんです」

「博多で美味しい店を見つけました、二人だけでどうでしょう。ただし内密に願いますよ」

「確かに業者同士が会食すると、談合の疑いが持たれます。でも、断れないような誘いでした。常務は大手の病院に入り込むために部長を接待していた、その序《つい》でに私を呼んで同席させたのだと思ってました。二人だけの席はあからさまな接待と、後で問題になりそうだから、競合相手を同席させていた、そう解釈していました」

単なる言い逃れの材料と定岡は踏んでいたのだ。自分は自己主張も強くはないし、無理に自社を売り込むこともしなかった。だから、添え物として適していたんだろう。そして今度も定岡は、新年以降初の挨拶と称して料亭に呼ばれた。それが電話で二人だけでと言われ、その日は定岡だけが呼ばれる。何かあるなと勘ぐった。今までも単なる添え物ではなかったのかと思ってみた。時折冗談で〈どうです、ウチに来ませんか。定岡さんなら好待遇を出せますよ〉なんて囁いていたことは、あるいは本気だったのかもしれない。案の定、席に着くと早速そのことに触れてきた。

「そろそろ定岡さんの気持ちを聞かせてもらえませんか」

「弱りましたね。そう言われましても、今のＫＩＨには取り立てて不満はないんですよ。大学を出て以来三十二年勤めてました。このまま定年まで世話になっているつもりです。古賀社長には随分お世話になってますし」

「定年は何歳です？」

「六十歳ですからあと六年ですか。随分年を取ったものです」

「そうですか、ウチは六十五歳が定年です。でもそれは一般社員でして、役員になれば定年はないんです。お子さん、まだまだ学費が必要じゃないですか」

痛いところを突かれた。何度も何度も犬山常務が繰り出すヘッドハンティングの接待に引っ掛かってしまったのだ。なんでほいほいといい気になって接待されていたのか、自分が情けなかった。だが自分のような力のない凡庸な男がハンティングされるなどとは考えもしなかったのだ。

「ところで柳瀬君はどうでしょう。ウチに来る様子はありますかね」

「そんな話はしたことがないんで、彼の気持ちは分かりません。ですが、今の待遇や会社のやり方に随分不満を抱えてますし、彼は上昇志向がかなり強い性格ですから、条件さえ良ければ誘いに応じると思います」

「それは願ってもない。せいぜい気張って良い条件を出させて貰います。ですが、柳瀬君一人ってことでは駄目ですよ。定岡さんが一緒でなくては意味がありませんからね」

「とおっしゃいますのは？」

「彼は即戦力として活躍して貰いたい。それには彼の性格を十分に承知している定岡さんが上手く彼の能力を引き出してくれないと、使った資金も無駄になりかねない。この考え方は、サクタ医療にも言ってあります。ああ、サクタの石川営業部長は知ってますね。彼にも、定岡さんと同じように接触しています」

犬山は、九州地区で業界ナンバーワンを誇るＫＩＨと、相対する二番手のサクタ医療から営業担当指揮官（管理者）を引き抜いて、ノウハウを手早く入手する腹積もりだったのだ。それぞれの会社内で営業部を牽引していた男たちだ、九州地区の顧客に精通しているはずと、大きな期待を寄せていたに違いない。

「それと、顧客に関するデータがどうしても欲しいんです。うちは九州では何も知らない新参者なんですよ」

「お世話になると決まれば、そのあたりのことはなんとか用意出来ると思います。でも私のような能力の乏しい者が務まるでしょうか。秀栄さんは、優秀な社員ばかりなんでしょう」

「定岡さんは、主に柳瀬君の指導や管理をしてくれれば良いんです。勿論ウチの社員の管理と教育もお願いしますが、あまり焦って気張ることはありません」

そう言いながらも、幾軒かの顧客を手みやげに引いてくることを期待しているのだろう。定岡本人も自分が管理して信用されている客が多くあることを、自分が客先に顔を出せば笑顔で迎えられ丁重に扱われることを、自負している。それらの得意先は自分が頼めば付いてきてくれると確信に近いものを持っていた。

「二〜三年、九州での顧客がある程度確保出来たら、大阪本社の取締役にでもなって貰うことも視野に入れておいてください」

犬山常務はそう言ってくれた。だが常務の甘言を鵜呑みにしたわけではない。KIHでは後輩社員に追いつかれ追い越されることに忸怩《じくじ》たる思いは多少あった。このままKIHにいても、うだつが上がらないだろうことは目に見えている。それだけに、有頂天になってしまったのだと言われても弁解の余地はなかった。

「当初、給料は現在の五割アップでいかがでしょう。勿論、その後は成績次第で幾らでも上積み出来ますよ。正直言ってうちの社員は、今の定岡さん以上の所得の者が大半です。ああ、MSは別ですよ、彼らは歩合給ですから高給取りでね。それはKIHでも一緒ですよね。柳瀬君にもMSとして存分に働いてもらうつもりだけど、それはあなたのバックアップがあってのことです」

「それは買いかぶりです。私はそんなに能力などありません。買い損になりますよ」

「九州に進出するには膨大な資金が掛かります。だから下調べは十分過ぎるほどしてますよ。定岡さんが営業は得手ではないことは承知してます、今の第三営業部はそういった部署ですね。だけど、得意先には随分と評判が良い、それがあなたの人柄なんですよ」

そして定岡に言ったことは、柳瀬への好条件を提示して彼を一緒に連れて来ることだと念を押した。進退を決めかねていた定岡は、柳瀬に押されるようにして、さらに妻からも〈愚図なんだから〉と叱咤されながら、一月の末まで悩み続けていた。


好条件に気持ちが舞い上がってしまっていたのかも知れない。だが、新しい環境に移ることには、大きな不安と怯えがあった。もともと新しい環境に移ることには苦手意識があった。心の中では新しい世界への期待よりも、未知への不安が勝ってしまうのだ。そのことが中止になってくれないかと願ったりして、熱を出してしまうことさえあった。小学校から中学に、中学から高校に、そして大学に移る時に、その度ごとに不安で眠れない日が続いた記憶がある。KIHに居た三十二年の間には、確かに苦労は多かった。医薬品メーカーのMRの小間使い紛《まが》いの仕事に奔走させられるし、販売のノルマを与えられて尻を叩かれ続けた日々もあった。でも、それなりに慣れた環境で余計な神経を使うこともなく過ごして来ることが出来た。それだけにいざ転職すると決まると、不安が日に日に増して、恐怖の虫が胸中を蠢《うごめ》いて徘徊するような夜が続いた。

話を貰った時から妻に相談していたが、条件の良さに目を輝かした妻は尻を責付くだけで、定岡の不安など全く気が付いてくれなかった。仲人までしてくれた古賀社長のことなどすっかり忘れている妻が恨めしく思えた。妻にしても、結婚前に十五年も勤めていた会社なのに。その会社に唾をするような行為を、何とも思っていない性格が理解できなかった。古賀社長や家族の恩を裏切ることなど出来ないと、犬山常務に断りを言うつもりになりかかった。だが朝になって出勤し柳瀬に会うと、その心も揺らいでしまう。新しい環境への大きな期待から、転職への行動が強引だった柳瀬にまで責付かれるのだ。犬山常務は二人をセットで引き抜くつもりでいるようだし、柳瀬一人で済まそうと考えていなかったのだ。柳瀬は一日も早く移りたい様子で、社内であっても人目を気にしながら、頻りにその件で話しかけてきた。逃げ出したいと塞ぎ込みながらも、日が経つにつれ引くに引けないところまで流されていった。

犬山の誘いには柳瀬は最初から乗り気だった。ＫＩＨよりも大きい、全国規模の秀栄薬品に興味を示していた。彼は業界に吹き荒れる異常な空気を、何よりも敏感に感じとっていたのかも知れない。柳瀬は貪欲なほどに好条件を望んでいた。それだけに、ＫＩＨから持ってくる取引状況の記入された顧客リストはもちろん、引き抜いてくる顧客を並べあげていた。

5

ＫＩＨでは昨年の秋から実績の思わしくない地区の担当を替えていた。そして新しい営業担当者を連れて、定岡が一緒に顧客を回って商談を進めていた。その時の取引条件、つまり客の販売価格や値引きとか割り戻し額が、データとしてファイルに記入されている。そのファイルのコピーをＵＳＢメモリに入れて、秀栄薬品に持って行った。貴重な情報を入手することで、秀栄薬品は客の取引状況が具体的に見えて、営業がしやすくなる。秀栄では、その情報を元に、新規顧客獲得の作戦を練った。ＫＩＨが出している条件の下を、たとえ僅かでも潜れば顧客の気を引くことになり、客に話を持って行きやすい。

だがいざ顧客を回って商談をしてみると、価格だけで飛びついて来る客は意外に少なかった。扱う物が医薬品という間違いが許されない商品なだけに、今までの信用がものを言っているのだろうか。値段を提示しただけでは、簡単には仕入れを起こしてはもらえなかった。ＭＳ

の努力が功を奏して顧客の心をガッチリ摑んでいるのか。あるいは個人的な繫がりから、簡単には替えられない要因になっているのかもしれない。そうすぐには仕入れ先を替えてくれるとは思っていなかったが、定岡にすれば数字を上げることが課せられた使命だと解釈しているため、思わぬ結果に苦慮した。

だがそれは考えすぎだと、進捗状況を見に立ち寄った犬山常務に言われた。

「大手病院の担当の医師や事務局たちは、安価で仕入れようがバックがあろうが、本人たちには得るものは特にない。だから今まで何かと便宜を図ったり小まめに動いてくれたりしたＫＩＨのＭＳを切りたくない。そう思うのが人情でしょう」

「営業担当者の熱意なのか、人間性なのかってことですか」

「定岡さんは、未だにＫＩＨの会社方針にどっぷり浸かったままだね。頭の切り替えをしなきゃあ前に進みませんよ。誰しも、飴玉が欲しいんです、個人的にそっと……」

「接待や賄賂ってことですか」

「まあ大きな声では言えないけど、そんなところでしょう。定岡さんが数字を上げなくても良いんです。同行して顔をつなぐだけで結構、あとは担当のＭＳが上手くやりますよ」

確かに同行した秀栄薬品の担当者の売り込み方は、ＫＩＨの営業とは比較にならないほど強烈だった。担当医や薬剤師たちに顔つなぎが出来ると、次回の訪問にはそっと接待を持ちかけている。相手の要求に合わせて飲食、飲酒、ゴルフ、賭けマージャンと、業者間の申し合わせなど無視して容赦なく攻めていた。ところがそれは秀栄薬品だけではなかった。あちこちから入ってくる情報では、各社がこぞって接待饗応合戦に走っているようだった。そんな業界の動きにもかかわらず、ＫＩＨは古賀社長が組合長を務めていたこともあって、派手な接待を自粛していたのだ。

ところが、柳瀬は秀栄薬品に転職したことで、肩の重しが取り外されたかのようで、思う存分に接待饗応を振りまいて攻勢を掛けていた。ＫＩＨでは第三営業部と日陰に甘んじていた不満が吹っ切れたこともある。彼がサービスに回っていた大手取引先の病院が、一つ二つと秀栄に替わってきた。ＫＩＨとサクタ医療から手に入れた人材の手応えが出始めると、その後の戦略は、尋常なものではなくなっていった。大阪本社から大勢のやり手の営業員やＭＳを転勤や出向させて，九州一帯に総攻撃を掛けた。特に顧客データがあり面識のあるＫＩＨとサクタ医療の顧客には、集中的にアタックして行った。そこまでやるとは思ってもみなかった定岡は、自分の考えの甘さを思い知らされた。かりそめにも三十二年勤めて来て世話になりっぱなしの会社を、物の見事に裏切ってしまったことになる。そのことへの後ろめたさに苛《さいな》まれる夜さえあった。それでも朝になっていざ出勤すると、煽りたてられた社内の熱気に影響されて、出陣部隊の先頭に立たされるのだった。どう足掻いても、後戻りは出来ないのだ。

「おや定岡さん今日はまたどういうこと？　部下を二人も連れて、でも見たことないね、この人たち」

「先月から秀栄薬品にお世話になっています、今後ともよろしく……」

「そうですか、転職ね。まあ頑張ってください」

「こう言ってはなんですが、ＫＩＨの時よりはずっと良い条件を提示出来ます。是非、秀栄との取引もお願いします」

「ほおう、良い条件ね、前の会社はあまり融通が利かなかったからね」

薬剤部や医師にしても条件の良いところから仕入れたいのはやまやま、食事やゴルフの魅力には抵抗しがたいのだ。

月に一度の営業会議が、五月の連休明けに行われ、大阪本社から豊川長次朗社長と豊川将成総務部長が出席していた。そして四月に東京支社から転勤して来た豊川嘉和課長も会議に顔を出していた。この豊川課長は舎弟と自負する奇妙な仲の立木鉄夫と蒲田則男を連れて九州に入ってきたのだと、社内でも噂になっていた。

犬山は早々に定岡と柳瀬の二人を引き合わせた。その席にはサクタ医療からの二人も同席していた。

会議は、まず四月から開設された九州営業所の営業報告があった。スタートしたばかりにもかかわらず、次々と獲得した数字が発表された。配布された冊子のグラフに、上司たちは些《いささ》か満足げだった。それは競合他社から四人を得て、一気に攻勢をかけたことによるものだった。

定岡の話は終わった。二十数分にも渡る長い話だったが、肝付刑事と山口刑事は熱心に耳を傾けていた。

「二〇一〇年から二〇一一年に掛けて忙しい思いをしました。九州の全ての地区の医療機関に入り込みました。何かに追いかけられてでもいるかのように、皆が走り続けていました。でもその陰では、ＫＩＨは弱体化していたんですね。秀栄は相手の力が弱る時期を待っていたんです。二〇一二年になるとすぐ、犬山常務は古賀社長に合併の話を持って行きました。会社の規模からだと、当然吸収合併という形になります。でも古賀社長は頑として拒否したようです。秀栄薬品は二年前からＫＩＨに的を絞り、吸収のチャンスを待っていたんです。私と柳瀬の異動もあって、ＫＩＨは業績が急激に落ち込んでしまいました。それでも犬山常務や豊川将成部長の合併の働きかけに、古賀社長は必死の状態で抵抗し続けました。合併の話し合いは完全に決裂してしまいました」

途中で口を挟むこともせずに、定岡の長々とした〈医薬業界物語〉を聞いていた肝付は、目が覚めたかのように、やっと口を開いた。

「合併の話し合いが拗《こじ》れてしまった。秀栄にすれば無残な結果を引き当ててしまい、歯ぎしりするほど悔しがった。それで実力行使に訴えた、そうは考えられませんか」

「古賀社長の死が……ですか。私には分かりません。でも、秀栄の社員には、そこまでするような人は見当たりませんね。仕事上では相手をとことん攻撃して叩き潰したりはしますが、それは会社対会社の商売でのこと。直接個人を襲ったり殺したりは、絶対にありません。ましてや腹を切り開いて、内臓を引き出すだなんて、あまりにも惨い。過激な営業をする豊川嘉和課長でさえ、仕事を離れると実に穏やかなんです。元々人柄は静かな性格なんでしょう」

「でも古賀社長がいなくなった今、業界で秀栄の勢いを止める人物はいなくなった。秀栄の思うつぼですな」

「ちらっと小耳に挟んだんですが、国が何やら動いているらしいんです。この乱れきった業界も少しは良くなるんじゃないかと思います」

「そうなって欲しいですな」

だがことは秀栄薬品だけではない、東京の大手卸会社が九州戦争に参入していた。地場の業者は、倒産に追い込まれるものも出たが、その多くは大手の医薬品卸売会社に吸収されている。

国は製薬業界の引き締めを図るため、いわゆる製薬協を立ち上げて「添付販売」や「景品販売」また「巨額の接待」を抑制してきた。それまでは製薬会社のＭＲに価格決定権があった。それが一九九一年以降はＭＲによる価格決定が禁止され、公正な取引に変わったかに見えた。だが、問屋間の熾烈な価格争いに移行しただけにすぎなかった。実体は、相変わらずメーカーのＭＲが、裏で全てを牛耳っていたのだ。

とはいうものの表向きは、それによって製薬業界の乱売合戦は鎮静しつつあったかに見え、次に国は残されていた医療用医薬品販売の業界そのものの問題解決に取り掛かった。

毎年嵩んでいく医療費の抑制策に躍起になっていた厚生労働省は、更にもう一歩踏み込んで、膨張しすぎた業界の抑制鎮圧に踏み切った。二〇一二年四月に「医療用医薬品製造販売業公正競争規約」を改正して、業界の引き締めに掛かったのだ。つまり、消費者庁と公正取引委員会の監督の下に公正取引協議会が発足して、メーカーの「ＭＲによる医療機関との懇親のみを目的とした接待」が全面禁止されることになった。だがこのことはＭＲだけに限ったことではなく、卸業のＭＳにも及ぶことなのだ。九州地区への販売攻撃を目指していた秀栄薬品にすれば、みごとに横槍が入ったことになる。

日頃から行き過ぎの接待や饗応に非を唱えていた古賀社長が、死没したすぐ後にこの法令が出たとは、全く皮肉な話だ。

そして秀栄の社内会議では、この四月に打ち出された規約に対しての質疑応答がされると、会場は騒然となった。意気込んでいる営業活動に水を差されたことになり、今後の方針をどうするのか上司に詰め寄っていた。

今更引くことも出来ない、暫くこのまま続行すると、社長は言い渡した。この先体制がどう動くのかは、まだ先のことだと楽観視した訳でもあるまいが……。

その後も、豊川嘉和課長は強引に売り込みを掛けていた。凄まじいのはなにも秀栄薬品だけに限ったことではなかった。秀栄自身も大手から追い詰められ窮地に陥っていたのだ。折から吹き荒れていた平成の再編成の嵐、業界では二〇〇九年の春には大手二社の統合がなり、すでに四兆円企業が誕生している。秀栄薬品自体も、大手に飲み込まれる危機感があったのだ。秀栄の思惑は、なにもＫＩＨだけをターゲットにしていたわけではない。佐賀での中堅医薬品会社が危機脱却の相談に来て、合併にこぎ着けた。それが発端になり、秀栄は一つまた一つと、中小の医薬品卸売会社を吸収していった。九州での地盤を拡大し、堅調に維持し始めたのだ。

6

定岡から業界についての長い話を聞いて、刑事二人は少しばかり疲労感を覚えた。

「何だか身につまされるような話ですね」

「後味の悪い話だった。獲物に群がって食らい付くハゲタカの群れを連想したよ」

「製薬業界なんて貪欲な連中の集団なんでしょうかね。犯罪が起きても、ちっともおかしくない世界なんですよ、きっと」

「辛島さん、どう感じました？」

「定岡さんの話が身を庇うための繕いがないのか、私には判断出来ません。ですが、豊川と立木鉄夫の二人に問題があるように聞こえましたね」

「その二人には明日の朝一番で話を聞くことにしましょうか」

「それじゃあ、明日はホテルまで迎えにいきますよ」

「いや、東京の電車にも慣れたんで、明日は自分たちだけで動きますよ。山口も居ることだし、大丈夫」

「本当は内緒で行きたい所があるんでしょう」

「おいおい、山口。余計なこと言うなよ」

　次に回るのは東都医大の付属病院だというから、四ツ谷駅から御茶ノ水駅まで中央線に乗った。その間は僅か一駅でしかない。おやすぐ近くなんだという顔をして、二人は慎吾に付いて電車を降りた。御茶ノ水駅の向こうに見えるのが東都医大の病院だ。

「さすがに大きな病院ですな」

「九大の病院もデカイじゃないですか」と山口刑事は郷土自慢気な口調だ。

「今日、本人に会えますかね」

「午前中は一般診療で、午後が入院患者の回診じゃないですか。予定表で今日は古賀先生の診察日になってますから大丈夫でしょう」

「古賀先生はまだ駆け出しだから、院長や部長先生の後について回るんじゃないですか」

「まあ当たってみてからだな。今日がダメなら明日がある」

「明日は豊川嘉和と立木鉄夫の事情聴取をしなけりゃならないんですよ。明日、帰れますかね」

肝付刑事は、山口から離れて慎吾に近寄ってきた。

「ところで辛島さん、まだ若いですよね、捜査一課なんてたいした抜擢ですな」

「若いって、もうすぐ三十歳ですよ」

「若いですよ。成績抜群っていうのか、ホームランでもかっ飛ばしたんじゃないの」

「そんなんじゃありませんよ。所轄では空き巣が頻発してたんで二人逮捕したり、自転車ドロを三人挙げたり……。そのコツコツが一課の係長の目にとまったんだと思います」

「所轄って、池上署ですね。私の姪が婦警で……」

「今井先輩には池上署ではお世話になりっぱなしなんです」

「芽衣はちいっと可愛い顔してるんだけど、気ばかり強くてね」

確かに面長で目鼻立ちは整っている、口をきかずに黙っていれば美人で通るかも知れない。でもきつい口調で、遠慮会釈なく責め立てる気の強さには、大抵の男は引いてしまう。

「でもそうじゃなきゃ婦警は務まらないですよ、警察に御厄介になるようなワルに舐められますから。でも肝付さんって珍しい名前、今井先輩とは親戚筋なんですか」

「私の姉が今井さんと結婚したんです。芽衣も小さな頃は博多に住んでいて、私の家によく遊びに来てましたよ」

「今井さん、それで警察官になりたかったんですか」

「小学生の頃には私の居る交番にしょっちゅう顔を出してね。あの頃は可愛い子供で」

横から山口刑事が突いて、促していた。

「それじゃちょっと先生に会ってきましょう」

そう言って、受付のカウンターで古賀靖生医師に会いたいと伝えると、東棟の受付に行くように言われる。

「私はこのまま外で待っていましょうか」

「いや、一緒に来てください。後日なにか用事が出来ることもあるでしょうから、顔合わせをした方がいいでしょう」

病棟の受付で言われたように告げると、今回診中なので暫く待つように言われた。三人で、ナースセンターの横のベンチに座って暫く待つことにした。


古賀靖生は、回診中に訪問者のあることを耳打ちされていた。病室からフロアの中心に戻りナースセンターにさしかかると、少し離れたベンチに三人の男が掛けていた。その内の一番年嵩に見える男性が立ち上がった。

「古賀靖生さんですね。少しお話を聞かせてください」

他の若い二人も立ち上がって頭を下げている。靖生を待っていたのは、ガッシリした体軀の中年と、靖生と同年代らしい男とやや若い男だった。

「福岡県警の肝付です」「山口です」

「こちらは、警視庁の辛島刑事です」

「はあ、警視庁の刑事さんも……ですか？」

「いやいや、われわれ東京が不案内なものですから協力をお願いしまして」

「そうですか、それでわざわざ九州からお二人が来られたのは父の事件のことですか」

「そう、まだ犯人の目星が付きませんので」

「廊下ではちょっとまずそうな話ですね」

靖生はナースセンターの向かい側にある小部屋に向かって行った。肝付と他の刑事たちは、当然付いてくるものと、振り向きもしないでさっさと歩き出して部屋に入った。

「随分こぢんまりした部屋ですね。それでは、早速ですけど……、靖生さんはずっと東京住まいでしたね」

「ええ、大学に入ってからずっと東京です」

「たしか医大を出て、現在もここの病院にお勤めで、間違いないですね。それで、今月の八日以降に東京を離れたこと、ありますか」

「ずっとこの病院に勤務していました、タイムカードとか、ナースに確認してもらえれば証明できるはずです」

　まさか東京にいた靖生が犯人だと思っているわけでもないだろうが、靖生が医師であることと、被害者が内臓を切り刻まれていたことがつながるとでも思っているのだろうか。腹を切り開いて内臓を引き出すという行為は、病院関係者でもなければ考えられないと踏んでいるのかも知れない。靖生はいささか不愉快だった。

「端的に言って、医者の目からは異常者の犯行と考えられませんか」

　山口と名乗った若い刑事は、まるで靖生が犯人だとでも言わんばかりに、鋭い視線を投げている。

「私は精神科医ではないのではっきりしたことは言えません。でも父の事件は一般のというか、ごく普通の健常者がやる犯行とは考え難いですね。いずれにしても精神的にかなり鬱屈したうえでの行為でしょうか」

「そういった人物に心当たりはありませんか」

「私がですか？　私は大学に入ってからは、ずっと東京にいました。福岡を出て十二年になります。その間ちょくちょく実家に戻ってはいますけど、会社のことはもちろん、父の交際関係などは全く知らないんです。それより、そちらの捜査では、まだ加害者……容疑者は浮かんでいないんですか」

「なんともねえ、古賀社長は個人的には温厚な方のようで、人に恨まれるような話は全くと言っていいほど聞こえてこない。まだ捜査が始まったばかりですがね」

「父は人に恨みを買うような激しい気性ではないんです。あえて考えられるとすれば仕事の関係上でのトラブルが原因ではないですかね、金銭的な面も含めて」

「そうなると、家族にも容疑がないとは言えませんな。家庭内での揉め事は全くなかったですか？　うがった見方をすれば靖生さん、あなただって疑えます。古賀家の事業の相続を直輝さんに決めた社長を恨んでいたんじゃないですか」

「それはないですよ。すでに調べは付いているでしょうけど、私は養子なんです。父は実子の直輝と分け隔てなく育てたうえに、教育には十分な金銭援助をしてくれていました。これ以上何を望むんです？　古賀家の財産などは、自分から進んで身を引くと父には言ってありました。それを、あなたたち刑事は犯人扱いで私を見ている。何でですか」

「まあ、そういうことも考えられると言いたかったまでで、他の家族も同じことが言えるんです。なにも靖生さんがそうだと言ってるわけではないんで、勘弁してくださいよ。目つきの悪いのは刑事の習性ですかな」

「逆恨み、あるいは処刑なんてことも考えられますよ」

「処刑……ですか？」

「中世以前のヨーロッパ、あるいは中国なんかでは見せしめの意味で内臓を引き出すという処刑がありましたね。この事件でも、犯人は自分が被害者から被った苦悩への報復、罰として考えたとすれば、処刑もあり得ますね」

「まさか、現代のこの社会で、それはあり得ないでしょう」

「そうとも言い切れませんよ。宗教的な儀式とも考えられます。過去にもありましたでしょう？　社会との繋がりが出来ない人物が、思い込みによって人を罰するなんてこともあるかも知れません」

「まあ、精神病ってことですかな」

往々にして人は、想像しがたい人間の行動に出くわすと、精神病と一纏めにしてしまおうとする傾向がある。自分たちの思考が及ばない行為は、異常者の行動と考えることで片づけようとするのだ。それが単に常識的でない思考であったり、社会的に受け入れがたいだけのことだったりする場合もある。小さな社会のなか、つまり山村の集落や、人の出入りの少ないコミュニティーなどではよく見られることだ。

捜査本部では遺恨による犯行と、仕事上のトラブルの両面で捜査を進めているようだ。だが遺体の発見が、死後一週間も経過したことや、その間にあった春の嵐で多量の雨が降ったことなどが大きく影響した。現場では犯人につながる痕跡がほとんど消し去られて、手掛かりになるような物は何一つ得られなかったと、直輝から聞いている。

靖生は、昨年の十一月に従兄の結婚式に出るため福岡に戻った時、直輝から仕事上で不穏な空気があることを聞かされていた。それがオヤジの殺された原因なのかとも考えてみた。その後も九州での医薬品卸業の鬩《せめ》ぎ合いが続いていると、これも直輝から聞かされている。だが何のことはない、医薬品製造メーカーによる販売合戦に、卸問屋が振り回されているのだ。その結果、泥沼状態での顧客の奪い合いが恨みを買ったのだと、弟は決めつけるだけではないのか。だからといって、そんなに安易に人を殺してしまうものとは、靖生には考えられなかった。そうはいっても、それ以外に父を殺されなければならない理由などあるのだろうか、何か考えられるだろうか。靖生を疑うような口ぶりの刑事に靖生は反論したかった。

「ですがね、腹を裂いて内臓を引き出すなんてこと、医療関係者でなければ考えられない手口だと思いませんか」

肝付刑事は靖生の方に身体をよせて、前屈みになるようにして迫った。さらに脇の席に座っていた山口とかいう刑事も、前に身を乗りだすようにして、相変わらず鋭い眼差しを投げ続けている。

「被害者の社長が弟の直輝さんに会社を継がせることに腹を立てて、あんたが殺害したんじゃないのか？　あんた養子だって言ってたよな」

何とぞんざいな言葉、ばかな、俺が疑われている？　俺が父さんを殺したって？　冗談じゃないよ、靖生は憤慨を通り越して呆れてしまった。やはり刑事の本音はそんなところにあるのか。だからわざわざ東京まで出て来たんじゃないのか。そう言いたいものの、冷静になって自分の立場を改めて見直してみた。余所から貰われてきたとはいえ、古賀家ではすぐに男子が誕生して、養子が家系を継ぐ役目は失せた。不必要になった養子は何かと問題を起こしかねない、そんな解釈も可能なんだろう。

家名を継ぐなどとは、鎌倉幕府時代からの封建制の名残でしかない。個人を基本と考える現代では、遺物に等しいほどの行為と靖生は解釈している。それでもまだまだ地方都市では生活の根幹になって継続しているのだ。現在の都会では、家ではなく個人が主体になっているように見える。だが日常の騒音がちょっとしたことで遮断された時、誰しもが己の根源が見当たらないで、根無し草になったような不安が沸き起こりがちだ。絆とか繋がりとかに心の拠り所を押しつけて、不安から逃れようとする者はまだましなほうだ。

日々の騒々しさの中にどっぷりと身体を浸して、嫌なことは見ざる聞かざる、考えざるを決め込んでしまう輩が大半を占める。そんな連中にとって幸いなことに、ＴＶやスマホ、パソコンなどから情報が溢れ出て、それに身を任せておけば何処かに流されて心地よく生きて行ける。深く考える必要と時間がなくても不安は感じなくて済むというものだろう。

それじゃ、俺自身は一体どうなんだろう。生きる根源の拠り所となる匂いや香りや、地に纏《まつ》わる味覚や音の感覚は、物心の付く前から育った福岡にあるんだろうか。それとも、出生した地であるまだ見ぬ場所の匂いなのか。鮭や鱒たちは帰巣本能に従って、生まれた川を求めて、遠い海原から戻ってくる。人も故郷の風景や匂いに郷愁を感じて心を和ませる。それは無意識のうちに脳の奥に刻まれている何かが作用しているのだろうか。それとも、単に本能としての帰巣性が働いているだけのことなのか。俺のような人間にも、脳裏に秘められた香りの因子が存在するのだろうか。一度、自分の根源を探ってみなければならない、靖生はぼんやりとそう思った。

肝付刑事の声に、気を取り戻した。

「何しろ名門菊池の血を引く古賀家ですから、問題の起こることはあり得るでしょうな」

「そういう肝付家だって、九州では名門じゃないですか」

「いやいや、島津家に滅ぼされた田舎豪族ですよ、しかも私のところは本家筋じゃないんですわ。そんなことはともかく、秀栄薬品の噂は聞いてますか」

若い山口とかいった刑事と違って、肝付の口調は柔らかく丁寧だった。

「東京では聞いてません。まだ関東には進出していないんでしょうか。その会社、九州では強烈に売り込みをかけているそうですね」

「古賀社長と秀栄は反目し合っていたようです。社長は理事長の立場から業界を乱さないようにと強く注意していたようです。そのあたりのトラブルもあるやに聞いてますがね」

その日の肝付刑事は、そんなところで靖生を解放してくれた。山口刑事と組んで揺さ振りをかけて、靖生の本心を引き出そうとしたのかもしれない。本星としての狙いは、秀栄薬品の関係者の誰かに絞っているのだろうか。それにしても、警視庁の辛島慎吾とかいう刑事は、一言も口を利かずに黙って座っているだけだった。まだ若いからなんだろうか、山口刑事とは違って澄んだ目をしていた。

彼らが帰っていったあと、少し考えてみた。靖生は弟から聞いていた悪評の高い秀栄薬品のことを、自分なりに少し聞き回ってみようかとも思った。今のところ他に考えようがないからだが。秀栄薬品はＫＩＨから優秀な営業員を二名引き抜き、弱体化したＫＩＨを吸収しようとしていたと直輝は言っていた。その引き抜かれた一人が、靖生たちが子供の頃よく遊んでもらった定岡正之だった。人と人の関係なんてそんなものなんだろうか、なんとも虚しい気持ちになった。

十五分も居ただろうか、病院を出てＪＲ御茶ノ水駅へ向かった。彼らはその後予定がないと言うので、一旦警視庁に行き伊東係長に会って話をすることにした。市ヶ谷から地下鉄有楽町線に乗り換えて桜田門に向かった。古賀靖生の事情聴取も上首尾だったのか、肝付の顔が心持ち緩んでいるように見えた。

「どうでした？　あんな尋問で良かったんですか」

「ああ上出来だった。まあここだけの話、古賀先生は容疑者リストから外さにゃならんかな。これといって動機も見当たらんし、アリバイも完璧のようだ。なあそう思うだろう」

山口刑事も同様の見解なんだろうか。

「午前中の秀栄での話では、まだ読み切れないところがありますね。ですが動機は弱いながらも存在するってところでしょうか。ただ誰に絞ったら良いのかまだ見えない。明日、豊川と立木の聴取次第ってところですね」

山口刑事は、少し浮かない様子に見えるのは、肝付刑事の思うところが見えていないのかも知れない。だが当の肝付は、推測通りに進んでいるようだった。

「ところで辛島さん、あんたまだ結婚しとらんようだが」

「何ですか急に、まだまだ先の話ですよ。下っ端は駆け回っているばかりで、女性を口説くゆとりなどありませんから」

「そうだろうな刑事は忙しいから。どうだ芽衣なんかどうかな、貰っちゃくれんだろうか、可愛い娘だろうが」

「急に……、驚くじゃないですか」

「芽衣は辛島君を好いている。だから私からの依頼を一番先に君に電話したんじゃないかな。そう思うけど、間違ってるかな」

7

父の葬儀を終えて東京に戻ってから、古賀靖生はまた忙しい日々に戻っていた。それでも夜部屋に戻ってから、時折直輝に電話で捜査状況を聞いたりしていた。そして事件発生から三ヶ月が過ぎた六月九日、昼休みの時刻に直輝からのメールが届いた。そのメールを開いて、父を殺した犯人が自殺したことを知った。すぐに直輝に電話を入れると、待っていたと思うほど興奮気味に電話に出た。東京では昨夜からの雨が、今日も一日降り続きそうな気配だった。九州ではどんよりと重苦しく雲が押し被さっているそうだ。朝のニュースでそのことを知った直輝は、詳しいことを知りたくて警察まで車を飛ばしたという。

「昨夜八時過ぎ、ＭＸビルの脇で若い男性の死体が発見された。遺体の様子からそのビルの上階からの飛び降りではないかと思われた。発見された男性は、所持品から秋吉利一《としかず》、三十歳と判明した。秋吉はかねてより古賀社長殺害事件の重要参考人として、警察が捜査を進めていた人物だ。その後の警察による自宅への捜索によって、秋吉が犯人であることにほぼ間違いないとされた——。そんな内容のニュースでね」

「自ら飛び降りた、つまり自殺ってことなのか」

「秋吉は新聞の切り抜きをしっかり握っていた。オヤジが殺害された事件をデカデカと載せた地方新聞だ。遺書はなかったようだけど、そのことが決め手になったそうだ」

ＭＸビルは一階から三階までが貸し事務所で、四階以上十階までが住宅部分つまり賃貸マンションになっている。秋吉はその屋上から投身自殺をしたのだ。ドスンという地響き音に車の事故かと老人が窓から覗くと、下に男性らしい人の倒れているのが見えた。慌てて下に降りてそばに寄って見たところ、男が血を流し死んでいたので慌てて一一〇番通報をした。パトカー二台が五分もしないで駆けつけて来た。数人の警官の調べで、倒れていた男の所持品から秋吉利一だと判明した。そのことは直ちに古賀丈治社長殺害事件の捜査本部が知ることになり、肝付刑事たちが駆けつけた。様々な憶測を余所に、事件はあっけなく解決したことになる。

これは捜査陣の失態といえることだった。（株）ＫＩＨを退職していた秋吉から話を聞くために、前日に任意同行を掛けていたのだ。だが何とも精神状態が安定していないような秋吉を深く問い詰めることも出来ずに、夕方には帰してしまった。そのすぐ後の自殺とあって〝重要参考人が自殺〟〝警察の取り調べミスか〟と新聞で叩かれることとなった。

「秋吉って以前ウチに勤めてたんだよ、大人しいやつでさ、あいつが父さんを殺したなんて、考えられないよ。気でも狂ったのかな」

「精神錯乱か、あり得なくはないな」

「しかもそれが九日だよ、父さんが殺されたのも三ヶ月前の三月九日だった。警察はそのあたりのことから、殺害した日にちに拘って自死したんだと決めつけているんだ。だけどね、自分の犯した罪の意識から、同じ日にちに自らの命を絶つだなんて考えられるかい。警察の発表には何か納得できないんだなあ。日にちに拘って自殺するような人間がだよ、内臓を引っ張り出して晒すなんてことするかなあ」


狂気による犯罪を解き明かすのは、科学技術や犯罪心理学などの理詰めの捜査では無理なんだろうか。狂った頭脳の前では、現代科学でさえも無能ということなのか。

福岡県警は全力を挙げて証拠固め、裏付け捜査を続けていた。だが古賀社長の遺体は、発見した時には死後一週間も放って置かれたという状況だ。しかもその一週間は天候不順だった。

春の嵐によって建物の周囲の痕跡は消されてしまった。遅ればせながら機動捜査隊など多数の捜査員での周辺捜索や聞き込み捜査でも、これといった情報や手がかりになりそうな物は得られないままだった。捜査に関しての条件があまりにも悪かった。残された物は、遺体以外に何があっただろう。その遺体の様子から恨みによるものと判断して、直ちに被害者の周辺を徹底して総当たりで捜査したが、被害者がそれほどに恨まれているという情報は一向に出てこなかった。仕事上のトラブルも考慮して、取引先や下請け企業、協力会社などから殺害動機になるような話がないかと探ったが、そのような話は上がってこなかった。商売敵の犯行か、逆恨みあるいは女性関係も視野に入れてみた。だが古賀丈治には女性関係の噂話やトラブルは皆無だった。

一方商売敵となると、最近の医薬品卸の業界は安売り合戦の嵐が吹き荒れて、凄まじいものがあった。中でも昨年から秀栄薬品はなりふり構わず売込みにかかっていることが知れた。さらにＫＩＨを吸収合併しようと攻勢をかけ、社員を引き抜いていることも分かった。双方の会社間での争いは熾烈さを増しているという。思うように結果の出ない秀栄薬品が、トップの古賀社長を殺害した可能性もあり得ると、重点的に捜査を続けていた。犬山本社常務、大阪本社からの総務部長の豊川将成と営業課長の豊川嘉和などを徹底的に調べた。だがその誰もが商売上の敵とはいえ殺害することなど及びも付かないと、殺害を否定していた。それでも一人一人のアリバイの確認がなされていた。そして、どう考えても遺体の異常性と結びつく要因がなかった。そんな中、ＫＩＨの社内を聞き込みにあたっていた刑事が、過去にトラブルがあった社員のいたことを聞き込んできた。三ヶ月前に退職した秋吉利一だった。

確かに秋吉利一という男は、以前ＫＩＨの社員だったことがある。そして古賀社長の次男古賀直輝の婚約者の剣崎美沙につきまとって、古賀社長から注意され諫められたのが昨年の十一月、つまり事件の四ヶ月前だったという。そのことが原因だったのか、秋吉は自主退社していた。そして四ヶ月自宅に引きこもって悶々としていたようだ。叱った社長を逆恨みして殺害したのではないかと、捜査本部では仮説を立てた。その想定の元に、証拠固めや裏付けに当たったものの、決定的となるはずの凶器が未だに発見されていなかった。さらに遺体が発見された倉庫は、犯行場所と確定してはいないこともあって、殺害現場の特定も急がれた。唯一、秋吉犯人説を確定づける物として、彼の部屋から押収された本があった。怪奇本や拷問特集に混じって、図解死刑全書があった。これは、何世紀か前のヨーロッパや中国での死刑が記載されているもので、図解と説明文でなっていた。

靖生は直輝から秋吉利一と剣崎美沙の話は聞かされたことがなかった。彼女のことになると、べらべらとよく喋るくせにだ。そのあたりのことを直輝に電話で聞いてみたが、直輝の返事はそっけないものだった。

「父さんが美沙から雑談の中で苦情を聞いた程度じゃないかな。秋吉が美沙にそんなにしつこく絡んでいたわけじゃないさ。俺だって気にならなかったくらいだから。美沙も気にしていたわけじゃないし、第一秋吉が辞めたことだって、父さんから小言を言われたからじゃないと思うよ。職場になじめないで、鬱になっていたって聞いたけどな。秋吉はウチに来る前、精神科に通っていたらしいぜ」

父親の遺体があまりにも異常な状態だったことから、捜査の進行状況が気になって仕方がなかった。直輝にちょくちょく電話を入れて、捜査状況を聞いていたが、捜査は何も進展のないままだった。事件発生後三ヶ月、六月中旬に犯人秋吉がマンション屋上から投身自殺をしたと直輝から聞いた。事件はそれで全て解決したという。あまりのあっけない結末に、靖生は肩透かしを喰ったような、すっきりしない後味の悪さを覚えた。


事件発生から三ヶ月、事件の解決を知った定岡正之は、苦いものが胃から込み上げてくるような思いをした。こともあろうに、以前自分の部下だったことのある、秋吉利一が犯人だったと知らされた。しかも秋吉はビルの屋上から飛び降り自殺をしたなんて。一体どうなっているんだ？　いきなり頭をぶっ叩かれたような気分に襲われた。頭の中が混乱してしまい、もう何も考えられない状態に陥ってしまった。

俺がうかうかと秀栄薬品の誘いに乗ってしまったことがいけなかったのか。大学を出て就職先の決まらなかった時、親類の者に紹介され就職したのが九州医薬品卸販売だ。これからの世では医療関係が大きく伸びるといわれて入ったが、ちっぽけな会社だった。だからこそなのか、古賀家は大分の田舎から出てきてやっと三流大学を卒業した俺を家族同様に世話してくれた。会社は時流に乗って大きく成長し、九州で一番の（株）ＫＩＨとなった。それなのに俺はそれを裏切ってしまったのだ。柳瀬から強引に尻を押されたとはいえ、うかうかと転職してしまった。そんなことは言い訳になるものではない、断り続ければよかったと、今になっても悔いが残る。

この六月、サクタ医療との間にあった、吸収合併の話が成立の運びとなった。そのことで秀栄薬品は九州地区で一番の医薬品卸問屋にのし上がった。だが四月以降、公正取引協議会の監視がきつくなって、今までのような無茶な営業は出来なくなってきている。九州地区での医薬品販売業界は、ようやく落ち着きを取り戻したようだ。ご用済みとなった犬山専務は、大阪に異動することになった。柳瀬とサクタ医療から来たＭＳはそのまま九州営業所に残る。豊川嘉和と立木鉄夫は一旦大阪本社に戻り、その後東京に異動している。

第三章　二〇一二年　東京・福岡

1

本庁に異動して一年が過ぎ、辛島慎吾はなんとか一課の仕事にも慣れて、周囲を見回すゆとりが出来た。四月も終わりになる二十六日、ゴールデンウィークを目の前にした日だった。夕方、山脇健太から珍しく電話があった。叔父の亡くなった時に高校三年だった従兄弟《いとこ》も、今年大学の四年になっている。そうかあれからもう四年か、早いもんだとちょっぴり昔を思い浮かべた。

「叔母さん元気か。健太君は、今就活で忙しいんじゃないのか」

「そのことで相談に乗って欲しいんだけど」と煮え切らないような口調だった。

「どうした？」

健太は以前から、警察官になりたいのだと言った。でも母親が反対している、どうしようと元気のない声だった。

「明日の晩なら空いてるぞ、緊急が入らない限りだけどな」

「金曜日なのに大丈夫なんですか」

デートの相手もいない慎吾には、ちょっと嫌みにも聞こえる。

そして翌日の夜、健太と久しぶりに食事をしながら軽く飲んだ。暫くぶりとはいうものの、一昨年十二月の法事の時に会っている。だが、この一年半の間に随分大人びてしまったように見えるのは、背広にネクタイというリクルート姿がそうさせるのかも知れない。おそらく叔母に、〈就活にはきちっとして〉とうるさく言われているのだろう。今日も企業の説明に行った帰りだと言っている。昨年の秋からあちこちの会社説明会に行っている。でも自分がもう一つ乗り気になれないからか、全部ダメだったそうだ。言っちゃあなんだが、二流の私立大学ではそんなものだろうと、慎吾は自身の経験から納得。だが話を聞いてみると、警察に入りたい、それもどうしても刑事になって父親の意思を継ぎたいのだときっぱり言い切った。そのため、母親の手前就職先を探してはいるものの、なかなか真剣になれないでいるようだ。

「ずっと剣道をやってきたんですよ。慎吾さんのようにね」

そうだった、慎吾も刑事に憧れて高校時代から剣道部に入っていた。だからという訳でもないが、健太の気持ちがよく分かる気がする。

「刑事なんて楽な世界じゃないぞ。俺はまだなりたてで日が浅いから、偉そうなことは言えないけどな。でも周囲の先輩たちを見ていると、大変な仕事に就いてしまったと思うことが時々ある。警察官っていうのは、職業としては普通のサラリーマンと違って特殊なんだと考えた方が良い。なにしろ仕事が全てという人種の集まりだから、趣味も家庭もあったものじゃないさ。もっとも組織の中には、ほどほどに生活をエンジョイ出来る部署もあるけどな」

そんなことは父親を見ているから、健太には分かっているはず。

「夢中になれる仕事に就きたいんです。バイトをいろいろやったけど、僕に合うような良い仕事ってなかなかないんですよ」

「バイトってサービス業が殆どだろう？　まあ製造業にしたって、バイトじゃ現場の小間使いみたいなもんだよな。それを沢山やったからって、仕事や組織の全体が見える訳じゃない。生半可に分かったつもりになって、焦って決めない方が良いんじゃないか」

「そうなんですけど、民間の会社って結局は売り上げを上げる、つまり金儲けのために働くんですよね。それが何だか好きになれなくて」

慎吾もそんなことで悩んでいた時期があったことを想い出した。社会に飛び出そうとする頃には、誰しも考えることなのかも知れない。

「外から見るほど格好いい仕事じゃないぜ、言ってみれば社会の底辺での廃棄物処理係といっても良いようなこともあるんだ。それが分かっているなら、挑戦してみるのも良いんじゃないか」

「自分の一生です、金だけを追いかけて生きたくないんです」

綺麗事に聞こえなくもない。卒業時には賃金の良い将来性のある企業に就職したがる者が多いだろう。それでも、警察官になりたいという健太に、強い信念らしきものを感じた。慎吾は叔母を説得することに協力するからと言ってやった。


二十八日の土曜は叔母もパートの仕事が休みだと言っていた。健太は部活の用事で出掛けると言っていたが、慎吾はその日しか空いていなかった。忙しさにかまけて、叔母を訪ねるのは久しぶりのことだった。学生時代には叔父の話を聞くことが面白くて、官舎によく通った。だが、叔父が亡くなってそこを出されてのアパート住まいになっている。叔父は家庭も顧みずに、ただひたすら捜査にのみ明け暮れる人生だった。大半の刑事がそうであるように、叔父はどうしようもないほどの仕事人間だった。一途になれる物のある本人は至って幸せそのものだろうが、家族にとってはかなり大変な生活だったに違いない。

「温かい家庭なんてあんなベタベタしたものは、TVなどが作り上げた“まやかし”でしかない。ホームドラマの家庭は、絵に描いた餅みたいなもので、どこにもそんな物ありやしないのさ。だから庶民は有り難がってそれが理想だと思い込んでいるんだ」

家族にそんな言い訳をしていたらしいが、それは自分に言い聞かせていたんだろう。その叔父は捜査の裏話や警視庁の内輪話を、晩酌をしながら語っていた。そして学生時代の剣道大会の話……。そんな叔父を見ていたから、慎吾は就職先のことで迷うことなく警察官を選んだ。その叔父が、あろうことか酔ったうえでの事故死を遂げてしまった。その時、警察からそっけないほどの扱いを受けて、叔母は情けない思いをした。警察官なんてダメ、叔母はその話をする度に言葉を詰まらせてしまう。

確かに叔母の気持ちが分からない訳ではない。だからといって警察そのものを嫌って、健太の心まで見えなくなってしまうのは悲しい。俺だって悔しいのは同じなんだから。子供の頃から尊敬して好きだった叔父が、酔って電車に跳ねられたなんて本当のこととは思えなかった。酒が好きでよく飲んではいたけど、醜態を晒すなんてことはなかったはずだ。何かの間違いではないかと、新聞記事の切り抜きや、保管されている事故死の調書などの記録を繰ってみたこともあった。

二〇〇八年十二月の新聞で、都内版の二段抜きではあるが小さな記事だった。「山手線と接触し、警察官死亡」と見出しがある。内容は、十九日午後十時五十六分、東京都渋谷区のＪＲ渋谷駅のホームで、警視庁渋谷署の警部補、山脇亮一さん（50）が線路に転落した。その直後に入ってきた山手線外回りの電車に跳ねられ、搬送先の病院で間もなく死亡が確認された。渋谷署によると、不注意による事故の可能性が大きいという。山脇さんは酒に酔っていた様子で、ふらつきながら落ちるのを周囲の客が目撃していた。そんな内容の記事だった。

だが本当にそうなんだろうか。叔父のことを思い出すたびに不審感が湧いてくる。だがそれは身内を庇う心がさせる、歪んだ見方でしかないのかもしれない。何人もの刑事が捜査した結果で、叔父の死には事件性がないと結論が出たんだろう。でもほんの一欠片《ひとかけら》も疑う余地はなかったのかと、一谷刑事に尋ねたことがあった。何とも歯切れの悪い返事しか帰ってこなかった。

今更でもないが、最近もまた渋谷署に行って当時の調書を繰ってみた。だが何度見ても、その調書に疑う余地はなかった。事故のあった晩に叔父が飲んでいたという店が記録されていたが、ついぞ聞かない店だった。渋谷駅の周辺には酒の飲める店など掃いて捨てるほどある。どんどん新しい店が出来、出来たかと思うとすぐに消える。計り知れないほどの数だ。そのうちの一軒なんだろう、最近は見ないなあと一谷は言っていた。叔父の死から四年が経つ、周囲はどんどん変わって行くのか。

叔父がホームから落ちた時、現場付近に居た者の証言も取ってあった。居合わせた者たち三人からだった。一番近くにいたと思われる若い男は、携帯電話でメールを打っている最中で、そこにいた中年の男がスッと消えてしまったのを感じたという。直接目撃してはいないが、脇目の視界から消えたのだと言っていたようだ。中年のサラリーマンの男性は、居たはずの人影が消えたのが分かったが、自分も少し酔っていたし、まさか人がホームから落ちるなんて思っていなかったから、しっかり見ていなかったと証言している。そして決定的な証言としては、電車の運転士のものがあった。中年の男性が線路上に落下する光景がかなり離れた距離からだが分かった。思わずブレーキを力いっぱいかけたが間に合うはずもなく、それでも立ち上がろうとする男性の姿が今でも目に残っていると証言していた。

十時二十六分と、さほど遅い時間帯ではなかったが、ホームの最後尾に近い場所だから待っていた人も疎らだった。それでも誰かが後ろから押して落としたのなら必ず目撃者がいるはずで、その可能性は全く打ち消されている。

さらに別の証言として、過去に山脇が前後不覚なまでに深酒をしたことがあると記されていた。まだ若い頃の署の一泊旅行でのことだ。羽目を外して飲みまくったことがあったという。その後も何度か酩酊したことがあった。年功序列の古い体質が残る警察社会、僅かな失敗がいつまでも記憶に残ってしまう。それらのことが酒酔いでの事故の決定的な要因になってしまった。

　だが慎吾の記憶では、叔父はそこまで酔うとは聞いたことがなかった。叔母も知らないということは、おそらく結婚する前のことではないだろうか。家で飲んでも外で飲んで帰って来ても、乱れたことなど一度も見たことがなかったという。最近では少し酒に弱くなったのかすぐに寝てしまうことが多くなった。年のせいと思っていたと叔母は言っていた。剣道をやっていた頃のあの敏捷な叔父は何処に行ったのか。人間としての、警察官としての、矜持を失ってしまったのか。叔父のことを思い出すたびに慎吾は少し虚しいような心境になってしまう。

　確かに警察官としては誇れる死ではない。でも不祥事とまでは言われていないが〈警察官の恥さらし〉と陰口をたたかれていることには、心底腹の立つ思いだ。それにしても署内の扱いには冷たいものがあったようだ。まるで葬儀には参列するなと上からのお達しでもあったかのような扱いだった。葬儀は内々だけの家族葬でひっそりと行われた。三、四人の同僚と警察学校の同期組が二人、私服で顔を出してくれたが、他には警察関係者の参列はなかった。丁度その少し前、地方の首長が緊急災害時に酒宴で出遅れたと、三流週刊誌で叩かれたことがあった。その添え記事としてだろう、警視庁の刑事の不名誉な事故死として書かれたことが原因だったのかもしれない。家庭のことは妻に任せておけば良いと、仕事が一筋という叔父だった。それ程までに尽くしてきた警察なのに、あまりにも素っ気なく扱われた結果になってしまった。叔母が警察の組織を恨みに思い、息子を警察官にさせたがらないのも当然といえるのかもしれない。

叔父の位牌に線香を燻らせて、手を合わせる。ふと脇に置いてあったノートに目がいった。線香の箱の下に、無造作に置かれていた。表紙は焦げ茶色の合皮で、ハガキより少し細めで厚さが七～八ミリの手帳だった。

「これは？」

「ウチの人のものなの。遺品を整理していた時に出てきたんだけど、捨てていい物か迷って、あの人の生きた証みたいな気がして捨てられないでいるのよ」

普段叔父が持ち歩いていたのだろう。手にしてみると、年間ダイヤリーで二〇〇八年のものだ。叔父は毎年買い換えて、日記代わりにしていたようだ。それは叔父が逝った年度のものだった。中をパラパラと捲ってみると、一月から亡くなった十二月までの行動がメモってある。警察手帳のような捜査メモではなく、私的な覚え書きや予定が書かれている。仕事上のメモや書き込みなら警察手帳があり、それは署が保管しているのだろう。亡くなった一日前の十二月十八日で書き込みが止まっている。細かい字でびっしりと書き込まれていた。

「アズサ」と書き込みがあり、行を空けて「あの男は何処に行ったんだ？」で終わっていた。

どうやら捜査に関することのようだ、家族のことや何処の銘柄の酒を味わったとかまで記入されている。備忘録なんだろうか、中に仕事がらみらしい項目もあり、何とも公私が判然としない。その行間からは、やりかけた仕事があったようにも読み取れる部分もある。終わっていないことが残されているようにも感じ取れる。あの叔父は何を考え何を書き留めたんだろう。そんなことを思いながら、線香の煙が糸を引くように流れをぼんやり眺めていた。ふと、飲んでいる時に見せる叔父の屈託のない笑みが浮かんできた。もう一度手帳に目を戻してみた。慎吾は、叔父の逝く少し前の日付あたりがどうも気になってしかたなかった。一つ一つ判読してみたいという思いに駆られた。

「このノート、警察に見せました？」

仏壇を見つめる慎吾の後ろ脇に控えて、じっとしていた叔母を振り返ってみた。

「ああそれね、見つけたのは一周忌が過ぎてからなの。普段使ったことのないバッグから出てきたんで、そのままにして届けてないのよ」

「これ、借りていいですか、ちょっと読んでみたいんで」

「いいわよ……」

ダイニングに移動して、慎吾が買ってきたケーキと叔母の入れた紅茶を手にしていた。

「慎吾ちゃん本庁勤務だって？　凄いじゃない。うちの人は所轄で終わっちゃったけど、本庁の刑事になりたかったのよね」

「僕はそんな叔父さんの真摯な姿を見て警察官になったんですよ。まだなりたてで日は浅いけど、これが正解だったと思っているんです」

「それじゃ、そろそろお嫁さん貰わなくちゃ。姉さん、早く孫を見たいんじゃないかな。もういい人居るんでしょ」

「結婚なんてまだまだ先のこと。今は仕事が面白いんですよ」

慎吾は今井芽衣のことがチラッと頭を掠めた。そういえば、ここのところ暫く会っていない。つい先日、福岡から肝付刑事が来た時に電話で話したっきりだ。そのうち食事にでも誘わなくちゃ……。

「男の人はよくそう言うわね。でも、家庭があって初めて、本当に良い仕事が出来るんじゃないかしら」

「僕のことはいいんですよ。それより健太のことなんだけど、警察官になりたいって言ってましたよ。でもそれが言い出せなくて悩んでいるんじゃないかな。社会の人たちが穏やかに暮らせるための手助けっていえば大袈裟だけど、警察官って社会の縁の下の仕事でしょ。僕も初めは格好良さで警察官に憧れた。それが最近では、仕事そのものが好きになってきたんですよ。

金もうけや利益を上げることにだけ汲々とする民間会社より、ずっとやり甲斐があると思うんだけど」

　叔母は心持ち首を垂れていた。

「分かっているの、あの人もきっとそうだったんでしょ。良い生き方だったと思うわ」

「僕はそんな叔父さんをずっと見てきたんだ。でも健太はもっともっと身近にいて、叔父さんに接していたんだもの。だから叔父さんのように刑事になりたいと言い出してもおかしくないでしょ」

「危険が付きまとう仕事でしょ、男はそれで良いでしょうけど。でも、今度のように残された家族はどうなるの」

　微笑みの消えた目は、何かを訴えてでもいるようだった。

「結婚して幸せな家庭を築くのは良いことだと思う。けどね、妻や子供の顔色を伺いながらの生活のために、納得のいかない仕事をして一生を終わる。そんな人生を健太に送らせていいのかな」

　残酷なようだが、あえて叔母に言ってやった。でもそんなことは十分に分かっているのだろう、叔父の死んだ後の切なさ、残された二人の子供を抱えて必死に生きてきたことを言いたかったのだろうか、だからこそ穏やかな生活に憧れ、息子にも平穏な人生を送らせたいと思っているのだろう。

「叔母さんの言いたいことはよく分かる。でもね、健太はそれでいいと思う？　充実した生き方って何だろうか」

ついつい強く言ってしまったが、叔父もそれを望んでいるんだと、自分に言い聞かせた。

気まずい空気はそれほど長くは続かなかった。

2

久しぶりに訪れた叔母の家で、叔父のノートを預かってきた。夕食後部屋に籠もって、ダークブラウンのノートを最初からじっくり読んだ。そこには、元旦から三日間の欄の「神宮」から始まって、五日に「一谷・八海山」とあった。覚え書きに使っていたからか、意味の読み取れない部分もあった。それでも仕事がらみと見られるメモが多い。叔父は根っからの刑事なんだと納得したが、それにしても酒に関する書き込みもかなり多かった。

三月二十六日の欄の記入が目に入った。「絶対に間違い、署長の頭は本庁しかない。あのヒラメやろう」何のことだろう。更に四月二日、「何としても気になる、佐伯君待ってろ」と書かれていた。そのほか日を追ってみると、オレオレ詐欺とか、ひったくり犯は女とかのメモがあった。「加代」とか「酒蔵」とかが所々に現れたのはたぶん酒場のことだろう。九月の始めに「健太受験の話」があったのは、大学受験の相談だったのか。そして十一月になって、「寺尾から電話」と赤字で書かれ、続いて「メールで女の写真」と、これも赤字で記入があった。個人的なことか、或いは仕事のことなのか分からないが、かなり大事なことなのだろう。

十二月三日の欄に「ｐｉｔ・桑田」が出てきて、ジャズボーカルと叔父らしからぬ書き込みがあった。これは「渋谷に好いジャズライブの店を見つけた。今度連れて行くから」と言っていた店だろうか。それに「アズサ」が数ヶ所、そして四日には「四谷・秀栄」があったが、これは何なのか。豊川嘉和とか古賀靖生、立木鉄夫の名前が列記されている。さらに、十七日に再び四谷・秀栄があって、十八日には東都医大病院とある。誰かの見舞いか、本人に関することなのかと思ったが、そこで慎吾の手が止まってしまった。この部分の氏名に記憶があった。今月の初めに福岡から捜査に来ていた肝付刑事が事情聴取して、慎吾も立ち会った人物なのだ。古賀靖生、東都医大病院の医師だった。それに、四谷の秀栄も同行している。四年も前に叔父が関係していたんだろうか、だがどんな関係なのか？

ダークブラウンの手帳を手にしながら慎吾は、少しもやもやと不審感が湧き上がってきた。

そしてすぐに、昔叔父と一緒だった同僚の一谷刑事を思い出した。彼なら多少は知っていることもあるだろう、そう思って話を聞いてみたいと、すぐに渋谷署に連絡を入れてみた。他の警察関係者は顔を見せないが、一谷だけは叔父の法事に顔を出してくれていた。慎吾がまだ警察官になりたての頃、渋谷署に叔父を訪ねていった時に、何度か一緒に飲んだこともあった。叔父に連れられて縄のれんを潜る時に、一谷も一緒のことがあったのだ。叔父と三人で居酒屋のカウンターに並んだ時など、二人は言葉少なに、ただ酌み交わしているだけだった。喋るでもなくただ静かに酒を楽しんでいるといった風に見えたこともあった。なにが良くて、家にも帰らずこんなところで飲んでいるのか、当時の慎吾にはそんな二人のことが理解出来かねていた。そんな姿を見せられたからだろう、慎吾にしてみれば、渋谷署の刑事で心置きなく話のできる人物は、一谷研児刑事だけのような気がした。

約束どおり八日の火曜日、慎吾は渋谷署に一谷を訪ねて、近くのティールームに向かった。早速、電話で話してあった叔父のノートを見せた。懐かしそうにそのノートを見ていた一谷は「ヤマさんらしいな」と懐かしげにページを捲っていた。

「この神宮ってあるのは、初詣の警備で、五日には二人で八海山を飲んだんだ」

そして叔父・山脇亮一が死ぬ前まで追っていた事件というのは、帝都大大学院生だった佐伯の事故死のことだと教えてくれた。

「この事件……いや事件性はなくて事故死ということになったけど、ヤマさんは納得がいかなかったんだろうな。内密に一人で捜査していたんだ」

四年前の三月二十一日に渋谷で転倒死した佐伯英明、そして、九ヶ月後に事故死した叔父の場合も、すっきりしないものが残っていることを聞かされた。

「事故死で済ませた物件を穿《ほじく》り返すんだから、誰にも迷惑が掛からないようにと、俺にさえ捜査のことを教えてくれなかった。ここに〈絶対に間違い、署長の頭は本庁しかない〉ってあるだろう。当時の渋谷署の署長はキャリア組でね、本庁に戻ることばかりしか考えてない、いわば上にしか目が向いてないヒラメ人間だった。だから面倒なことは避けて、穏便にすますことだけに尽力していた。ヤマさんは歯ぎしりしていたよ、それがこのノートってことだな。普段の警察手帳には書けなかったんだ」

叔父が佐伯の事故死を何故事件性ありと拘ったのか、ノートを繰っても具体的なことは書かれていなかった。一谷にしてもその辺りのことは叔父から聞かされていなかったようだ。

「俺に不審点を教えれば、署長決定に反する捜査に巻き込むことになるから、何も言わなかったんだろうな。ヤマさんらしい気遣いさ」

その不審点とは、単に叔父の思惑とか刑事の勘だけだったんだろうか、それとも何か根拠があってのことなのか。

叔父は更に現場周辺での聞き込みを続行していたように記されていたが、ノートを見る限りでは成果はなかったようだ。小さなビルがひしめき合っているその隙間で起きたことだ。日中の人出とは違って夜の人通りは僅かでしかない。一本筋が違うと人の屯する歓楽街の裏手になるが、それとて犇《ひし》めくほどの人出はない。そんな場所だから、住んでいる住民もほんの僅かしかいない。それもビルの中に入り込んで、外の世界から切り離されたように密かに生きている。冬の寒さから逃れて閉じこもっているだけだ。外で起きた少々の物音など届きようもないし、たとえ聞こえたとしても顔を出すことなどめったにない。聞き込み捜査には向かない地域だった。そしてそのことは、所轄の刑事にはよく分かっていた。

事故の直後に一谷と叔父が辺り一帯を聞き込みに回った。その地域内に古びた小さなビルがあって住人が一人いた。留守番兼管理人で、六十を過ぎた独り者で、路地に面した窓のある小部屋に寝起きしている。この界隈の顔であり事情通でもある。その晩も酒を飲んでTVを遅くまで見ていたというが、窓の外の物音は何も気付いていなかったという。当てにしていただけに、二人は気落ちしてしまった。

翌日の午後、また辺りでの聞き込みを始めた。その時言い争う声が聞こえたという証言をしてくれた人物が現れた。その者は、現場から少し先のデザイン工房に勤務している三十七歳の独身男性だった。叔父が聞き込みに立ち寄った飲食店に居合わせた客で、仕事で遅くなった時にはそこで夕食を済ませることが多い。だが週に二、三回程度で毎日ではない。その事件の夜も、遅くまで仕事で、十時半頃だったか、店から出た時先の方角で物音がして、乱暴な話し声がした。気にはなったがどうせ酔っ払い同士のいざこざだろうと、寒いので急いで駅に向かった、そんな証言だった。叔父はしてやったりと思ったようだが、既に事故として調書を作成するように上から言われていた。例えそれが事実であったにしても、その諍いらしいことが佐伯の死に繋がるとは言い切れない。更に、そのことに関わっていた人物をどうやって特定するのか。結局、事故死で済んでしまっていたと一谷刑事は眉をしかめて言った。一谷は叔父のダークブラウンの手帳を手に、そっと目頭を押さえていた。

その一谷刑事のことは叔母にも聞かされていた。

「うちの人の葬儀の時に会ってるから、慎吾ちゃんも知っているでしょ、あの人こまごまと最後まで手伝ってくれてたわ」

「大塚署時代の職場仲間だったの。そのあとうちの人は代々木署に暫く居て、それから渋谷署に移ったけど、一谷さんはそのまま渋谷署に異動になったのよ」

代々木署は渋谷署の隣、しかも事件は双方の地区に絡むことが多くて、仕事上もよく行き来していた。それがまた渋谷署で一緒の部屋になって、何だか二人は何処までも縁が切れなさそうだった。

数日後、慎吾は一谷に呼ばれて渋谷の駅裏、のんべえ横丁に行った。「加代」は小さな店で、十人も入れば肩がぶつかり合うほど狭い。慎吾も二、三度、叔父に連れられて暖簾を潜っている。

「山脇さんとはちょくちょくここで飲んだね。ゆっくり話が出来るから」

「叔父が亡くなった時も、ここで飲んでいたんですかね」

「いやそれはない、あのあとも俺一人で何度かここにきているけど、ばあさんその数日はヤマさんの顔を見てなかったと言っている」

「ばあさんで悪かったね、好きで年とったんじゃないよ」

たぶん六十歳は超えているだろう。化粧っ気の全くない（本当は薄化粧だったりして）女将は、余所を見ていながらでも話が聞こえているようだ。

「それに、現場は渋谷駅だろう。飲んだとしてもこの辺りだろうと見当を付けたんだが、違っていた。多分ここは満席だったんだろう。あちこち探した結果、もう少し先まで行った居酒屋だったよ」

「誰と飲んでいたのでしょう。この店以外にも行きつけの店があったんでしょうか」

「いや、行きつけといった程ではなかったようだね。当時渋谷を根城にしている窃盗犯が代々木署の管内で仕事をしたとかで、よくすり合わせに代々木署の人と立ち寄っていたらしい。あるいは情報屋と会っていた酒場なのかも知れない。刑事はそれぞれが何人か情報元を持っているからな」

「それは聞いてます。僕が所轄にいた頃もベテラン刑事はそんなふうでした。でも教えてはくれないですよね。叔父さんが情報屋として使っていた人物は、叔父さんしか知らないってことですか」

「そんなものさ。それにしてもヤマさんは、自分を見失うほど痛飲するようなことはなかった。それだけに、酔ってホームから落ちて死んだなんて信じられないんだ、今でもね」

「僕もそう思います。七十や八十の年寄りじゃないんですよ、少し位飲み過ぎたからって、足を取られる程まで酔わないでしょう」

この店で隣り合って飲んでいた、しかも何年にも亘って……。そんな相手のことを想い出しているんだろうか、一谷は鼻を啜っていた。そっとしておいてやりたかったが、しんみり飲むのは一人の時にしてもらおうと、慎吾は話を続けた。

「何か行き詰まっていた事件があったとか、想い悩んで苦にしていたのかも知れないですね」

「ヤマさんが佐伯という学生の事故死を気にしていたことは知っていた。だから、いつまでもかかずらってもしょうがないってね、そう言ってやったんだ。ヤマさんも自分では分かっていたのさ」

「そのことの捜査を続けていて、叔父さんが犯人を追いつめるところまでたどり着いた。それで犯人に殺されたなんて考えられませんか」

「穏やかじゃないね」

「分かっています、すでに処理済みの案件を四年も経って蒸し返すんじゃないってことでしょ。でもこのままじゃあまりにも叔父さんが哀れで……」

「ヤマさんのノートとやらを少しの間貸してもらえるかな」

当時一谷は何も手伝いはしなかったが、追い続ける山脇の姿を見ていて気に掛けてはいたのだ。何か新しい手がかりが見つかったようなことを山脇から聞いたような気がする。十二月の歳末警戒に入る時のことだったと、想い出したように呟いてグラスを置いた。だがその内容についてはなにも言ってくれなかった。

「無理にでも聞いておくんだった」

一谷は悔いが残っているとでもいうように、目尻に皺を作って渋い顔をしている。四十歳間近の悩める男の顔なんだろう。だがひょっとすると新たな手掛かりが原因で、口封じのため殺害されたんじゃないか、慎吾の内でそんな疑いが大きくなっていった。

　叔父の残したメモにあったアズサ、しかもその言葉はノートの最後の方にあったということは、十一月から十二月にかけてのことだろう。他に立木鉄夫だの豊川嘉和だの古賀靖生だのという名前があった。ともかくそれを一つ一つ調べてみようと思ったが、“アズサ”で躓《つまず》いてしまった。人の名前だろうが、店の名前かも知れないかとも思ったのだ。分からなければネットで、と調べてみた。梓という店はかなりあったが、アズサの方は見当たらなかった。ならば人名か芸名かそれとも源氏名か？　更にネットで検索して、古い書き込みに辿り着いた。渋谷のジャズライブバー〈ｐｉｔ〉に出演していたジャズ・シンガーとあった。それは二〇〇八年の書き込みだった。叔父の亡くなった年の書き込みじゃないか、しかもノートにも〈ｐｉｔ〉の書き込みがあった。手応えを感じた慎吾はその〈ｐｉｔ〉の情報を集めた。渋谷のその店は、今でもやっている様子なので、一度行ってみようと思った。

　その後、大きな事件が発生した訳でもないが、解決を見ていない事件の捜査に関わって、何やかやと手の抜けない日が続いた。どの係も未解決事件を何件か抱えているのだ。そんな中、慎吾はたまたま渋谷に用事が出来た。〈ｐｉｔ〉の様子を見に立ち寄ることが出来たのは、五月の下旬になってからだった。叔父のメモには〈ｐｉｔ〉のことが十二月三日の欄に一回だけ書かれていた。担当区域でよく知っていたから、あえてそれ以上は書かなかったのか。それとも単に関心が薄かっただけのことか分からない。

少し古いビルの地下への階段を降りて、薄暗い店内に入って行った。やや奥に長い三十坪ほどのこじんまりした店で、奥の隅にピアノが置いてある。脇にはベースが寝かされていて、ドラムのセットもあった。日中はジャズ喫茶なのか、テナーサックスの心地良い音が響いている。慎吾はカウンターに近づいて、中にいた若いスタッフにアズサのことを尋ねてみた。

「さあね、確か三〜四年前にそんな人が居たこと、聞いたことがありますよ。学生がアルバイトで歌っていたんだとか……」

「アズサって、外国人なのかなあ」

「いや日本人でしょう。ステージネームじゃないですかね。本名ですか？　何も知りませんねえ、僕が店に入った時には、既に居ませんでしたから」

その日桑田という店のマスターは、所用があって店に出て来ないと言われた。日を改めて、そのマスターの居る時に訪ねることにした。

だが慎吾が次にその店に立ち寄れたのは、二週間も過ぎて六月に入ってからだった。前回と同じように、用事を済ませて本庁に帰る途中のことで、夕方六時を少し回っていた。スピーカーからはジャズピアノが流れている。カウンターの奥に五十歳がらみの男性を見つけて話しかけた。

「何でまた今頃、アズサなんだ？」

不審な目でそう言い返されたが、個人的な興味からの調べなので、刑事だとは言えなかった。脇の従業員となにやら話していたその人物は、興味深げな視線を慎吾に向けた。この人物がノートにあった桑田だろう。

「地元に戻った先輩から聞きましてね、四年前だったか、素晴らしい歌手がいた、美人だし歌が素晴らしく良い、もう一度聴きたいって……。それなら僕も聴いてみようかって、そんなところです」

「そうなのか、彼女のファンは結構多かったからね、未だに忘れられてないのかな」

「もう彼女の歌は聴くことは出来ないんですか？」

「さあねえ、私も彼女が戻ってくれることを期待しているんだけど、どうなることか」

「彼女は今何処に居るんです？」

「まあ今度連絡があったら聞いておく。ステージに立ってくれるようなら、店のＨＰで知らせるよ」

もっと何か知っているように見えたが、桑田は従業員への指示に戻ってしまった。話したがらないのは何か理由があってのことだと思い、それ以上は追及しなかった。

その時から慎吾は〈ｐｉｔ〉のＨＰを定期的に覗いてみるようにした。毎月のスケジュールが明記されているし、数ヶ月先のビッグステージも記載されていた。ジャズ愛好家の間では渋谷の〈ｐｉｔ〉はメッカ的な存在なんだろう。

3

父、古賀社長の葬儀のあと東京に戻っていた古賀靖生は、時折直輝に電話していた。父の後を継いだ若い弟が、どう会社を担っていくのか心配だった。苦労話を聞いて励ましながらも、その後の捜査状況を聞いたりしていた。そして事件発生から三ヶ月が経った六月中旬に、犯人の秋吉利一がマンション屋上から投身自殺をしたと連絡があった。殺害動機は、父から叱責されたことへの恨みと推測されていた。犯人は以前に精神病で通院していた経歴がある精神障害のある者だった。事件はそれで全て解決したのだという。あまりのあっけない結末に、靖生は肩透かしを喰ったような、すっきりしない後味の悪さを感じていた。

そして八月十二日に、靖生は父の新盆で福岡の実家に帰ってきた。今回は夏期休暇を取ったので十六日までゆっくりするつもりだからと、家政婦の君代さんには前日に電話を入れておいた。

墓参の日は、朝からじりじり照りつける暑い日差しだった。だが、直輝の車に乗せて貰ったので、快適に寺まで行くことが出来そうだと靖生は走り去る街を眺めていた。後部座席には剣崎美沙が乗っている。だが直輝は運転しながら父親のことを考えていたようで、犯人の秋吉利一について話し始めた。

「刑事から聞いたことなんだけど、奴は精神病を患っていたらしいんだ。気が狂っての犯行だと警察は言いたいんだよ」

だが、そのことは前にも電話で聞いていた、何度も……。

「精神病というものは、狂気とは全く違うものなんだよ。一緒くたにすべきじゃない。確かに昔から〈気違いに刃物〉って言われてきたよ。だけど、精神異常の問題は十把一絡げにしてしまえるほど簡単なことではないんだ」

納得していないんだろうが、直輝はそれ以上何も言わず運転を続けていた。そう言ってみたものの、確かに新聞やＴＶなどでも狂気の上での犯行というニュアンスで報道されていた。犯人の秋吉がそんなことで父殺害に走ったと結論づけてしまうことに、靖生自身も納得出来ない気持ちがあった。そうなると本当の殺害理由がもう一つ分からなくなってしまう。殺人の動機がはっきり見えてこない事件では、警察は精神病が根源であったかのように幕を引いてしまうと聞いたことがあった。過去にはそんな捜査がまかり通った時代もあったんだろうが、さすがに現在の警察捜査では改められていると聞いている。それが福岡ではまだその悪癖が尾を引いているんだろうかと、少し危ぶむ気持ちになったものの車は墓に着いてしまった。

日照りの中で喧《やかま》しいクマゼミに追い立てられるように墓参りを済ませた。暑さから逃れるように車に乗り込んで、クーラーを効かせた帰り道、先ほどのことを再度直輝に問い質してみた。

「秋吉の犯行、まだ納得出来ていないようだな」

「俺はホント、信じられないんだよ。何で秋吉がってね。でも警察が捜査した結果なんだから、そうなんだろうって納得しようとしたんだ。俺たち素人がとやかく言っても始まらないんでね」

やっぱり直輝も、まだ信じられないでいる口ぶりだ。靖生の心中ももやもやした不審感が、直輝の表情で正当化されたような気持ちにもなってしまう。運転している直輝は、それ以上話を続けようとしなかった。

部屋に戻った靖生は、エアコンの風で身体を冷やしていた、それにしても全く暑い日だった。そして蒸し返すように、直輝に話の続きを促《うなが》した。しつこいかも知れないが、そのままで終わらせたくなかった。あまりにも単純な秋吉犯人説で、まるでお誂《あつら》えのように、凶器のサバイバルナイフが秋吉の家の物置の陰で発見されたという。それを聞いて、微かだった疑問がかえって大きくなってしまったのだ。父が殺害されてはや五ヶ月が経った。その間病院での忙しい毎日だったからといって、放って置いていい訳はない。秋吉が犯人だったことへの不審感というか疑惑を、そのまま放って置いたことに、己の迂闊さを反省した。そして靖生は、密かに独自で捜査を続けてみようと心にきちっと刻み込んでみた。だけどそれは漠然としたもので、忙しい日々の中どこから手を付けて行こうかまでは考えていなかった。

秋吉利一は以前に精神障害を患ったことがあるという。一口に精神障害といっても病状は様々であって、診断した医師の話を聞かなければ何とも判断出来ない。だが以前患ったことがあったにしても、支障なく普通に社会生活を送っている人物が、突然あれだけの異常ともいえる殺人を犯すとは考え難い。靖生が精神科の教授に話を聞いた時のアドバイスがそんなものだった。

確か地方紙に、自殺する少し前に任意で取り調べた時、秋吉は否認し続けていたという記事があった。が、強く言い張るという態度ではなかったように書かれていた。捜査を担当していた肝付刑事も、むしろ身を縮めて困窮しているかのように、困った顔をしてすまなそうに殺害を否定していたと漏らしていたそうだ。もっともそれは事件解決後、かなり後になって直輝が聞いた話だが。父親に咎められた子供が見せるような弱々しい姿だったそうだ。そんな男に惨《むご》たらしいほどに残忍な殺しができるなどとは、及びもつかないことだと肝付刑事は首を傾げていたという。秋吉のそんな様子を聞いた靖生は、鬱の状態だったのではないかと想像した。

人を殺害する、しかも遺体を傷つけるなどということは、肉体的にも精神的にもかなり大きなエネルギーを要する。尋常な神経では出来得ないことだ。聞き及んだ秋吉利一の状態からは、そんなエネルギーは全く感じ取れなかった。不思議なもので、そうなると秋吉の自殺そのものさえも疑わしく思えてしまう。二ヶ月も経ってしまった後なのに、何を今さらということなのだが、一旦疑惑の芽が生ずると、その思考は日に日に大きく肥大していく。犯人は他にいる、そう思わずにはいられなくなってしまうのだ。真犯人が身代りを仕立てるために、秋吉を殺害したとも思えて来るのだ。だが警察もその辺りのことは十分見越して、捜査をしていただろう。今更門外漢が思いつくことなんて、とっくに捜査して結論を出しているはずだ。そうは思ってみても、どうにもそのことが頭から離れない。

「なあ、父さんは、秋吉に殺されたっていうけど、秋吉はそんなに凶暴な性格だったのか。美沙さんに、そんなに強烈につきまとっていたのか？」

「いや、強烈ってほどじゃなかったようだよ。美沙もそんなに怖がるほどじゃなかったように言ってたから」

「父さんに意見されたからって、逆上するような奴だったのか？　あんな惨たらしいことするような性格だったか？　なんか腑に落ちないんだよな」

「兄さんもそう思うか？　さっき車の中で話したけど、俺もそう考えてたんだ。だけどさ、じゃあ誰が父さんを殺害したのかってなると、思い浮かぶような人物は出てこないんだ」

「仕事がらみで殺されたって考えるのが妥当な気がする。社長が居なくなればＫＩＨという会社はお手上げ状態だろう？　競争相手の望むところだよな」

「秀栄薬品か？　確かに父さんと繫がりがあった病院の事務長や、薬剤部長や先生たちも多かった。そんな人たちに、秀栄のやり方を嫌っている客もかなりいたよ。だけど、いくら思うように客が取れないからって、それだけで人を殺すとは思えないよ。それに秀栄の誰かが殺したとしても、あんな残忍なことはしないんじゃないかなあ、それこそ精神異常者ってことになる」

「そうだよなあ」

誰もが同じように考えるのだが、殺害した後のあの惨たらしい処理方法が問題点なのだ。あんなことをする意味や、その人物像に考えが及ばないということだろう。だから警察も、精神病の過去がある者に罪を押しつけてしまったに違いない。

そんな話をしていると、先ほど墓地から一緒に戻って来た剣崎美沙が、着替えを済ませて出てきた。すっかりこの家のことを承知しているようで、冷えたビールと枝豆を盆に乗せて運んで来た。暑さに閉口していた靖生は、思わずビールに手が伸びた。それを見て直輝は、すかさず一言いった。

「兄さん、エアコンの効いた部屋にばかり居るんだろう。たまには外に出ないと身体壊すぞ」

「あら、お医者さんに身体壊すだなんて……」

「そうそう、美沙さんにちょっと聞きたいことがあった。今、直輝と話していたんだけど、秋吉利一のことなんだ、昔からの知り合いだったって?」

「利一さんの家は、実家の近所でしたから。子供の頃からよく見かけていましたけど、四つも年上なんで、話をすることは殆どなかったですね。私は地元の大学だったから、街の図書館で顔を合わせて二、三度、お話をしたこともありました。でもそれだけだったのが、ＫＩＨに就職したら利一さんも社員になっていたので少し驚きました。それでも社内で会えば挨拶したり声を掛けたりする程度でしたけど、一度誘われて帰りがけにお茶を飲んだことがありました。でもあの方話が暗くて、少しも楽しくないんでそれからは誘われても良い返事はしませんでした。別に嫌いな人っていうことではなかったんですけど……。それに私、直輝さんとのお付き合いが始まってましたから」

「彼の方から積極的に何かしてきたことはなかったのかい」

「利一さんも私も子供の頃ピアノを習っていたことがあって、そんな話をしたことがありました。そしたらピアノのリサイタルがあるけど、一緒に行かないかって誘われたんです。でもお断りしました。それからも何度か誘われたりしましたけど、彼の一途のような性格は、一緒に居ても話がかみ合わないんです。それで好きになれなかったんです。迷惑だからもう誘わないでくださいってお断りしたことがありました。悲しそうな目をしましたけど、私、一緒にいても気詰まりだし」

美沙は愛嬌を振りまいて誰にでも笑顔を見せるような、八方美人のタイプではない。自分に好意があるのでは、などと人からあらぬ誤解をされるようなことなどあるとは思えない。人との交わりの少ない秋吉が、何度か挨拶をして声を掛けてくれた美沙に好意を寄せるようになった、そんなところなんだろうか。

古賀家にとってあまりにも衝撃的なことばかり起こる年だった。だからといって急激に弱体化する会社をそのまま放って置いて、陰に籠っているわけにもいかない。年が改まるのを待って、明るいムードで前進と会社立て直しのために陰鬱さを取り払おうと考えた。まず、明るい空気に換えることもあって、年明け早々に直輝と美沙が結婚式を挙げることになった。忌まわしい事件を払拭する意味もあったし、古賀の家で一人きりになってしまった直輝を支えてくれる人が必要ということもある。

美沙は直輝より二つ下の二十六歳、直輝と同じ高校で一年と三年だったことがあった。二人が付き合いだしたのは、直輝が京都の私立大学を卒業して地元に戻ってからだという。切れ長の澄んだ目をした、色白で中肉中背のあまり目立たないタイプの女性だった。控えめではあるが芯がしっかりしているようで、頑固そうな一面が顔を出すこともある。そんな美沙が付きまとわれたという秋吉は、どんな人物だったのかと直輝に聞いてみた。

「父さんが知人に頼まれてウチの会社で雇ったんだ。俺が卒業した年だったから六年前のことだ、それで昨年の十二月末までウチで働いていた。体調不良で退職したんだけど、そのあと秋吉は家に引きこもっていたらしい。でも二ヶ月ほどしてからは外に出るようになっていたらしいよ」

秋吉利一は、大学卒業時期に精神疾患で病院通いをしていた経歴があったが、二年後には精神も落ち着いたらしくアルバイトなどをしていた。その後完治したと医者から言われて、正規に仕事に就いたのがＫＩＨだった。中途採用されて感謝していた古賀社長に、励まされたり声を掛けられたりして、仕事に打ち込んでいた。社長に恩を感じ傾倒していたと、秋吉は両親に言っていたようだ。それが〈本人も迷惑がっているから付きまといはやめなさい〉と美沙への行為を社長に叱責されて退職してしまった。そのことから、秋吉の心にあった感謝と尊敬の念が恨みにすり替わってしまったのではないかと警察では推測して、それが殺害の動機とされた。

「美沙さんと秋吉のいざこざのこと、おまえが父さんに言ったのか」

靖生は直輝に聞いてみた。

「いや、俺は言ってないよ。大したことじゃないと思ったんでね」

「私が社長に言いました。軽いお喋りだったんです」

缶ビールを二本、冷蔵庫から出してきた美沙が言い添えた。

「利一さんはご近所だったと、以前にお話ししたことがありました。だからでしょうかね、昨年の暮れだったか、何かのおりに社長さんは利一さんの話を私にされました。〈秋吉君はまた神経が侵されているようだな〉と言ってましたので、私も事情を話しました。お断りしているのに一向にやめてくれないんですよって言いました。社長さんはそのことを利一さんに言ったのでしょうか、その年の暮れに退職されてしまったんで、ちょっと気になってました。そのことが社長を恨む原因になったんですかね。私、気になって仕方なかったんですけど、直輝さんに言われたんです〈言わないで我慢していたら良い方に向かったと思うかい。そっと優しく言っても聞いてもらえなかったんだろう。だったら、ちゃんと言ったほうが良いに決まってる〉って。利一さんの逆恨みですよね」

まあ、二人で慰め合っていてくれよ、靖生はそう言いたかった。

靖生は二人を放って置いて、部屋に戻ってひっくり返った。昨夜慌ただしく飛行機で飛んできたからか、少し疲労感を覚えたんだろう。横たえた身体がグデーッとなるのはビールのせいなんだろうか。それでも頭はなんとも冴えきっていて、秋吉利一から離れない。

殺害された遺体が尋常ではないだけに、異常性格者による犯行説は事件発生当初から強く言われて、その方面での捜査に力がそそがれた。それに付随して異常性格者の行き摺りの犯行ではないかという説も、事件発生直後から囁かれていた。だがそういった無差別犯行の場合、一度だけでとどまることはなく、引き続いて事件を起こす傾向が見られる。生憎この二、三年の間に、管内で異常性格者による事件は発生していない。通りすがりによる無差別殺人も視野に入れたが、過去の犯罪者リストからの捜査は難航していた。それに、不特定相手の殺人であるなら、あそこまで遺体を損傷しないだろう。むしろ顔見知りで深い恨みを持つ者の犯行とする方が筋が通るように見えた。

そんな状況からＫＩＨ退職者にも目を向けたところ、退職したばかりの秋吉が浮かんだ、しかも過去に精神障害を患っている。捜査陣は、秋吉で決まりだという者もいるほどにその仮説に傾いた。そして秋吉に任意同行をかけて、執拗に事情聴取を続けた。だが三日に渡る尋問でも決め手になるような供述が取れない。しかも物証が何もなかったので一旦は帰した。

その翌日のこと、同じ所轄管内のビルで飛び降り自殺があり、身内による遺体の確認をするまでもなく、所持品から秋吉利一、三十歳と判明した。遺書などはなかったが、古賀社長殺害事件を報じた新聞を左手にしっかり握っていた。両親への事情聴取で、利一が「古賀社長に申し訳ない」と言っていたという供述も得られた。

古賀社長の温情で採用されたことで、社長から温かく見守られていると思っていた。それにもかかわらず、女性を好きになったことを叱責されて、社長を恨んでしまったと母親に言っていたという。秋吉はそのことの逆恨みで殺害したものの、それを悔いて自殺を図ったと、捜査本部では結論付けた。被疑者死亡ではあったが秋吉利一の犯行で書類送検し、事件の幕を下ろした。

まあ、そんな流れなんだろう。

確かに六月に秋吉の自殺事件を直輝から聞いた時には、靖生は異常な結末に唖然とした。叱責されたことへの逆恨みが殺害動機とは、考えてもみないことだった。だからなのかも知れない、まるで無理矢理取ってつけたような結末に思えて仕方がないのだ。父にしても目を掛けていた若者に殺害されるなどとは、思いも寄らぬことだったろう。会社存続に関わりそうな重大事が続いている最中に、死んでも死にきれない気持ちじゃないだろうか。靖生は改めて父の無念さを思いやった。

六月十一日付けの地方新聞の記事に、捜査の詳しいことが載っていたと、直輝が話していた。家の物置の陰を捜索した刑事が、タオルに包まれた刃物を見つけた。刃渡り十五センチほどのサバイバルナイフが出て来た。持ち帰っての鑑識の検査の結果、刃物に付着した血痕は古賀丈治の血液と一致、さらに刃物の握りからは秋吉の指紋がくっきりと表れた。そして彼の部屋から、西洋の中世から近世にかけての死刑に関する本や、虐殺処刑の雑誌などが出てきた。警察はそれらを参考物件として押収したようだ。

「それらの物が秋吉が犯人だという証拠になったんだろうな。何処から見ても彼が犯人に間違いないんだとさ」

「疑う余地がないっていうことか」


そしてこの事件に関して、東京での反応は余所事でしかなかった。事件発生当時、福岡で残酷な殺害事件があったことは、辛島慎吾も報道で知っていた。当初捜査一課でも、一時はその話題で持ちきりだった。全国で様々な事件が引っ切りなしに起きているとはいうものの、福岡の事件はまれに見る異常な事件だった。それだけに殺人事件には慣れっこの一課の連中にとっても、興味のそそられる事件だったに違いない。

「遺体を切り刻んだり、ばらばらにするのは、だいたいが近親者の犯行が多いよな」

「そう、遺体を弄るなんてことは、異常性格者にしか出来ないことだろう。それに、腹部を切り開いて内臓を引き出すには、かなりのエネルギーや精神力を要する作業だ。とてもじゃないけど、尋常な精神じゃ無理だよ」

「そういえば神戸で似たような事件があったな」

「平成九年の事件か。いや、あれは首を切り落として、中学校の校門前に置いたっていう事件だ。あれも異常性格者、しかも子供だったよな。だけど首を切り落としただけで、腹は裂いてなかった」

「腹部を裂いたっていうのなら、二十年以上前に起きた名古屋の事件だろう。未だに犯人が捕まってないいんじゃなかったかな」

「あれは、まじで残酷きわまりない事件だったぜ」

などなどと話紛々だった。それよりも、福岡の事件は一層惨いものに感じられ、精神異常者の犯行だろうという見解に終始した。それが三月半ばのことだった。

四月の始めに福岡から刑事二人が東京に来て、古賀社長殺害事件の捜査に当たった。その時には、慎吾が捜査に協力していた。

そして六月九日、犯人が投身自殺をしたというニュースが流れた。その日は土曜日でもあり、庁舎内は静かなもので、特に捜査一課は古参の刑事と辛島慎吾の二人が出勤しているだけだった。もっとも、普段の一課の部屋は刑事たちは捜査に出払っていて、殆どの日が閑散としている。

出勤していた慎吾はパソコンを開いて、ニュースの関連記事を繰ってみた。やはり思っていたように精神異常者の犯行だった。それにしても、何とも惨い事件で、想像するだけで胸がむかむかする。被害者の古賀丈治社長もさぞ無念な……、ええと古賀？　最近何処かで聞いた名前の気がした。そうそう、叔父のノートに記されていたのは、確か古賀靖生だったように記憶している。何か関係があるんだろうか。それに四月の始めのこと、肝付刑事に同行して東都医大病院で事情聴取をしたのも古賀靖生だった。四谷の秀栄薬品では豊川嘉和と立木鉄夫に会う予定だった。その者たちの名前が叔父のノートにあったのは偶然なんだろうか。何か繋がりがあるようにも思える。

そして東京に戻っている古賀靖生は、忙しい時間の合間にも時折父のことが頭を掠めることがあった。それは初老の患者を診察している時が多かった。脳裏をスーッと通り過ぎていく父の姿は、きまって笑顔だ。妄想とまではいかないにしても、潜在意識下にわだかまりがあるためだろう、そう自己診断した。それなら放って置いてはだめだ、納得の行くまで秋吉利一のことを調べてみよう。だがそうは思うものの、そのことに割ける時間は僅かでしかなかった。それにどこから手を付けてよいかも分からないでいた。福岡から戻って以来、そのことは忘れられないまま続いていたのだ。だからという訳でもないが、たびたび直輝に電話を入れていた。そして話のなかで、定岡正之が東京支社に転勤になったことを知った。

「秀栄薬品は、九州での攻勢が一段落したと思ったのだろう。四月の人事異動で、犬山常務を大阪本社に異動させて、豊川嘉和を東京支店に戻したんだ。それと同時に定岡正之も東京支店の営業三課に異動させたようだ」

電話で直輝はそう言っていた。なんだもう東京に来ているということか。営業三課はいわば、数年前から始めた医療機器の販売やレンタルの部門での営業補佐的な役割を受け持っている部署らしいとは直輝の情報だ。新薬説明会などの会場整備や食事の準備などにかり出されることもあるが、少しずつ軌道に乗ってきた医療機器を扱う部門でもあるようだ。定岡はそのメンテナンスやアフターサービスなどを担当しているのだろう。

4

東京に転勤になった定岡正之は、必死で新しい環境や顧客に慣れようとした。扱ったことのない薬品や医療機器が日ごとに増え、学ぶことばかりが多かった。しかも生まれてこの方五十六年、九州から離れたことがない。定岡は標準語や東京の地理を覚えようと、寝る間も惜しんで努力を続けていた。そして一ヶ月が過ぎ二ヶ月が経過した頃には、顧客にも東京にも少しずつ慣れてきた。休日になると、ふと周囲に誰もいないことに気付いて淋しさに苛《さいな》まれることがあった。福岡の家に電話を入れても、つれない妻の答えが返って来るのみだ。定岡が東京に異動した当時は、東京見学を兼ねて一度アパートを訪ねて来たこともあったが、その後は電話すらよこさない。孤独を噛みしめながらの休日は、身の置き所がなかった。

そんな日々が続いていたなか、休日にメンテナンスをする予定が入った。ウイークデーは病院も忙しく機材も止める訳にもいかないからだが、会社の若い社員たちは休日出勤に良い顔をしない。そんなことから独り身の定岡が、休日出勤を率先して引き受けるようになっていた。

その日も朝から出勤して、指示された病院に出かけた。届け物をして機材の調整を済ませて、廊下に出た時、後ろから呼び止められた。振り返った定岡は、そこに居た人物を見て一瞬戸惑ってしまった。そう、そこに立ってこっちを見ている白衣の青年は、なんと古賀靖生だった。どうしてここに……、息が詰まって定岡は声が出せなかった。

「定岡さんですよね」

明るい声に、戸惑ったまま、言葉が出ないでいた。自分が裏切ってしまった古賀社長の長男だ、後ろめたさとばつの悪さが、胸を締め付けるように言葉を支《つか》えさせた。

「どうしたんです？　こんなところで」

「機器のメンテナンスなんです、それより靖生さんこそ」

「ああ僕は休日診療のアルバイトですよ」

そういえば靖生は東京の医大に行っていたことを思いだした。

「定岡さんＫＩＨを辞めたんでしたね、直輝から聞きました」

「はい、今は秀栄薬品の東京支社にいます」

「そうですか、それにしても奇遇ですね。だって僕は、今日たまたま先輩の代わりに来たんですよ、普段は大学病院の医局ですからねえ」

「偉くなられて」

「いや、まだまだひよっこです」

そう言いながらポケットから出した名刺を手渡してくれた。慌てて定岡もバッグから名刺を引っ張り出して渡した。

「ちょっと診察室に急いで行かなければならないんで、後で電話します」

なんとも冷や汗ものだった。それにしても靖生さんは、後足で砂を掛けるようにして裏切った自分に、恨みがましいことは一言も言わなかった。笑顔さえ見せていた。靖生さんは子供の頃から明るく素直な性格だったのを思い出した。定岡が入社して間もない独身の頃は、まだKIHという会社自体が九州医薬品卸販売（株）と小規模なものだった。その当時はまだ医薬品販売などは地味な仕事で、若手の社員達は古賀社長の自宅に上がり込んでご馳走になり、呑んで騒いだものだった。靖生が養子として貰われてきたのはその頃だった。よちよち歩きから少しずつ成長していく靖生を可愛がり、よく遊んでやっていた。昔を思い出しながらその病院を出て、次の目的地まで車で移動する間、定岡の胸には温かいものが浮かんでいた。そんな穏やかともいえるような心地になるのは、東京に来てから初めてのことだった。


定岡の携帯に靖生から連絡が入ったのは、それから間もなくのこと。仕事の予定を確かめて、二人は八月二十日に会う約束をした。そしてその日、御茶ノ水駅から五分ほどのティーサロンに行くと、既に靖生はコーヒーカップを手にして雑誌を見ていた。遅くなりました――僕も今来たばかりです、と挨拶を交わしたが、長い間疎遠だったので、なんとなく感覚がつかめない。向かい合って座ったものの、双方ともぎこちなかった。靖生が高校を卒業して福岡を出て以来だから、十二年にもなる。それでも二言、三言と言葉を交わしているうちに少しずつ昔の懐かしさが蘇って来た。その後抵抗なく昔の調子で会話が進むようになるまでに、さほど時間は掛からなかった。

定岡はＫＩＨから秀栄に移ったことを詰《なじ》られるだろうと、会う前から覚悟をしていた。にもかかわらず、靖生から定岡の所業を責めるような言葉は一切出なかった。

「秀栄薬品のことを、少し詳しく教えて欲しいんです。父さんが秋吉に殺されたこと、どうも納得がいかないんですよ。他に真犯人がいるような気がするんです」

「犯人は秋吉じゃなくて、ウチの社内にいるってことですか」

「はっきりそうだと言える根拠も証拠もないんです、でもいろいろ考えてみたんですよ。ついこの前まで、業界が大揺れに揺れて、生き残りをかけてデッドヒートを重ねていたんですよね、医薬品業界って。殺害の動機とすれば十分じゃないですか」

「私が会社を裏切ったばかりにＫＩＨに大きな打撃を与えてしまった。古賀社長は心痛の余りに、秋吉に極度につらく当たった挙げ句恨みを買ってしまった。それが殺害された原因なんでしょう。全てが私のせいなんです、そう思ってます」

「そんなこと全くないですよ、父さんはそんな柔じゃない。それに定岡さんが秀栄薬品に行こうが行くまいが、秀栄薬品は九州地区を攻めたはずですよ。攻勢を掛けられて傘下として吸収された会社も何社かあったんでしょう？」

「ええ、それでも古賀社長はまだ頑張ってましたね。あの頃の秀栄は押せ押せの勢いだったんです。大阪から力のある営業マンが何人も異動してきて、相手かまわず攻めまくっていました。豊川社長の次男までもが乗り込んできて、傍若無人とでもいうんですかね、凄い勢いでした。私が犬山常務に誘われた時はそんな話ではなかった。秀栄も九州に進出する方針になって、全く知らない土地で右往左往してます、ベテランのお力をかしてくださいと、そんなことでした。ところがいざ移る寸前になって顧客リストが欲しいとか売上げリストも持ってきてくれと言われて驚きました。……でも支度金も貰ってしまい妻も大喜びしていたので、後にも引けずに言いなりになってしまった。今更何を言っても私の罪が軽くなる訳でもないですが悔やまれます」

「まあ仕方がないです、定岡さんも秀栄に良いように使われたんですよ」

「そうなのかもしれません、秀栄薬品は急成長をしてきた会社だから、何があってもおかしくない。私が利用されたことなんて氷山の一角なんでしょう。秀栄に引き抜かれてから色々なことを聞かされてきたし、豊川家の内情も聞かされてきました。営業成績には極端にずば抜けているが、普段は人を近づけないような暗い変わり者の次男の豊川嘉和の話も聞かされた。そして兄弟二人で遮二無二成長させたという東京営業所の話もありました」

「その辺りのことが知りたいなあ。その極端な性格っていう豊川嘉和のことを詳しく教えて欲しいんだけど」

東京支社は開設して十五年になるという。立ちあげた当初は細々とした規模だったが、商売にとって首都圏というテリトリーの経済価値は大きく、関西圏の三倍以上の規模があると言われている。それを狙って大阪本社から出向した社員たちは、細々ではあるが順調に成績を伸ばしていた。そして東京の名門私立大学を出ている長男の豊川将成は、弱冠二十代後半で、期待を背負って東京営業所に課長として乗り込んで行った。将成はまず東京で人材を求めることにして、中途採用の経験者を破格の高い給料で雇った。そのことに反対する上司を強引に説き伏せてのことだった。東京で商売をするなら東京の人間を営業に使う方が効果は上がる、使い捨てでいいんだから、プロ野球の外人助っ人と同じだと思えばいいと。そこで採用した人材を駆使して、顧客を獲得していった。営業所の売り上げは急激に伸びた。そんな登り調子の時に知り合った医療機器メーカーのオーナーの娘と、将成は結婚した。そのことが会社には大きな弾みとなった。それまでは医薬品卸販売に特化していた秀栄が、医療機器販売を業種に加えるという結果に繋がっていった。そして、営業所が支店に昇格し商売も安定した頃、将成は成功の看板を引っ提げて大阪本社に戻った。それ以来、社内での将成の発言力は絶大なものになった。まだ三十代半ばではあったが、総務部長にまで昇格していった。そして専務・常務・平の取締役部長など重役にも有無を言わせないほどの発言力を持つ存在になった。

「私が聞いていることは、そんなところですね」

「三年ほど前に豊川嘉和に何度か会ったことがあるんですよ。渋谷のジャズライブバーでね。痩せて上背のある若い男を連れていましたね。だけど別に言葉を交わしたことはないけど」

「若い男って、たぶん立木鉄夫でしょう。弟のように可愛がっているってことですけど、汚れ仕事なんかに使っているらしくて、社内でも良い噂はありませんね」

「汚れ仕事って？」

「ああ、競合相手の会社がその筋の者を使って嫌がらせを仕掛けて来たりするんですが、その処理をしていたようです。支払いの滞っている病院の取り立てとかもあったと聞いてます。新しいエリアに進出しようとすると、地場の会社から嫌がらせや反発を喰うのが常です。それへの対抗処理なんかもあったんじゃないですか。もう一人、立木の友人だとかいう若い男が、時折会社に顔を出してましたね。将成部長と時折会っていたみたいでした、確か蒲田っていうんじゃなかったかと思います」

「どうもその辺りに父さんを殺した犯人が絡んでいるように思えるんだけど。将成とかいう兄が総務部長でやり手なんですよね」

「将成部長は次期社長ということで、社内では誰も逆らえる人はいません」

　将成が東京という都市を好んだのは、何といっても新しい技術や機材の開発の中心は首都圏にあると睨んだからだ。諸外国からの新しい技術の伝達とか、新開発の機械や機材の仕入れの窓口も東京が中心になることが多い。そして売上げ高、つまり商業のキャパが関東と関西では大きく違っている。将成は本社を東京に移すことを社長の長次朗に訴え続けていた。だが社長はその気は全くなかった。社長の豊川長次朗は大阪の道修町にあった医療問屋の次男に育った。そこから出て独立した長次朗にとって、人生そのものが大阪を基盤としている。そんなことで大阪から離れる気にはなれなかったのだろう。社名の近畿メディカルを秀栄薬品に変えることにも気が進まなかったようだが、将成たちに押し切られてしまった。その後東京支店が支社に昇格した。確かに会社の発展ということだけに絞って考えれば、将成の意見は正しいのだろうが……。

　将成は企業のあるべき場所は東京なんだと、弟の嘉和にも力説した。〈お前だけが俺の見方なんだ、頼りにしている〉と言い続けて強引な営業をさせていた。

定岡の話した秀栄薬品の東京支社はそんなものだった。その定岡自身も、話しながらも少しずつ、考えを纏めようとしていた。社長を殺害した秋吉という青年は、ＫＩＨで自分の部下だったことがあった。そんな彼に対して悪い記憶はなく、むしろ好感さえ持っていたほどだった。〈靖生さんの言うように、他に犯人がいると考える方が正しいのかも知れない〉そう思うようになっていった。

言わずもがな、靖生は企業戦争の敵対関係にある秀栄薬品に目を付け、事件後に大阪に戻ったという豊川嘉和に疑惑を感じていた。大阪から乗り込んでいった秀栄薬品の豊川嘉和が強引で、無茶苦茶な売込みをすると業界内で評判になっていたようだ。その辺りを直輝に言って、かなり厳しく調べさせたものの、決め手になるものが何も出てこなかった。そして、秋吉の自殺で事件は幕を下ろしたのだが、それでも靖生は嘉和への疑いを解いてはいなかった。嘉和の目つきがそう感じさせていたのかもしれない。刃物で切るような鋭さはない、むしろ鈍器で加えられるような重い影響、いわば鈍いがずしっとくる重苦しさの目なのだ。

何時間話を続けていても聞き足りない。そのあと、居酒屋に移動してからも二人は語り続けた。気が付かないうちにいつの間にか十二時を過ぎ、最終電車も逃してしまった。二人とも一人暮らし、待つ人もない部屋に、懐かしさを胸に残したままタクシーで戻った。

別れた後、定岡は考え込んでしまった。秀栄薬品の中に真犯人がいるなんて、今まで一度も考えたことがなかった。だが言われてみると、確かにそう推測してもおかしくはない。月末に大阪本社に行くことになっていたので、犬山常務にそれとなく探りを入れてみようと思った。

一方、部屋に戻った靖生は、定岡と話したことをスマホのメールで直輝に送付した。そのままベッドに横になって、定岡との話を思い返していた。すると、すぐに着信音が鳴った。スマホを取って見ると、直輝からの電話だ。

「なんだ、まだ起きていたのか」

「ちょっと前に、会社から戻ったばかりだよ。定岡さんと話したんだってね、どうだった？」

「子供の頃の話が出てね、懐かしかった。僕は、小さい頃によく遊んで貰ったからね。でも、彼は随分後悔している、父さんや会社を裏切ったって、ずっと悩んでいたらしい」

「定岡さんがどうしようが、あまり関係ないさ。兄さんだって知っているだろう、医薬品卸販売の業界は大荒れでね。日本中が大手数社しか残らなくなるような雲行きだ。ウチや秀栄なんか吹き飛んでしまうよ」

「倒産っていうことか？　酷い話だな」

「大手に吸収されるって噂されてるよ、合併なんてことじゃない、飲み込まれてしまうんだ。まあそれなりに生きて行けるようにはしてくれるんだろうがね。大都市部じゃどんどん合併が進んでいて、すぐに九州地区も渦に巻き込まれるようだ。医薬品メーカーがバックアップしているから、我々弱小の卸問屋はなす術《すべ》もない。皆、ビクビクしているのさ」

「ＫＩＨがなくなったら、直輝はどうなる。社員達はどうするんだ」

「それなりに良い条件を提示してくるようだ。大手数社が競って、自分の傘下にしたがっているからね。それはもうウチだけの問題じゃない、時代の流れなのかもしれない。そんなことより、父さんを殺害した犯人のこと、定岡さん何か言ってなかったか」

「秋吉は自分の部下だったからだろう、犯人とは思えないってさ。だけど、犯人が誰なんだか思いつかないようだった。僕が秀栄の誰かじゃないかって言ったら、どうやらそれらしい人物がいそうな口ぶりだった」

「豊川嘉和か？　あいつは無茶苦茶な仕事をしていたって、こっちじゃ評判だ」

「少し調べてみるって、張り切ってた。少しは父さんの敵討ちの手伝いが出来るって思ったのかも知れない。機嫌良く別れてきたよ。あのなあ、この前秋吉の部屋から怪奇な本が証拠品として押収されたって言ってたなあ」

「肝付刑事がそう言ってたよ、それに新聞にもそう書いてあった」

「僕が犯人だとしたら、秋吉を身代わりに仕立てる算段をするな。当然彼が犯人だという証拠品をでっち上げるのさ。凶器だったり犯行手引き書だったり、事件を報じてる新聞だったりだ」

「証拠品の偽装ってことかい。あり得ることだけど、それをどうやって証明する？」

「凶器など直接犯行に使われる物には指紋を付けないように気を配るだろうけど、本って、内容を見たり読んだりする時にはページをめくるだろう？　当然犯人も本の内容をチェックしているはずだよな。そんな時にまさか手袋をしてページをめくって見るかい。だから一ページずつ指紋をチェックしたら、真犯人の指紋が採取出来るんじゃないだろうか。凶器の指紋なんて、無理に握らせればどうにでもなるだろうから証拠としてはあまり意味がない気がする」

「そういうことか、考えられるな。明日にでも肝付刑事に相談してみるよ」

5

八月二十日に靖生と話した後、定岡は古賀社長殺害の犯人が秋吉だったことに疑問を持つようになった。八月三十日は月末の報告もあって大阪での会議に出る予定になっている。事務的なことは、メールで済ませてしまうのだが、たまには東京に移ってからの状況を説明するようにと言われていた。

そして当日、一通りの予定を終えた後、常務室に顔を出して犬山に挨拶した。犬山は、東京での仕事にやっと慣れたという定岡の報告を聞いて、満足げな様子で笑顔を見せていた。その機嫌の良さに付け込んだ訳でもないが、定岡は豊川兄弟のことを少し知りたくて話題にした。その時犬山常務から、豊川家のことは以前豊川家にいた家政婦の田中幸子が一番知っているという話を聞くことが出来た。

さらに出戻りで厄介者の豊川恵利子が嘉和と仲が良かったことなども知った。恵利子は嘉和のすぐ上の姉だ。

犬山との話は、殆ど雑談めいたもので終始した。転勤で不自由な思いをしている部下を気遣って時間を割いてくれたのだろうが、そろそろ犬山が時計を気にしだした。定岡は立ち上がりながら、そっと持参してきたファイルを差し出した。

九州で秀栄薬品が行っていた営業活動のデータを集計したものだ。医師や薬剤師を集めて行われた新薬の説明会の回数と、その都度使われた経費の集計表だ。新薬の説明会の場合は、製薬会社のＭＲ（医薬情報担当者）が主になるのだが、従来から使用されていた薬品をもっと理解してもらうための説明会となると、卸問屋のサイドで行われる。厚労省のお達しにより過剰な接待は禁止されてはいたが、説明会の折の食事は高額なものが用意されていた。四月に公正取引協議会が発足して違反行為に目を光らせてはいるものの、出席者はそれが目当てとでもいうような面もあった。秀栄が行ってきたそのことを、定岡は丹念に記録していたのだ。自分がまだＫＩＨに居た頃とはケタ違いの数字に驚いた上でのことだった。九州医薬品卸の業界では、表向きお互いに接待を自粛していた。そんなものと思っていた定岡は、秀栄のあくどいといえるほどのやり方に眉を寄せて、逐一克明に記録していた。

犬山常務はそのファイルを手にして、定岡に目を向けた。だが定岡は何も言わないで立ったまま無表情だった。批判めいた言葉も、要求もない。暫く無言が続いたあと、〈亡くなった古賀社長は、こういったことを憂慮していました〉ただそれだけを口にした。あたかも相手の出方を待ち、顔色を窺っているかにも見える仕草だった。犬山は定岡の行為の意味とその趣旨を問い質しはしなかった。定岡の気質からは、相手の弱点を突いて他人を脅したり、見返りを要求したり出来ないことをよく承知していたのだ。

「このファイルはもらって良いのかな」

「ええ、どうぞ」

「だけど、どうしてこんな集計表を作成したんだ？」

「ＫＩＨの時からの習慣なんです、顧客ごとの接待や経費の金額を、常に記録していました。単に覚え書きのつもりです」

ただそれだけだった。そして更に定岡は世間話でもするように言った。

「噂話なんですけど、古賀社長を殺害した犯人は、まだ大手を振って歩いているということですが」

「犯人は元ＫＩＨの社員で、飛び降り自殺したんじゃなかったかな」

「表向きはそうなんでしょう……、あの秋吉という若者は以前私の部下だった男なんです。彼はそんなことのできる人間じゃないし、それに私ちょっと知っていることがあります」

「ほう、他に犯人がいるってことかな」

「そうなんです、見てしまったんですよ。でも当時はそのことが重大なこと、犯人に繋がることだとは思わなかったんです。半年も過ぎた今頃になってふと気が付きました」

「それは大変なことだが、事実だとすれば警察に言わなければならないな」

「近々福岡に行くつもりですから、その時にでも警察に話してみます」

そして翌日、犬山はそのファイルを社長に見せた。

「あまり派手に動きますとやり玉に挙がって、公正取引協議会からキツイお咎めがあるかもしれません、少し控えましょう」

結果九州では秀栄の攻勢もそれなりの数字が上げられて、本社から出向した応援部員を引き上げている。ひとまずは落ち着いた状態に戻っているから問題はない――社長からはそんな返事があった。だが同席していた将成総務部長はそのファイルを見て、ことのほか深刻に受け止めていた。そんなファイルが存在することこそが問題なのだと言いたげだった。そして、犬山が言い足したことが、大きく将成を驚かしたようだ。古賀社長を殺害した犯人は秋吉ということで事件は解決した、そう信じているだけに、面白いことを言う男がいるといった風に話したのだ。

「事件が解決して何ヶ月も過ぎた今頃になって、妙なことを言うものですな」

豊川将成は、そのことを聞いて急に不機嫌になった。

「定岡という男はいったい何を言っているのか。犯人はウチの社の人間とでも言いたいんだろうか。ひょっとしてウチの誰かと秋吉が会っているのを見てしまったなんて言うんじゃないだろう。それにしても油断のならない嫌な奴だ」

大事にでもなりかねないと、真顔で受け止めたようだ。その将成の顔色を見て、犬山はそれほどむきになることでもあるまいに、たかが冗談じゃないかと、奇異に感じていた。

大阪から戻った定岡は、靖生にメールを入れた。そして九月五日なら時間がとれるという靖生と会う約束をした。二度目の会談ということになる。

五日の水曜日、仕事を終えて七時、前回会ったティーサロンで待ち合わせた。定岡は、犬山との雑談のなかで、豊川家のありようがちょっぴり知れたことを伝えた。そのことが、二人の息子たちを知る手がかりにならないかと言った。

定岡は靖生のために動いていると思うと、いつになく心が澄んでくる。この半月ばかり穏やかな気持ちで、よく眠れることに気付いた。やっとやらなければならないことが見つかって、秀栄薬品に移ってずっと重苦しかった心の閊《つか》えが消えてくれたようだった。

「それから、犬山常務はこんなことを話してくれました」

そう言って犬山との会話を、靖生に細かい部分まで再現して聞かせた。

「豊川家には田中さんという住み込みの家政婦が、三十年もの間居続けてくれていたけど、今年の春に辞めたんだ。それまで何人もの家政婦が出入りしてたが、長く続いたのは彼女だけだった。なにせ、我が儘な家族揃いだからね。彼女が辞めたあとは、常に二人の家政婦を使っているんだが、家の中は何かと不自由しているようだ。思うようにならない社長や奥さんは、気分的にすっきりしないと愚痴ってばかりで、それを部長が大袈裟に吹聴して回る。新しく来た家政婦は結構気の付く女性なんだろうが、結局長続きしない。何かに付けて以前のようなスムーズさがない。朝晩の食事が一番気になるらしい、なにしろあの家では奥さん方は家事をしないからね。あの家では長い間田中さんが要になっていたんだろうな。昔から家族はばらばらで、皆勝手に生活しているって雰囲気だったらしいから。ところで君はどうなんだ、奥さんと離れて単身赴任の生活だけど、不自由してるんじゃないか」

「いえ、私はもう慣れました。コンビニが頼りですけど、どうも東京の食べ物にはなかなか慣れませんね。今でも醤油だけは九州のものを使ってます」

「何処の家でも家事をする人が家族の状態をよく知っていて、家庭が上手く行んだな。結局ウチでもかみさんが家を取り仕切っている。怖〜い存在だよ」

そんな犬山の話は、暗に豊川家の不協和音を言っているように聞こえた。

「豊川家では、その長く居た家政婦の田中幸子さんが全てをよく把握していると言ってました。だから田中さんに聞けば、豊川将成や豊川嘉和の全てが手に取るように分かるんじゃないですか。私には古賀社長を殺害した犯人が、どうしても秋吉とは思えないんです。もっと強烈な性格で残虐な行為を顔色も変えずにしてのける人間、犯人はそんな人間のような気がするんですが。お医者さんとしてはどうなんでしょう」

「そうとも言えるかもしれない。ただ開腹して内臓を引き出すような行為をするのは、精神異常者なんだと決めつけることは出来ない。ごく普通の人間でも神経が異常に昂揚してパニック状態に陥れば、自分が何をしているのか判断出来ないまま、どんなことでも出来てしまうものなんだ。ただ、そこまで行く前に、潜在的にある良識や判断力が無意識のうちにブレーキを掛けるので、異常行為には至らない。定岡さんの言った強烈な性格ということは、たぶん異常行為を行うエネルギーのことかと思うけど、貧弱で体力のないような人でもアドレナリンの異常分泌で考えられないほどの力が出せるものだそうだ。僕は精神科医ではないから、正確には分からないけど」

「そんなものですか、難しくてよく分かりません」

「ところで、定岡さんがちょっと知っていること、見てしまったことって……、ほら犬山常務に言ったことですよ。それって何です？」

「ああ、あれですか。大したことじゃないんです。犬山常務と話している時に、ふと思い出したんです。今年の二月でしたか、福岡市内の大手スーパーの二階にある書籍売り場で豊川部長、つまり将成さんを見かけたことがありました。部門別にコーナーが設定されている大型書店なんです。奥の一郭でかなり長い時間本を見てたけど、雑誌を一冊買ってました。どんな本を見ていたのか興味があって、そのコーナーに行ってみました。〈殺人鬼の世界史〉だとか〈拷問と処刑〉とか〈死刑全書〉なんていう本が並んで、気味の悪い気持ちがしたんです。マニアックな書棚なんでしょう、すぐにその場から離れましたよ」

そんな会話をしたあと、靖生はそれらの情報から、嘉和と将成の兄弟にはもっと何かがある、その何かが事件に関連しているように思えた。

靖生は丁度九月十四日に専門分野の学会が京都で行われる予定があった。

そのついでに大阪まで足を延ばして、家政婦の田中幸子に会ってみようかと思った。彼女の連絡先が分からないものかと、定岡に相談してみた。定岡は直接豊川家の者に聞くことも出来ずにいたようだが、本社の総務のお局さまと呼ばれている古株の女子事務員に調べてもらうことにしたと言っていた。社長の自宅が会社の役員寮として登録されているので、屋敷の修理のことなど田中幸子とやり取りしていた。そのため彼女の連絡先や電話番号が控えてあったのだ。

秋吉犯人説に不審感を持っていただけに、父親の殺害犯は豊川嘉和たちの可能性があるという疑いが大きくなりはじめた。更に定岡からの情報で、嘉和が子供の頃に警察のご厄介になっていたということも知り得た。年少期の非行歴を殊更のように取り上げるつもりはないが、これはある意味で重大な情報だった。

6

九月十四日（金）と十五日（土）は京都で学会が催される。それに出席する予定だった靖生は、その翌日の十六日に、大阪まで足を延ばす予定を組んでみた。言うまでもない、豊川家の家政婦だった田中幸子に会って話を聞くためだ。

学会が終了した翌日、ゆっくりホテルを出て、ＪＲ在来線で大阪駅に向かった。環状線で鶴橋まで行き、近鉄に乗り換えて八尾駅までなんとかたどり着いた。そして二時、指定された駅前のコーヒーショップで田中幸子と会った。赤いベレー帽を目印に待ち合わせたが、小柄なためなのか、とても七十歳とは見えなかった。いや、着ている服が若作りだったからかも知れない。七十歳になったのを期に、豊川家の家政婦を辞めたそうだ。

「やっと自分の時間が持てるようになって、やりたいと思っていたことが出来るようになったの。誰に気兼ねすることもないし、毎日が楽しくって」

屈託のない笑顔を見せていた。

「会社で年金を掛けていてくれたから、今は楽ですよ。社長さんは細かいところまで気を使ってくれました、優しいんですね」

なんのことはない、家政婦を会社の社員にしておけば良いことだ。給料などは会社から出ているのだから、豊川家の家計には響くこともない。靖生は、知り合いの経営者からそんな話を聞いたことがあった。そのことを幸子に教えてやって、それほど有り難がることもないと耳打ちしてやった。だから社長が個人的に出費した訳じゃない。国民年金じゃなくて厚生年金でしょ、そう言ってやった。喜んでいる人にそんなことを言うのも嫌みかと思ったが、豊川家の醜聞や裏話を引き出すにはそれが良い結果をもたらしてくれるだろうと判断したのだ。案の定だった。そのことを聞いたからだけではないだろうが、途端に彼女の口調が変わった。声のトーンが一段低くなった。彼女からどうやって真実を聞き出そうかと数日前からあれこれ考えていた。だが、心配する程のことはなかった。特に嘉和の幼児期や少年期について詳しく知りたかったのだが、世間から見て常識外の話題というものは、話す側にも熱が入るようだ。

「嘉和さんは、私があの家に勤めだして二年ほどして生まれたんです。もう三十年以上も前のこと、いいえ三十二、三年前になるかしら。まあなんとも、皺だらけの年寄りみたいな赤ん坊でした。それが奥様のお気に召さなかったようで、可愛く生まれた将成さんとは大違いです。自分が産んだ同じ子なのに、なんであんなに可愛がりようが違うのかと、ホント不思議でしたよ。それに父親は仕事一辺倒でしてね、お金さえ与えておけばいい位にしか思わない人でした。きっと経営者だから忙しいんでしょうね」

「偏愛ですか。捻《ひね》くれた子供に育っちゃうでしょう」

「極端に可愛がられて育った子供だって、普通には育たないですよ。年中大人の顔色を見て、賢く動き回るようになってしまいますね。それに、ずっと後になって生まれた大悟さん、嘉和さんと六歳も違うんですから、こちらは皆さんが可愛がってね。あの家では、まるで偏愛のモデルケースみたいに、子供たちが偏った風に育ちました」

「そんな極端な親って、本当に居るものなんですかね、自分の都合だけじゃないですか。その母親の方が精神疾患じゃないんですか」

「嘉和さんって、子供の頃に警察のご厄介になったことがあったんですよ、知ってます？　悪ガキだったんです。あの家じゃあ邪魔者というか厄介者扱いされていたわね。皆さん嘉和さんを避けてましたもの。高校生の頃には無免許でオートバイを乗り回して、暴走族になっていたし」

「それで警察沙汰になった」

「そうなんです、警察には目を付けられていたんですよ。実はね、小学生の時に家裁送りになったことがありましてね」

靖生がマジな顔になったのを見て、ちょっと喋り過ぎたと思ったようだ。それで、すぐに話題を変えてしまった。

「嘉和さんのことは、姉の恵利子さんがよく知っているんじゃないかしら。恵利子さんは敏感な子でしたから、家族全員の心の奥を読んでいるようなところがありました。一人浮いていたんですね、邪険にされていた弟を不憫に思ったのもその辺りでしょうかね。二人は子供の頃から妙に気が合ってたようですし」

豊川恵利子は嘉和の三歳上の姉で、八年前に離婚して実家に戻って来ていた。二年ほど自宅に住んでいたが、居づらかったのだろう。今は豊川の家を出てマンションで一人住まいをしているのだそうだ。

田中の話で、豊川長次朗には男三人、女一人の子供が居ることを知った。

豊川家の内情をある程度聞くことが出来た。そして田中が話していた、出戻りの豊川恵利子に会いたいと思って田中から電話で連絡を取って貰った。たが、恵利子の都合が悪く、その日に会うことが出来なかった。あいにく靖生は三日の予定しか組んでいなかった。翌日の仕事があって、その日の内に東京に戻らねばならなかった。なんとも心残りなことだった。

彼女の話す様子から、悪ガキだった嘉和に、彼女は好感を持っているようにも感じとれた。豊川家では落ちこぼれと烙印を押されている嘉和と恵利子が気が合っていたことも知り得た。

九月十六日の宵の口、京都の学会から帰った靖生を、尾原祐希が屈託のない笑顔で迎えてくれた。だがいつもは可愛く思うその明るさが、その時は少し煩わしく感じた。それほどに靖生の心は疲弊していたのかもしれない。

疲労感を引き摺っていた靖生が近所の酒場に飲みに誘ったので、普段あまり飲まない祐希が珍しく酔う程に飲んだ。沈みがちな靖生の気持ちを盛り上げようと気を遣っていたのだ。部屋に戻ってキャリーバッグを開けて、大阪で買ってきた土産物を引っ張り出していた。一つ一つ手に持って大袈裟な程に大喜びをしていた。その中に靖生が自分用に戯れ気分で買ったヒョウ柄のトランクスも入っていた。それを祐希は見つけて引っ張りだした。

「なあにこれ虎のパンツだ」

袋から引っ張り出してひらひらさせ、立ち上がってGパンのうえにそれを重ね穿きした。タイツの上にショートスカートをはいているようにも見える。そしていきなり立ち上がって歌い出した。

「トラのパンツはしましまパンツ、穿いても穿いてもすぐ落ちる、頑張らなくっちゃ♪　頑張らなくちゃ……♪」と唄い出して手振りをかざして踊りだした。おかしいやら滑稽やらで靖生は思わず大笑いをした。なおも祐希は踊り続けていた。

「それ、ヒョウ柄だよ」

「あっ、そうかヒョウ柄パンツか。トラは縞々だもんね」

酔ったついでのつもりか……。

「ねえ、あたしって可愛い？　アズサさんより可愛いでしょ」

こいつ健気《けなげ》にも落ち込んでいる俺の気を引き立てようとしている。数年同じ職場で見てきたけど、てきぱきと仕事をこなす真面目な性格しか見えてなかった。普段そんな姿は微塵も見せない彼女だけに、その健気さに目頭が熱くなってしまった。

「アズサは関係ないんだよ」と言ってやるのが精いっぱいだった。


そのアズサから久しぶり、そう三年半ぶりだろうかメールが届いたのは九月始めのことだ。ニューヨークから帰ってきました。また〈ｐｉｔ〉で歌いますから是非来てください、そんな内容のメールだった。ただ、そのメールの最後の記名が梅沢《つがさわ》梓となっていたことに驚いた。「栂沢」それを見てすぐに戸籍謄本にあった名前「栂沢奈弥子」が思い浮かんだ。ひょっとすると、栂沢梓は親戚か同族、いや家族なのかも知れないと、思い惑った。

靖生はこのメールを祐希に見せた。自分の生い立ちは以前に話してある。

「アズサって、身内なのかも知れないんだよ」

祐希は靖生のスマホを持ったまま、彼を心配げに見ている。悩みを一杯抱えたような冴えない顔をしている目の前の男……、そう映っているんだろう。僕はどうしようもなくダメ男なんだろうな。

尾原祐希は二十五歳になったばかりの大学病院の看護師だ。色白でポッチャリしている。上背はあまりなく一六〇センチだと主張しているがもう少し低いだろうか。三人姉妹の末っ子でちょっぴり甘えん坊のところがある。人の気持ちを察することが得手で、患者の面倒を見ることが使命の看護師にはうってつけなんだろうか。病院勤務になった靖生は、そんな祐希と三年ほど前から付き合っている。仕事柄多忙な日が続く靖生は、日々祐希に癒やされてきたことが多かった。少しは彼女の気持ちも考えてやらなければ、そう思いながらも先日の直輝との電話を想い出した。

「兄貴も早くいい人見つけろよ、周りにはいい女の看護師がたくさんいるんだろ」

直輝にそう言われた時、祐希が思い浮かばなかったわけでもない。

「言っとくけどさ、結婚するんなら頭の悪い女はよせよ、生まれた子供がバカじゃまずいだろう」

だから美沙に決めたんだと言いたいんだろう。祐希はその点では問題はなかったが、大事なのはそんなことじゃない、僕の生い立ちなんだ。判然としないままで、結婚なんて考えられないじゃないか。

「なんだよ、黙っちゃって。さてはもういるんじゃないのか」

「ゴメン、ちょっと他のことを考えていたんだ」

7

アズサから届いたメールで、靖生は〈ｐｉｔ〉のＨＰを開いてみた。暫くぶりのＨＰでは、早速ニューヨーク帰りのアズサの情報を報じて、十月から第二と第四の金曜にスケジュールに組み入れると書かれていた。そして、特別企画として九月二十一日と二十二日に、人気のピアノトリオとの共演を発表した。それによって、四年前のアズサのファンが店に顔を出すようになるだろうと予測された。

当日のライブ、靖生は尾原祐希にせがまれて〈ｐｉｔ〉に二人で行くことにした。祐希は時折靖生が聴いていたＣＤの歌手アズサを、ライブで聴きたがった。たまたま二十一日の第二ステージに空き席が残っていて予約が出来た。

その日は、テーブルと椅子が歩く隙間もないほどに置かれていた。そして、始まる頃には空席が一つもなく、ワンドリンクを手渡すのにスタッフは苦労していた。

「凄いわね、無理矢理詰め込んだみたい」

「それでもチケットが手に入らなくて、何で早く知らせてくれなかったと騒いでいるファンが居るんだって。久々なんで人気が高まったんじゃないかな」

暫く店にはご無沙汰していたが、それでも見知った顔が三人ほど見えた。前の方の席にいた男性が横顔を見せた時、豊川嘉和が来ていることも知った。相変わらず立木鉄夫も一緒にいる。

スーッとステージに上ったアズサは、濃紺の地味なドレス。ピアノに誘われるように、いきなり歌いだした。

You'd Be So Nice To Come Home To ……

「みなさんコンバンハ、そしてタダイマですね。三年半も留守をしてしまいましたが、アズサを忘れずこうやってお集まりくださって、ホントに感激しております。日本の秋が恋しくて、ニューヨークから戻って参りました。今夜は久しぶりの私の歌〈ｐｉｔ〉のステージを楽しんでください。演奏してくださっているピアノは……」

アズサの歌は変わった。四年前は暗いバラードばかりを好んで、消え入るように歌っていた。それが、デビュー当時好評だったアップテンポに、磨きをかけて帰って来たのだ。さらにスローバラードでも、ゆったりとした流れの中に、切々と歌い上げる。情念を込めて、すっかり大人じみた表情になって女性感を表現していた。

「十月から、また月に二回、第二金曜日と第四金曜日に歌いますので、是非聴きに来てください」

そんな自己ＰＲも言えるようになっていた。プロのジャズ歌手に成長して帰って来たのだ。

暫くぶりのライブ、ピアノトリオの演奏とアズサの歌に酔った。アズサがすっかり大人のボーカリストに変わっていることに驚いた。そんなステージに浸りきっている靖生を見ていた祐希は、ちょっぴりやきもち気味だったようだ。

「美人だし素敵な人」

あまりご機嫌のよろしくない祐希に、靖生は苦笑した。

「ただのファンだよ、兄妹かもしれないじゃないか。それに彼女には恋人がいてね。四年前に亡くして、悲しさを断ち切るために、ニューヨークに行ってたんだ」

アズサの歌に心が癒やされることは言わなかった。それでも祐希は靖生の心にはアズサの存在が大きく占めていることを感じ取っていた。ちょっぴり恨めしく思っていたようだ。

「ねえ、怒らないで聞いてくれる？　アズサさんってカマトトなの？　ブリッコなの？　それとも、正真正銘の妖精なのかなあ」

九月始めのアズサから届いた帰国メールには、発信者が栂沢梓とあった。やはり栂沢に間違いはない、ひょっとしたら伊豆の生まれなんだろうか。確か四年前に〈私の生まれた天城の家は栂沢一族なの〉と聞かされたような記憶が微かに残っている。酔ったうえでの幻想だったのか、あるいはそんな夢を見ただけなのか。それとも真実、彼女も同じ一族の出なのか。そのことについて話をしたいと思っていたが、帰国後の一回目のステージで彼女は大勢のファンに囲まれてしまった。こっちはこっちで連れがあり、アズサと話すチャンスは得られなかった。

この先、月に二度は出演しているんだ、そう焦ることもないと、暫くぶりのライブを堪能した心地で、その日は祐希と引き上げた。だがアズサの歌を聴いて、自分のルーツへの漠然とした郷愁染みた想いが俄然強くなった。アズサの〈日本の秋が恋しくてニューヨークから戻って来ました〉という台詞に刺激されたわけでもないが、少々ノスタルジックになってしまったのかも知れない。自分を産んだ母親はまだ天城山の周辺にいるのだろうか、そう思うと無性に伊豆の天城山とやらに行ってみたくなった。生まれてすぐに福岡の古賀家に貰われて行った、だから生まれた土地など覚えているなんてあり得ない。それにもかかわらず、靖生は山裾にある山村の風景の夢をよく見た。そこが何処なのか知らないし、記憶にない風景だった。潜在意識の中に、自分の生地を思い描いて、作り上げてしまった風景なんだろうか。

ネットで天城山を覗いてみた。何故だか分からないが、胸が騒いで気が急いてくる。ハイキングコース案内では八丁池行きのバスは、土曜日と日曜日しか出ないと書いてある。勤務予定表で九月二十九日は休みが取れることが分かると、すぐにでも行きたくなった。日帰りでＯＫなのか、ネットで時刻表を追ってみた。朝早く出れば、日帰りは十分可能なことを知った。行くことに決めると気持ちが逸《はや》り、すぐに尾原祐希に電話を入れた。私も一緒に行きたいと、付いていくような口ぶりだったが、自分の生誕のルーツを見つけたいから、一人で行きたいのだと伝えた。祐希には自分の境遇を話してあったから〈自分を探す旅ね、行っていらっしゃい〉と素直に納得してくれた。だが一夜明けて翌朝になると、出生地に行くことに戸惑いを感じ出した。不安が沸き起こってきたのだ。気が変わってしまったと、出勤するとすぐに祐希に一緒に行こうと伝えた。

「無理しないで。一人で行きたいんじゃないの？」

「いいんだ、今回は僕の生家を探すつもりじゃないから。その楽しみは後日に取っておくよ。二人で秋を楽しもう。まだ少し秋には早いかな」

祐希は満面の笑顔で喜んでいた。そういえば何処にも連れて行ってあげていないと、祐希の笑顔を盗み見た。

その夜、大学に入学する際に取り寄せた戸籍謄本を引っ張り出してみた。取り寄せた時にそれを感慨深く、いつまでも眺めていたことが想い出される。だが十二年前の頃は、東京の医科大学の入試に受かって希望が叶い、踊り出したいほどに感激してはしゃぎ回っていた。だから出生の問題は心に強く入り込んではこなかったし、そのことで悩むこともなかった。

今また、その時の戸籍謄本を引っ張り出して、何度も繰り返して見入っていた。母親の欄は栂沢奈弥子、長男で出生地は静岡県田方郡中伊豆町、届出人は母親本人、生後すぐに養子縁組により入籍したと記録されているが、父親の記録はない。栂沢奈弥子の文字を指先でなぞってみた。

古賀家に養子として貰われてきたことは、中学の時に父丈治が話してくれていた。だが詳しい内容までは聞いていなかった。その後、多忙な父と二人だけになる機会はなく、高校三年になって大学受験の志望をしっかり伝えようと話し合ったことがあった。話の後で、改めて父に長年の疑問を質したところ、養子の話は祖父の由次朗、つまり先代の社長が東京のさる恩義のある人物から頼まれてのことだという。その時に詳しい経緯は知らない方が双方のためと言われたようだ。ただ、静岡県の伊豆地方では古くから伝わる由緒ある家柄だから、肥後の豪族菊池家の血を引く古賀家の一員として遜色はない、大事に育ててやってくれとだけ言われたという。政界の中枢に居たその人物とはその後話す機会もなかったようで、その人物も今はすでに他界している。それ以上靖生のことは質す機会がなかった、すまないことをしたと父は悔やんでいた。その後、祖父にそのことを聞く機会があったが、父から言われた以上のことは何も聞くことが出来なかった。

伊豆の名家とか家柄が何かなんて、そんなものはどうでもいい。何故産んだ子を自分の手で育てなかったんだ。何故捨てた、靖生はそれを何度も自分のなかで繰り返して呪った。だがそれは、実の母を恨み呪うことで、生きることの意味を定義付けようとしたのかもしれない。

あるいは、当時母親は子供を育てる境遇になかったのかも知れない。伊豆の由緒ある家柄の男性との間に生まれた子供だったのか、単に父親の分からない私生児だったのか。母は一人で赤子を育てることも出来ず、養子に出したとも考えられる。そんな事情だとすれば、現在、その母は伊豆に住んでいることはないだろう。

それでも、自分の生い立ちを詳しく知りたい、実の母に会ってみたいと思い続けてはいたが、日々に追われることが多く、捜そうという気持ちが脇に押しやられていた。それが、先日定岡から聞いた子供の時の話から、故郷というものへの淡い憧憬が生じ、アズサのメールから、俄然探究心が芽生えることになった。ネットで調べてみたが、謄本にあった中伊豆町は二〇〇四年に町村合併で伊豆市に統合されていた。位置的には天城山の北側の山裾にあたる地域だった。何度かネットで見ているうちに、天城山に魅力を感じるようになり、興味を持つようになっていた。

8

辛島慎吾はその後気になって、時折〈ｐｉｔ〉のＨＰを覗いていた。そして九月の始めのＨＰで、アズサが帰国することを知った。そのＨＰに書かれているアズサは、叔父の山脇刑事のノートにあったアズサと同一人物なんだろうか。彼女は三年半の間日本を離れて米国にいたとあった。その間ニューヨークのバードランドやスモークにも出ていたことがあると、ＨＰに紹介されている。ＣＤを二枚出しているとも書かれている。彼女の帰国後第一回目のステージを聴きたいというファンからの問い合わせが多くて、急遽二日連続の入れ替え四ステージを組んで予約制にしたようだ。それでも大して広くない〈ｐｉｔ〉では、一回に五十名が精一杯の収容で、予約はたちまち完売になってしまっていた。幸い慎吾はＨＰの更新時にすばやく申し込んだので、初日ののっけのステージを二名分予約することが出来た。一名、それは叔父の同僚だった渋谷署の一谷研児刑事の分である。慎吾は、過去の二件の事故死には叔父のメモにあったアズサが絡んでいるものと推測し、帰国後の第一回目のステージには事件に絡む者たちが顔を出すと考えた。それなら、当日の参加者全員の顔写真を撮りたいと思い、自分一人ではどうにも手が回らないので、一谷に助っ人を頼んだのだ。

長野から出てきて警視庁に入った一谷は、独身の頃から叔父の家に来ては晩飯を馳走になっていた。叔父も長野から出て来ていたので、同郷の好みで一谷の面倒を見たのだろうか。叔父が一谷を刑事に引き上げてやったようだが、特に頭が切れるといった部類ではない。どうも情に厚く真面目なところが所轄の刑事に向いていると、叔父から気に入られたようだ。一谷は二〇〇七年の春に、叔父の引きで交通課から捜査課に異動していたのだ。その翌年の三月に管内で学生の転倒死があった。そしてその年の十二月、同じく管内で叔父がホームから転落して電車にはねられて死亡している。当時は諸説紛々だったというが、結局酔った挙げ句の転落死ということに収まってしまった。

その当時の経過を、改めて一谷から聞いている。慎吾は本来の第六強行犯三係の捜査の合間に少しずつ〈山脇ノート〉を調べ回っていた。そして二〇一二年の初秋、出来事の中心ではないかと思われるアズサが、米国から帰ってきたのだ。

慎吾は、一谷にアズサが帰国して出演するという話をして協力を頼んだ。さして広くはない

〈ｐｉｔ〉では、久しぶり……そう三年半ぶりのアズサが出演するのだ。山脇刑事が疑いを持っていた佐伯英明の死、そして山脇亮一本人の死。その二人の事故死に関連があるのなら、その中心にはアズサが居るのではないだろうか。そう推測すると、今回の久しぶりだというアズサのステージには、犯人ないしは重要参考人が現れると見ても良い。だとすればこの機会を逃す手はない。二十一日と二十二日の両日、一部と二部の四回のステージのどこかに来るはずだ。

「入場者全員をチェックしたいところです。一谷さん、手を貸してください」

そう言う慎吾に、一谷は一も二もなく同意してくれた。

「一回の入場者が五十人、二日間で四ステージだと約二百名か。感度の良い防犯カメラを入り口に付けて、後で入場者全員をチェックするしかないかな」

「〈ｐｉｔ〉には防犯カメラは付いているだろうけど、鑑識から高性能のヤツを借りて設置しましょうか」

「当日はアズサをマークして、接触してくる者を確認する。そして、終了後も同様、最後までアズサをマークして後を付けるってことか」

この客の中に佐伯英明に絡む人物が居るはず、更に叔父の山脇亮一を殺害した（慎吾はそう信じている）犯人も必ず居るはずだと確信していた。

山脇のノートに書かれていた男たち、それはアズサを取り巻く者たちなんだろう。〈あの男は何処に行ったんだ？〉と記入されていたのは誰のことなのか。豊川嘉和、古賀靖生、立木鉄夫、その中に居るのだろうか。その者たちは、今日のライブに来ているんだろうか。少しばかり不安になったが、必ず来ていると思いたい。今日がだめなら、明日は必ず来る。古賀靖生には四月に肝付刑事に同行して東都医大病院で会っている。その時に秀栄薬品の東京支社にも同行したが、会えたのは定岡だけで、豊川嘉和と立木鉄夫には会わずに終わった。肝付刑事の追っている人物たちと山脇刑事のノートに記されている名前が被っているのはどう解釈すればいいのか分からない。だが豊川嘉和と立木鉄夫の二人もきっと現れてくれるはずだ。

山脇のノートに書かれていた者たちが、揃ってアズサのファンだというのはなんの因果なのか。いずれにしても叔父が逝って四年を経た今、彼らはまたアズサのライブに現れる。そう思いながら当日の四時過ぎに〈ｐｉｔ〉に出掛け、高性能の防犯カメラを設置した。予測される混雑の中でのトラブル防止のためにと、あらかじめ桑田には説明しておいた。その作業のなかで、従業員たちと会話を続けてアズサの情報を得ようとした。若い彼らは四年前には店に居なかったのだから、先日ピアノトリオたちと打ち合わせに来たアズサしか知らないと言っていた。当然、ライブに訪れるアズサのファンについても、〈昔の客でしょ、知らないですね〉と素っ気ない返事しか得られなかった。古いことを尋ねている自分が、何だか急に年をとったような気になってしまった。慎吾の落胆顔を横で見ていた一谷は、苦笑いをしている。

「まあとにかく、後でカメラの記録を確認するしかないな」

マスターの桑田はそんな話には乗ってこないで、彼女のことは一切語らなかった。事件がらみの捜査ではないので、おおっぴらに職権を使って調べることは控えていたが、いよいよその我慢も限界なんだろうか。


九月二十一日、つまり一日目のライブが大きな興奮のもとに終わった。三年半ぶりのアズサの歌に、ファンたちは酔わされていた。祭りの後のような余韻を胸に残して、慎吾は予定通り一谷と二人で帰宅するアズサを尾行した。彼女は京王井の頭線の渋谷駅から電車に乗って新代田まで行き、代田六丁目方面に向かって歩き出した。纏わり付く昼間の残暑も収まった中、十分ほど歩き、さほど大きくないマンションに入って行った。慎吾たちは暫く待ってみたが、入ったまま出てくる様子はなかった。今夜はそのまま宿泊するのだろうと、最寄りの交番で確かめたところ、そのマンションの所有者は栂沢奈弥子となっていた。巡査の話では、その栂沢奈弥子は普段そのマンションには住んでおらず、どうやら最近は娘が利用しているようだと言った。娘、すなわちアズサのことか。

翌日、慎吾は山脇叔父や佐伯の事故現場の道玄坂あたりや渋谷駅のホームを何度も見回していた。若者がこんな場所で足を踏み外して死ぬことに、改めて疑惑を覚えた。

　そしてアズサの帰国ライブの二日目も、二人は〈ｐｉｔ〉に出入りするファンたちのチェックを行った。昨夜の客とは違った面々で、やはり会場は立錐の余地もないほど満杯状態だった。ジャズボーカルというある種オタクとも言えそうなマイナーな世界、しかもさして有名とは言えない歌手がこれ程までにファンを引きつけるなどと、考えもしなかった。

　予定通り二人はこの日もまた、終了後にアズサの尾行をすることにした。慎吾たちは閉店までアズサが出てくるのを店の外で待っていた。昨日よりは涼しい、あれほど暑かった夏もとうに過ぎ去って、そろそろ秋風にも似た心地よい風が吹き抜けてきた。十一時近くになってやっと出てきたアズサは、細く長い脚を強調するスキニーパンツに、薄グレーのＴシャツをふんわりと着ていた。小さなベージュ色のリュックを肩に掛けて足早に歩き始めるアズサを、慎吾はそっと身を隠してやり過ごし、ＪＲの渋谷駅方面に向かう彼女の後を追ってみた。昨夜と同じかと思っていたところ、その夜はマンションに帰る様子はなかった。渋谷駅で乗った山手線を新宿駅で降りて、改札を出ると京王線に乗り換えたのだ。

　今夜は一体何処に行くのだろうと、一谷と顔を見合わせた。遅い時間にもかかわらずかなり混んでいる電車に揺られ、一つ離れたドアから乗り込んで目で彼女を捕らえていた。明大前駅でかなり乗り降りがあったがまだ降りないでいるアズサを二人は確認していた。桜上水駅でやっと降りたアズサは、北方向に向かって歩き出した。やや速足で甲州街道をわたって十五分ほど進んで、木立のこんもり茂った社のような屋敷の門の脇にすーっと入って行った。表札らしきものが見当たらない。暫く待ってみたが彼女は出て来る気配がない。道路沿いに大谷石の塀が回され、途中生垣に代わった周囲を一回りしてみた。どれぐらいの広さがあるんだろうか、三百坪もあるだろうか、いやもう少し広いか？　夜目にはうっそうと茂った森にも見える屋敷で、周囲からは奥にある建物は見えない。彼女はこんな屋敷とどんな関係があるのか、昨夜の交番巡査の話では住まいはマンションだったはずなのに。

その夜、すでに十一時半近かったので慎吾は屋敷に入ることを諦め、最寄りの交番でその屋敷の所有者を確かめた。巡査の話では、宗教法人陰陽之館となっているそうだ。だがその陰陽之館とは一体何なのか。新興宗教か、祈禱場なのかと訝った。その夜は、そのまま引き上げることにして、二人は駅前でラーメンを食べて帰路についた。翌日から、防犯カメラのチェックを始める。ざっと見て会場や終了後にアズサに接触する不審な人物は見当たらなかった。

そして翌日から防犯カメラに映っていた入場者を何度も繰り返して見たものの、不審な人物は確認出来なかった。慎吾は全く五里霧中といったところだった。叔父の立てた仮説、つまり佐伯英明の死に事件性があるということが間違いなのかも知れない。その仮説は叔父だけのものので、当時の渋谷署で下した転倒死が正解ではないのだろうか。そして、叔父の死も酒の酩酊での転落死で決まりなんだろうか。なんとも虚しい気持ちに襲われた。

9

九月二十九日（土）、靖生は初秋の天城山に登ることにした。そこに自分の原点があるはずだから。

毎日忙しい都会を離れ、伊豆あたりの秋の空気を胸一杯に吸い込んでみたかった気持ちもあった。父の死と福岡での騒動が一段落して、気分転換に山に行きたくなったこともあった？　いや、そんな軽い気持ちだけではなかった。

天城山を訪れ、散策する途中で栂沢の家を通りがかりにでも観察してみたいという思いもあった。だが、自分を産んだ母がまだその地に居るとは限らない、子供を養子に出さねばならなかったのは、そうせざるを得ない何らかの事情があったのだろう。それならなおさらのこと、その地にそのまま留まっている確率は極めて低いものと思える。三十年を経てしまった現在では、その辺りが自分の生まれた頃のままであるはずもない。何があるか分からない、どんな話が飛び出してくるか分からない。そんな出生地を訪ねる怖さもあった。仕事場から離れて一人になると、ついあれこれ考えて、思いを巡らしてしまうことが多くなった。なのにその思い描いていた地域に、なかなか素直に行く気になれないでいた。そんなことから、祐希を連れての天城山の散策に落ち着いた。それは、祐希を伴うことで、いきなりの衝撃から逃げている心の弱さなのかもしれない。心が抵抗しているのだろうか。屈託のない明るい祐希が一緒なら、感傷に落ち込むこともなくてすむだろう、靖生のもつ陰性がそうさせたのだろうか。

すがすがしい気分を味わいたい、秋の野山を歩きたいと普段口癖だった尾原祐希に、喧騒に明け暮れて季節感の全くない都会の病院を抜け出したくなった……そう言ってみた。

当日、東京駅で祐希と待ち合わせた。ウォーキングシューズにリュックサックと、すっかりハイキングスタイルを決め込んで彼女は現れた。見慣れている白衣姿とは全く違って、チャーミングな女性にすっかり変身している。しばし見とれるほどだった。

六時三十三分発の新幹線こだま号で一時間弱、三島駅で降りた時には、二人ともすっかり旅気分に浸っていた。朝食用のサンドイッチと昼のおにぎりや飲み物を調達して、三島駅から伊豆箱根鉄道に乗り換える。その乗車口は、新幹線のホームとは反対側の南端にあった。近代的な新幹線ホームとは対照的な、いかにもローカルな鄙びた駅舎だ。ホームに人影はまばらでしかない。電車には車掌は乗っておらず、乗務員は運転手が一人というワンマンカーだった。終点の修善寺駅までは四十分で着くと案内書きにある。僅か数名の乗客しかいない一両目の最前席に陣取った。やはり天城山に行くんだろうか、山スタイルを決めた年配の二人連れが乗り込んできた。電車は市街地を抜けて徐々に田園地帯に入った。靖生は車窓から色づいた稲が残る田舎路を眺め、のんびりと電車に揺られていた。当然のことだが単線で、走行中にすれ違う電車はない。行き交う電車は主だった駅で待ち合わせてすれ違いをしている。そんな長閑《のどか》な様子を、靖生と祐希はサンドイッチを頬張りながら物珍しげに眺めていた。

終点の修善寺駅から東海バスの八丁池口行に乗ることになる。だがバスは日に二、三本しか出ていない、しかも観光シーズンのみの運行だという。これを逃すと、日帰りでの登山は無理になる。

そのバスもスマートな都会のバスとは大違いだった。ボンネットバスとまではいかないが、田舎の路線バスそのもので、いつ廃車になってもおかしくないような古い車体だ。下田街道の登り坂を天城峠に向かって走り、天城トンネルを抜けると少し下りになる。そしてすぐに脇道を左に入って、林の中をバスはひたすら上って行く。寒天橋を過ぎて、途中の一般車通行止めの標識があるところで運転手が降りて、鍵のかかった鎖を外していた。ここからは一般の車両は通行出来ないのだろう。いよいよバスは山道に入り、木々茂る中を右左に大きく曲がりながら登って行く。走ること暫く、八丁池口に着いた。一緒のバスに乗っていた四パーティーも、それぞれにバスを降りた。ひんやりした空気が肌にしみて、なんとも心地が良い。

「わぁー気持ちがいい、都会とはぜんぜん違うわね、空気が美味しい」

先を急ぐように散って行った同乗者たち、ゆったりと周囲を眺めている靖生に、早く行きましょうと先に立つ祐希。ヒノキ林の脇を暫く登ると視界が開け、つるっとした赤茶色い木肌のヒメシャラがあちこちに目立ってきた。そして太く堂々としたブナの大樹が点在し始めていた。その木立を一気に登ると尾根筋に出た。八丁池に向かうその路筋には、アセビの古木が目立ってきた。まっすぐ直立することのないアセビは、太めの幹が曲がりくねって群生する。その様は、なんとも妖気が漂う幽界を思い起こさせる。静けさのなかに漂う妖《あや》しさに引き込まれそうな気がしてきた。

先に進んでいた祐希は立ち止まって、一向に動こうとしない靖生を見ていた。

「どうしたの、もう疲れた?」

「いやなんでもない、大丈夫だよ」

確かに、今の登りは少し脚に効いた。普段椅子に掛けているばかりの身体には少々きつい。一日中歩き回っている看護師とは違うんだからと、言い訳をしたい気分だった。それでも靖生は、祐希を追ってゆっくりと歩き出した。一瞬だが、その樹林のなかにアズサの妖艶さが見えたような気がした。幻想だったのか、それとも単なる錯覚なんだろうか。

標高一〇〇〇メートルを超す高地にある八丁池には、出入りする沢や小川がない。水の音すらない静けさのなかに、ゆったりと横たわっている。時の流れなど全く感じさせない静寂がある。以前は天然スケート場として賑わったことがあったというが、今ではそういった面影はすっかり取り除かれ、緑に囲まれた池だけが広がっていた。

この山の北側の山裾に連なる地区、その辺りが僕の出生地なんだ、こんな都会からかけ離れた地、何故母はこんな所にいたんだろう、何故こんな地で僕を産んだんだろう。靖生はそんなことを思いながら山道を歩いていた。

第四章　二〇一二年　東京・伊豆

1

十月四日の夜八時、男は定岡正之の帰宅を待ち伏せていた。その建物の入り口には、片開きのガラス扉はあるものの、セキュリティーはなにも施されていない。それでも建てた当時はモダンな集合住宅だったのだろう、沢井マンションと銘打ってある。

定岡はいつものとおり午後八時十分に、マンションの入り口の扉を開けて玄関ホールに入ってきた。広告やチラシ以外に何も入っていないのは分かっているが、習慣で集合ポストを覗いて見る。そっとポストの蓋をしめ、左手側のエレベーターの前に立った。

身を潜めていた男は、敏捷な身のこなしで脇の階段を上がっていった。行き先は二〇三号室なのは分かっている。エレベーターから出た定岡が部屋の前で、鍵を開けて鉄の扉を開けるタイミングに間に合えばいいのだ。スニーカーを忍ばせて、エレベーターから出て来た定岡の後をゆっくり追う。

エレベーターには定岡以外に誰も乗っていなかった。部屋は二階でしかないのに、妙に折れ曲がった階段を歩いて上る気になれない。だから二階の住人でもエレベーターを利用するのは、他の誰もが同じようにしている。定岡は普段と変わらず、鍵を開けてノブを引き部屋に一歩入りかけた。その一瞬を逃さず、男が突進して定岡の背を強く押し、そのまま自分も部屋に突入した。定岡は不意を喰らって上がりがまちに倒れ込んだ。男は無様《ぶさま》に倒れている定岡の襟を摑んで、靴のままキッチンに引きずり込んだ。やせ気味で中背とはいえ定岡の身体は軽くない。それを男はぐいぐい、居間まで引いて行った。突然襲われてなすがままにされていた定岡が抗い始め、男の手を外そうとしたが滑って男の腕が摑めない。男は意に介さず、定岡の顔を強く殴りつけた。相手を確かめようと顔を上げかかった定岡は、顔面を強打され、反動で壁にしたたか頭を打ちつけた。衝撃に意識が朦朧として崩れ込んでしまった。

数十秒なのか、数分なのか、朧《おぼろ》げに襲った男が見えてきた。透明のビニール合羽を着て、黒い革手袋に目出し帽を被っている。頻りに部屋を物色しているようだ。脇机の上にあるパソコンを起動させている。定岡はサイドボードに摑まって立ち上がろうとした。男は振り向き、床のバッグを蹴散らして近づいてきた。合羽の隙間に手を突っ込み素早くコートの懐からサバイバルナイフを取り出し、定岡の左脇腹に押し込むように突き刺した。

腹部をぐっと襲う熱い感覚に、思わず身を屈めた。若干遅れて強烈な痛みが押し寄せてくる。歯を食い縛ってその痛みに耐えようと、左手で脇腹を押さえる。立ち上がろうとする定岡の右手がサイドボードを探った。その手が上に置かれていた物を払い落とした。辺りに血の臭いが漂いだしている。腹部を抱え込むようにしてうずくまった定岡を、男は左手で引き起こして立たせようとした。止《とど》めを刺そうとナイフを握り直した。丁度その時だった。入り口の扉が叩かれて〈定岡さん、大丈夫ですか〉と男性の声が響いた。男はビクッとして定岡を放り出した。その拍子に、定岡はサイドボードの角で頭をしたたか打ち、意識が遠退いていった。

外からの声はそれで止んだが、男は興がそがれてしまったようだ。少しの間耳をそばだてていたが、その声の主の立ち去る気配を感じ取った。男は合羽をたくし上げて、腰に挟んでいたタオルを引き抜いた。手袋やナイフの血をタオルでぬぐい取りながら、入り口に急ぐ。外の音はなかったが、扉の覗き穴から外部をじっと見ていた。人の気配がないことを確認して、扉をそっと押し開けて注意深く、気を引き締めながら外に出た。後ろで扉の閉まる音を聞きながら駆け足で折れ曲がった階段を一気に駆け降りて、マンションの外に出た。あらかじめ隣の建物との隙間に隠しておいた黒のナイロン製のバッグを引っぱり出し、ナイフと血の付いたタオルを中に突っ込んだ。そして引きちぎるようにして脱いだビニール合羽と黒い手袋もバッグに突っ込んだ。一息ついて身の回りを見回し、コートや靴に付着物がないことを入念に確認した。マンションを振り返って見る。二階の部屋辺りから扉の閉まる音が響いてきた。最後までやってしまえばよかったと眉を寄せた。間一髪で逃れられたことに痛恨しながら、急ぎ足で大通り方面に向かう。その通りなら難なくタクシーが拾えることは知っている。

☆

スマホに係長から呼び出しが入ったのは八時四十分だった。部屋に戻ったばかりの辛島慎吾は、そのまま部屋を飛び出して現場へ向かった。足立区梅島四丁目、五階建て鉄骨造りの沢井マンションの二〇三号室で、傷害事件が発生したと連絡があったのだ。

現場に着いた慎吾は、先に駆けつけていた所轄の若い刑事から状況の説明を受けた。犯人が空き巣に入った丁度その時に、住人が戻ってきて鉢合わせになったのだろうと言う。犯人はそれで居直り強盗になったと見たようだ。被害者は救急車で病院に運ばれたが、腹部を刃物で刺されて意識のはっきりしない状態だ。被害者の名前は、表札から定岡正之と判明していると報告された。慎吾は、定岡と言われて、振り向いて表札を確認した。確かに定岡正之と書かれている。ちょっと驚いた。四月に自分も同行して、肝付刑事たちが事情聴取した人物じゃないか。

「知り合いですか」と様子を見ていた所轄の刑事が質してきた。

「ああ、今年の春に会っている。確か四谷の秀栄薬品の社員だったと記憶している」

所轄の若い刑事は、ノートに書き取っていた。

襲われた定岡の部屋は2DKで、一人住まいのようだ。東武伊勢崎線の梅島駅から徒歩二十分弱という距離で、築三十年近いような新しくもないコンクリート住宅だった。〈まあ、家賃は七万円程度だろうな〉と、周囲で誰かが言っていた。

一一〇番通報をした男性が、所轄の刑事と話している。四十歳前後だろうか、背丈はやや低めで肉付きの良い、少々太めの男だった。年齢と氏名をメモして、発見当時の状況を聴取しているのだろう。

その男性は同じ二階の二〇六号室の住人で、木村誠と言っている。仙台から出て来ている三十八歳になる、丸顔の少し目尻の下がった人の良さそうな顔立ちだ。帰宅途中、被害者と同じ電車に乗り合わせていたが、かなり離れていたので声はかけなかった。お互い単身赴任同士だが、普段は挨拶をする程度の付き合いでしかない。梅島駅に着いたのは七時五十分頃で、そのまま駅前のコンビニに立ち寄って買い物をした。それで定岡から十分ほど遅れてマンションに着いた。八時二十分位だろうか、エレベーターで二階に上がって、自室に向かった。途中に定岡の部屋の前を通るのだが、その辺りに差し掛かった時、室の中から何かが倒れるような大きな物音が響いてきた。驚いてドアの前で〈定岡さん、大丈夫ですか〉と声を掛けた。二十〜三十秒ほど様子を伺ったが、室内から何も応答がないので、そのまま三つ先の自分の部屋まで行った。手に提げていたコンビニの袋が邪魔で手間取りながら鍵を差し込んで回そうとすると、後ろで何か気配がした。振り返って見ると定岡の部屋の扉が閉まりかけて、出てきた男が階段方向に急ぎ足で行く後姿が目に入った。黒いハーフコートの上に透明のビニールの雨具を付けていたように見えた。男は小走りに階段方向に行き、角に隠れて見えなくなった。〈よく見えなかったけど、グレーっぽいスニーカーを履いていたんじゃないかなあ〉と言った。

男が去って行った後、部屋の扉はすぐに閉まったが、何だか心配になって、恐る恐るノブに手を掛け扉を引いてみた。鍵は掛かっていない。〈定岡さ〜ん〉と声を掛けたが応答はなかった。さらにもう一度少し大きな声で呼んでみると、微かなうめき声が聞こえてきた。壁の電灯スイッチを点けて、中を覗くと人が倒れているようだ。部屋の奥では物が散乱していてフロアに血が散っているように見えた。助けようと急いで中に入って、定岡の傍に寄った。背広が捲れて、ワイシャツの左脇腹に血がべっとりと付いている。定岡は目を閉じて動く気配がなかったが、呼吸音はあった。慌てて携帯で一一〇番通報をした時、壁の時計が目に入った。針は午後八時二十五分を指していた。木村はそんな話をしていた。慎吾は改めて名前と電話番号を手帳に書き取った。

事件発生直後の通報だったことになる。被害者の定岡は死亡に至っていなかったので、強盗傷害事件として直ちに付近一帯に緊急配備を指示した。

周囲は下町の簡素な住宅地で、富裕層の屋敷は殆ど見当たらない。被害者の住んでいるマンションと同じ程度の賃貸住宅とか、それより少し程度の良さそうなマンションがあちこちに見える。その隙間を埋めるように、戸建ての古い住宅やアパートが犇めいている。そんな環境に住む定岡という男は、大した金を持っているようには思えない。現金を貯め込んでいることもないだろう。にもかかわらず、冴えないこんなオヤジが何故襲われたのか。そう思いながら建物の外を見て回った。

鑑識の調べが済んだようで、刑事たちが現場確認に部屋に入っていった。格闘の末だったのか、部屋はかなり荒れている。多量の血があちこちに飛び散りサイドボードにも付着していた。

二部屋あるうちの和室の六畳間には、殆ど物が置かれておらずがらんとしていた。同居していた者でも居たのか、或いは訪ねてくる家族とか来訪者が泊まれるように空けてあるのか。犯行のあった部屋はダイニングとフロア続きになって、隅にベッドが置かれ、その脇に小ぶりの机と椅子が置いてあった。

その机の上にあったパソコンは電源が入っていたのか、立ち上がったままになっていた。捜査員が机にでもぶつかった拍子に、スリープ状態だった画面が表示されたのかもしれない。おやっと思いエンターキーを打ってみたが、それ以上はキーワードを要求して動かない。誰が電源を入れたんだろう。先ほどの目撃者の話では、被害者は帰宅したばかりで、パソコンに触れる間などないままに襲われているはずだ。ということは、犯人が電源を入れたのか。しかも、机の引き出しが開けっ放しで引っ掻き回されている。そんな状況から単なる物盗りではない、何かを探していたのではないかとも推測出来る。ということは身内か顔見知りの犯行で、物盗りに見せかけたのではないかとも慎吾は考えてみた。

どうみても手慣れた空き巣狙いの仕事には見えない。それにコソ泥の小遣い稼ぎの仕事にしては荒っぽすぎる。空き巣に入って、たまたま帰って来た住人と鉢合わせして刺したにしては、少々度が過ぎている。しかも犯人が持っていた刃物で刺したのだろうが、その凶器は犯人が持ち去ったようで、現場では発見されていない。顔を見られたから殺してしまうつもりだったんだろうとは、所轄の若い刑事の言い様だ。だがあらかじめ刃物を持参しているというのは、どう判断するべきなのか。あらかた観察した慎吾は、部屋を出る時に入り口付近を探ってみたが、期待するようなものは見当たらなかった。

さんざん物色したように部屋は荒らされ、金品などが奪われた様子にも見えるが、被害がどれほどなのか判明しない。本人が意識を回復しないままなので確認ができないでいた。担当の所轄署では物盗りによる犯行の線で捜査を進めようとしていた。だが、被害者重体のため一課の第六強行犯の扱いになり、手の空いていた第三係に回された。被害者を襲撃することそのものが目的なのか、金銭以外の物を奪うことつまり何か重要なデータなり書類が目当てだったのか。どちらにしても顔見知りの犯行の線が強いと、所轄の見方とは違う推理をしてみた。加害者らしい男の逃げる後姿を見たという隣人の証言からも、プロの様子とは違うと思った。

さらに引っかかったのは、犯人の男が黒っぽいハーフコートの上にビニールの雨具を着用していたという事実だ。都内周辺に雨の予報もない夜なのに、なぜビニール合羽を着用していたのか。考え付くことは、犯行の際に付着する汚れを防ぐためということだろうか。逃走の際に汚れが付着していてはまずいから……、黒っぽいコートに付着してはまずい汚れ、それは被害者の返り血か。とすれば、犯人は当初から殺害することが目的だったと考えたほうが良さそうだ。しかも逃走する際に人目に付くことを計算に入れている。つまり公共交通機関を利用する人物が犯人か。少し遅れて到着した伊東係長にそのことを話してみた。慎吾の説明から、係長も同様の見解だった。つまり、強盗傷害ではなく、殺人未遂事件と考えるべきなのだ。

2

部屋の隅に投げ出されていた被害者のバッグには、仕事の書類や手帳と携帯電話などが入っていたが、財布が見当たらなかった。だがそれは襲った犯人が強盗を装ってしたことだろうと推測され、殺人未遂の線をますます強くするだけのことだった。バッグに入っていた手帳には、日ごとにスケジュールが小さな字できちっと記入されていた。被害者の定岡はかなり几帳面な性格のようだ。手帳を手にとってパラパラと見ていると、古賀靖生と書かれた箇所が数回見つかった。おやっと思って、定岡の携帯電話の着信と発信の履歴をチェックすると、そこにも古賀靖生の名前が幾つか出てきた。その電話番号を見ると、固定電話ではなく携帯電話のものだった。書かれていた古賀靖生の名前はしっかり覚えている。山脇ノートにもその名前が書かれていたし、〈ｐｉｔ〉でのアズサのライブにも来ていた。さらに肝付刑事の捜査に同行して、東都医大病院で本人に会っている。なんとも、知り合いがよく関わる事件だ。定岡の携帯電話から、古賀靖生の携帯番号をメモっておいた。

そして翌五日の十時、まずは定岡正之の勤務先である秀栄薬品東京支社に聞き込みに出向いた。受付で用件を言うと、応対に総務課の若い男性事務員が出て来た。そのやけに背の高い若い社員から、おおよその説明を受けた。定岡正之は九州出身で、秀栄薬品の九州支店に勤務していたという。それも二年前に他社からヘッドハンティングされて引き抜かれ、今年の四月に東京に異動してきたと説明された。家族を福岡に残したままの単身赴任で、現在は一人住まいをしている。仕事の内容は、第三営業部二課の課長職で、医療機器の納品とそのメンテナンス作業が主な仕事のようだ。担当の病院や診療所などを、部下と手分けして回って補修点検をしている。そんな話を聞いているところに、六十歳前後の頭髪の薄い男が出てきた。定岡の上司の第三営業部長の岩井だと名乗って、総務の若手から話を引き継いだ。その上司の岩井から、引き続き更に詳しい話を聞き出そうと思った。というのも慎吾はこの四月に、福岡から来た肝付刑事たちの事情聴取に立ち会っていた。大分長い時間の聴取だったので、定岡の律儀な性格は少しばかり分かっていた。なので、もう少し違った角度からの情報が欲しかった。

「定岡さんは転勤して来て、まだ間もなかったんですよね。慣れない東京での仕事で、トラブルや諍いなどありませんでしたか」

「全くなかったですね。定岡は温厚な人柄で慣れない東京にもかかわらず、黙々と仕事を熟《こな》していました。トラブルや諍いなどは全く無縁な人で、地味な性格だからか仲間や部下からも信頼されていましたね」

「酒の方の付き合いはどうでしょうか。九州男児はよく飲むと言いますが」

「さあ、あまり聞いたことはないですね。うちの社内でも社員同士が飲みに行くとはよく聞きますが、定岡の話はないですよ」

そうなると人との付き合いや社員同士の交流などには、いささか欠けていた人物なんだろうか。そんな調子だとマンションの住人たちとの交流なども、恐らくなかったに違いない。仕事を終えてまっすぐコンビニに寄って、晩飯や朝飯など食べ物を調達する。それを部屋に持ち帰り、ＴＶなどを相手にもくもくと生活しているといったところなんだろう。そんな味気ない日々を長く続けるなんて、若い慎吾などには理解しがたい、退屈過ぎて気がおかしくなりそうに思える。中年を過ぎてあれこれ生活に倦《う》むと、日々の楽しさや興味などに関心がなくなってしまうものなんだろうか。そんな人生って一体何だろう、そんなことを思うと、少し虚しい気持ちになってしまう。定岡もそんな日々を送っていたんだろうかと、余計なことを考えてしまった。

いずれにしても、仕事関係で恨みを買うようなことは全く考えられないと岩井は明言していた。個人的な人間関係については、東京に出て来てまだ間もないこともあって、行き来している者がいるようには聞いていない。何らかのトラブルに巻き込まれて襲撃されたとは考えられない、と言っていた。単純な物盗りの犯行の線に落ち着くのかと慎吾は思ったものの、窃盗の線にしては、現場の状況に腑に落ちないことが多すぎる。明らかに本人を殺傷の目的で襲ったと見る方が妥当のような気がする。当初考えていたように、強盗傷害事件というより、殺人未遂事件と捉えるのが正解のようだ。

ヘッドハンティングされた程の男にしては、現在の境遇はとても成功者に見えず、それらしい生活はしていない。そんな人物が何で襲われなければならなかったのか、慎吾は解せなかった。第三営業部以外からも話を聞いてみようと、他の営業部にも顔を出してみた。秀栄薬品は大阪が本社ということからか、他の部署にはそちらから来ている人材が多く、定岡のことについて知る者はまずいなかった。九州支店にいた頃の定岡について、少し知りたかった。そのことを尋ねてみた。

暫くして出てきたのは元九州支店で営業推進課長をしていたという青年だった。いかにも高級そうなデザイナーズブランドの背広に身を包む男だが、顔の造作は一見ゴツゴツして格闘技経験者のような厳つさが見える。その豊川嘉和という人物から話を聞くことになった。だが、その青年に何処かで会ったことがあるような記憶が微かにあった。いつのことだったか何処かで……慎吾はそんな気がしたのだ。単なるデジャビューなのかと、微かではあったが引っかかるものがあった。それに豊川嘉和という名前は、山脇ノートにも書かれていたし、四月には肝付刑事も尋問すると言っていた。この辺り、何だか曰くありげな関係に思えてくる。

　豊川嘉和は営業部長の名刺を出した。三十代半ばではないかと見えたが、口が重そうな印象を受けた。営業部の上司ともなれば対人面で穏やかさが必要と考えていた。こんな人物が営業なのかと、人ごとながら危惧した程に、初対面は取っつきの悪さの印象を受けた。だが話し出すと若干関西訛りのイントネーションがあったものの、受け答えも鮮明で快く話が進んだ。

「福岡では二年ほど一緒に居ましたよ。ですが、セクションが違うから冗談を言い合うほどの仲じゃなかったですね。まあ定岡さんが口数の多い方じゃなかったこともあるんだろうけど。私より二回りも年上で、言ってみれば人生の大先輩ですからね。そんなですから、こっちから気安く声を掛けることも出来なかったですし」

「彼は福岡から東京に転勤になって、まだ半年足らずですよね。あちこち聞き込んでも、東京では人と諍いするとかトラブルに巻き込まれたという話は聞こえてきません。トラブルがあるとしたら福岡にいた時ではないかと思うんですけど、心当たりはありませんか？」

「穏やかな人だから、社内では特に目立ったことはなかったですね。あるとしたら仕事以外のことじゃないですか、聞いているでしょうけど彼は、強引に余所の会社から引っ張ってきた人間なんですよ。前に勤めていた会社と客の取り合いで、揉めていたのかも知れないですね。それより、定岡さんの状態はどうなんです？　気をつけてニュースを見てるけど、まだ亡くなったとは聞いていません、命に別状はないんでしょうね」

「危機状態は脱したんで命は取り留めたと、担当医は言ってます。でも意識がまだ戻らないんです。戻ってさえくれれば襲った犯人が分かるんですがね」

「刑事さんがこうやって聞き込みに来るっていうのは、単なる強盗ではないってことですか。顔見知りの犯行の可能性あり……、そう見ているんですか？」

「その可能性もあるというだけです。あらゆる可能性を考慮しての捜査ですよ。あとで定岡さんのタイムカードを見せてください。当日の彼の行動を押さえておきたいんです」

当然のこととして、事件当日の定岡の足取りを探ってみた。四日の定岡はタイムカードでは、十九時五分と退社時刻が打刻されていた。それも月初の一日から四日の間、一、二分のずれしかなく記録されている。

秀栄のビルを出た慎吾は、最寄りのＪＲ四ツ谷駅まで歩いてみた。おおよそ十分というところだった。そのまま電車に乗り、途中で東武伊勢崎線に乗り換えて梅島駅まで行って、経過時間を計った。掛かった時間から当日の定岡の足取りを計算してみた。

七時十分退社↓四ツ谷駅七時二十分↓東武伊勢崎線梅島駅七時五十分↓マンションに八時十分到着となった。そして二階の部屋に定岡が着いて、すぐに男が犯行に及んだ。その時偶然その騒ぎを聞きつけ、事件を知った同じ階の木村が一一〇番通報したのが八時二十五分。慎吾に呼び出しが掛かったのが八時三十五分、時間の流れはそんなところで間違いないだろう。

　犯人は帰宅する定岡を途中から付けて、部屋に入る寸前に襲ったというところか。あるいは、定岡の帰宅をマンション前で待ち伏せていたのか。タイムカードからみて、彼の帰宅時間は推し量りやすい。何らかの方法でそのことを犯人は知り得た。それで帰宅時間に定岡を待ち伏せていたのだろうか。だが犯行時間は十分足らず、犯人は目撃者に邪魔をされて、あわてて逃走したようだ。そんなことから、犯人は殺害する目的を果たしていないとも考えられる。当夜は直ちに駅周辺やマンション付近、そして車での逃走を想定しての緊急配備をとっている。だが機動捜査隊の出動による初動捜査にもかかわらず、不審な人物や不審な車は浮かんでこなかった。逃走した犯人の姿は一向に摑めなかった。だが、建物のすぐ脇の道路脇から、僅かな血液が発見された。血液型が定岡のものと一致したことから、犯人がその場に滴らせたのではないかと推測された。それが何を意味するものなのか、これまた推測の域を出ないが、その場で凶器の収納やビニール合羽の処理などを行ったのではなかろうかと思えた。

　現場のマンションを出て梅島駅に向かっていた時、慎吾はふと叔父のノートにあった名前を想い返した。確かに、豊川嘉和と立木鉄夫があったような、そして四谷・秀栄、そう書かれていた。それに古賀靖生もあった。定岡の傷害事件の根がそんなところにあるのか。叔父が追っていた件が、未だに尾を引いているようにも取れる。叔父のノートはまだ一谷刑事に預けてある。再度じっくり見直してみたいと思って、慎吾は急いで一谷に連絡を入れた。

事件名を定岡正之殺人未遂事件として、所轄と本庁それに機捜が加わっての聞き込み捜査が続けられた。だが、出てくる証言はガセばかりで参考になるものは一つもなかった。そして鑑識から上がってきた報告に、犯人の履いていたスニーカーの確定があった。現場の床に付着していた血痕を踏んだ靴底から割り出されたのだろう。それを元に靴のメーカーを特定し、販売経路を辿る捜査があった。だが慎吾は定岡の手帳や携帯に頻繁に名前が出ていた、古賀靖生に狙いを付けてみた。夜八時を過ぎていたが、定岡の携帯から書き写してあった古賀靖生の携帯に電話を入れた。待つまでもなく、古賀はすぐに電話に出た。

「警視庁捜査一課の辛島慎吾です。定岡さん殺人未遂事件の捜査に関してお話を伺いたいのですが、ご都合はいかがでしょう」

そう伝えると、訝る様子もなくすぐに承諾してくれた。

「明日は休日ですが、当番なので病院に出勤しています。よろしかったらどうぞ」

抑揚のない口調で言っていた。言われて明日が土曜日だったことに気付いて、金曜のこの時間は楽しんでいたのかも知れない、邪魔をしたのかなと少しばかり反省。金曜の夜ぐらいは楽しむものだと、世間の若者たちは騒ぎ回っているんだろう。待てよ俺だって若いんだ、まだ三十歳になったばかりだなどと、余計なことに気を回してしまう。そう思った途端に、何だか急に芽衣の顔がちらちらと浮かんで来た。今井芽衣、所轄の池上署にいた時代に何かと世話になったが、本庁に移ってからは滅多に連絡していない。二十六歳になったはずの芽衣も、この前の電話では結婚なんてまだまだ先のことだと笑っていた。彼氏さえまだ出来ていないような口ぶりだったが、本当のところはどうなんだろう。あの男のような口の利き方さえなければ、引く手あまただろうに、なんて思ってしまう。だけどそんな性格だから、うじうじしなくて付き合いやすいと思うのは俺だけなんだろうか。案外俺にもまだチャンスがあるかもしれない、捜査の手が空いたらメシでも誘ってみるかとスマホを弄ってみた。そうはいっても、どうせ今夜は捜査本部に泊まりになるんだと、ちょっぴり恨めしく思いながら、慎吾はそのままスマホをポケットに戻した。

翌朝、本庁に顔を出した後、慎吾はお茶の水の東都医大付属病院に向かった。古賀医師の勤務している病棟に上がっていった。古賀医師はナースセンターの脇の控え室で調べ物をしていた。慎吾はバッジを示した。

「四月に一度お会いしてますね」と挨拶した。

「ええ、覚えてますよ。福岡の刑事さんと一緒でしたね」

「ええ、あの時は肝付刑事さんたちの道案内でした」

十月四日に起きた定岡正之殺人未遂事件の概要を説明したが、古賀は事件のことをよく知っていた。

「ところで古賀靖生さん、定岡さんとは、最近会ってますね」

「このところ二度ばかり続けて会ってます。で、定岡さんの容体はいかがですか」

「刺された腹部の傷は、幸い心臓を外れていたので心配はないんです。ですが、犯人と揉み合った時に家具の角に打ち付けた頭部の衝撃が酷くて、まだ意識が戻っていません」

「それは、ちょっと心配ですね。定岡さんは、僕の子供の頃によく遊んでくれた人なんです。昏睡状態が長引くと、意識の戻る可能性が少なくなります。あとで担当医に状態を聞いてみましょう」

「それで、先生が定岡さんに会ったのは、八月二十日と九月五日でしたね」

「なんだ、もう調べは付いているんですか」

「何か用事でもあったんですか」

「実は、七月七日だったか、この病院で偶然会いましてね。今日と同じで、僕は休日診療のアルバイト当番だったんです。話したいこともあって、後日会うことにしたんですよ」

「一体なんの用事でしたか？　その時はどんな話をされました？」

「定岡さんとは同郷なもので、福岡に居た頃の話がほとんどでしたね」

「先生と定岡さんは、どういった関係なんですか？」

「今言ったように、定岡さんは父の会社に長く勤めてましてね。僕の子供の頃のことをよく知ってますから、懐かしくてねえ。それに父の事件についてちょっと気になったことがあったので、調べてもらいたかったものですから……」

「お父さんの事件って、殺害後に内臓を引き出して晒したって……。確か四月にお邪魔したのもその捜査でしたね」

「そうです、今年の三月、父が殺害されたことです。犯人の自殺で解決しましたけどね」

「確か犯人は精神異常者で解決したんでしたね」

「ええ、それです、その事件です。でも僕には、その犯人の自殺が少し引っかかって、そのことを定岡さんと調べようとしていたんです。そのため彼に会っていました」

慎吾はノートに記入していた。

「で、定岡さんから調べてもらうってことは、具体的に何です？」

「あの当時、父の会社ＫＩＨは企業戦争の真っただ中にあって、競合相手の会社とトラブってました。定岡さんはヘッドハンティングでその会社に移っていますから、そのあたりの情報が欲しかったので、会社の内部から探ってもらおうと頼みました」

「つまり先生は、その会社に疑いの目を向けたっていうことですか。で、その相手の会社とは?」

「秀栄薬品です。たしか以前は近畿メディカルといっていた医薬品卸業です」

メモを取っていた慎吾の手が止まって、靖生の顔を直視した。

「秀栄薬品ですか、それが近畿メディカルと同じ会社……」

何か少し考えていたが、慎吾はそれ以上は突っ込もうとはせず、話題を変えた。

「先生とは先日も〈ｐｉｔ〉でお会いしていますが……、ほら先月のアズサさんのライブですよ。先生とアズサさんとはかなり親しそうに見えましたが、どういった関係なんです? 差し支えなければ教えてください」

アズサがまだ学生だった頃からのファンで、それだけでしかないと言っていた。だが靖生と彼女とは、歌手とファンという関係以上に親しいようなものを感じさせていた。慎吾はそのあとも質問を続けたが、以前桑田から聞き出した以外にこれといっためぼしいものは出てはこなかった。慎吾はなおも追及した。

「それなら、その当時にアズサさん周辺にいたファンつまり〈ｐｉｔ〉に来ていた人たちのことは知っていますよね。そんなに大勢ではなかったはずですから……、それで、そのなかの一人だった佐伯英明さんが事故死をした、そのあたりのことはご存じですか」

「ええ、よく覚えてます」

「そのことについてですが、当時渋谷署の刑事が先生を訪ねて来ませんでしたか」

「佐伯君の出来事を知ったのは、暫くあとになってからです。あれは四年前でしたよね、私はまだ研修医だったので、そうちょくちょくは〈ｐｉｔ〉に行けなかった。だからなのか刑事さんは私の所まではきませんでした、会っていませんね。それに佐伯さんは自損事故での死だったと聞いてます。たしか事件性はなかったので、捜査は打ち切ったんですよね？　それとも、その後何か新たな情報でも出ました？」

慎吾は淀むことなく答える靖生に、なぜか自分の方が振り回されているように感じた。本当はこの男が、アズサに惚れていたのではないか、それで佐伯が邪魔になって殺害した、ふとそんな構図が浮かんできた。この人物はよほどに聡明なんだろう、気を引き締めて掛からないと、端正な医師の顔を眺めた。だが、素直に話す言葉の端はしには冷たさや小ずるさは感じられなかった。

「その事故死のことなどで、なにか知っていることはないですか」

「以前……そう四年ほど前に、アズサから聞いた話ですけど」

と、靖生は言いだした。当時アズサは佐伯英明と付き合っていたが、豊川嘉和がしつこく彼女に迫って迷惑がっていることで、佐伯が嘉和に忠告したことがあった。佐伯が単に転倒死したと思っていた彼女は、そのことを山脇刑事に言っていなかったという。後になって、そのことが想い出されて心の隅に引っかかったままでいると靖生に話していた。

「アズサさんが、佐伯の事故死に疑問を持ったっていうことなんですか？」

「明確な意味での疑問ではないようでしたけど」

慎吾はちょっと考え込んでいたが、やがて納得したように立ち上がった。

「今日は定岡さんの事件で伺ったのに、話が違った方に逸れてしまいました。お陰で少し分かりかけた部分が出来ました。有り難うございました」

頭を下げて入り口に向かいかけた。


「あのぉ、ちょっと……」

声を掛けてはみたが、次の言葉が続かない靖生。慎吾は、躊躇している靖生を振り向いたまま、動かないで待った。

「これから言う話は、ここだけに止めてもらえますか」

「はあ、でも内容によっては上司に伝えない訳にはいきませんけど」

「実は定岡さんの状態のことなんです。犯人がすぐ近くにいるような気がして、知れたらまずいでしょう。またすぐに襲われるから」

「その辺は、十分注意を払ってます。定岡さんのことは絶対に守ります」

「さっきはまだ担当医師に、これから話してみると言いました。けれど、もうその担当医に会って色々処置などを聞いているんです」

「ということは？」

「定岡さんは、僕にとって大事な人なんです。そのことを担当医師にしつこいほどに話しました。医師という人種は医師同士の繋がりを非常に大事にします。仲間の関係者は何を置いても最重点で対応するんです。まあ仲間内で自分の評判を落としたくないこともあるんでしょうが。ともかく、脳波など徹底的に検査を繰り返してました。定岡さんの場合、打撲による軽度な昏睡状態といってよいもので、刺激を与えることで意識が戻る可能性があるんです。だからといって無理に目覚めさせると精神錯乱を起こす危険があります。二日前の脳波に変化が現れて、いつ覚醒してもおかしくないところまで来ています」

「それは良かったですね、事情聴取さえ出来れば犯人が確定出来るじゃないですか」

「そこなんです、焦らないでください。無理に目覚めさようとして失敗すると二度と正常に戻らなくなってしまうこともあるんです。まして犯人なんぞに知れたらどうなると思います？」

「で、いつ頃になるんでしょう」

「それは分かりません。明日かもしれないし、二週間先になるかもしれません。僕も暇を見て彼の所に顔を出すようにしますよ。聴覚からの刺激が一番良いそうですから、声を掛けたり音楽を聴かせたりします」

「よろしくお願いします」


古賀靖生と会った後、本庁に戻った慎吾は出勤して来た伊東係長に昨夜からのことを報告した。それらのことから、アズサ↓佐伯↓山脇↓嘉和↓立木……がつながり、一連の事件の解決が少し垣間見えてきたことを説明した。

係長は、まだそこまで話を広げることはないと、結論付けを避けた。それぞれの事件のつながりは今の段階ではまだ見えてこないだろう。それに、それらの事件が同一人物の仕業だとする説には少々無理がある。今の段階では一連の事件に一貫性がまだ見えていない。とにかく今は定岡の事件だけに集中しろと言われた。はいと返事をしたが、慎吾はなおも独自で捜査し続けるつもりでいた。

佐伯と山脇の死は事故ではなく、嘉和や鉄夫の犯行ではないかと考えてみた。だが福岡での古賀丈治殺害事件や、定岡襲撃事件の殺害の手口や死に様は、似ても似つかないことに行き詰まってしまった。係長の言うように全く別人の犯行で、関連のない別々の事件なんだろうか。ただ単に特定の人物が絡んでいるかに見えるのは慎吾の思い過ごしで、一連の事件と考えることに無理があるのだろうか。そう思いながらも、一谷刑事と二人で、しつこく嘉和と立木たちを調べて回った。

　慎吾の推理を軽くいなしたものの、他に材料とする物や参考人も上がってこなかった。スニーカーからの追跡も行き詰まっている。中国製の安価な靴で、全国のスーパーマーケットで販売している物だった。犯人はそのあたりも計算済みなのかもしれない。

　伊東係長は、当面秀栄薬品を捜査の対象とすることにして、それぞれの刑事に指示を出した。休日明けの十月十五日月曜日、朝一番に慎吾は先輩の塩野刑事のお供で秀栄薬品の東京支社に出かけた。慎吾がこの会社を訪ねるのは、五日に続いて二度目、いや肝付刑事に同行したことを合わせると三度目になる。


　入り口のカウンターで豊川嘉和への面会を依頼し、暫く待ちながらあちこち眺めていた。前回に来た時から目立った変化はないようだ。間仕切りパネルで仕切ってあり、控え室の中が見えないようになっている。この会社は一般販売の小売り業ではないので、直接客が来ることがほとんどないのだろう、飾り気のない事務所そのものだった。さほど待たないうちに、上の階からワイシャツ姿の嘉和が現れた。何か問いかけそうな目を慎吾に向けていたが、何も言わずにそのまま立っている。塩野刑事が梅島町での殺人未遂事件の捜査で来たことを伝えると、嘉和は脇の小さな部屋に二人を案内した。塩野が単刀直入に事件当時のアリバイを質問すると、渋谷駅付近の居酒屋で部下と飲んでいたと嘉和は躊躇なく答えた。

「その部下というのは、どなたでしょう？」

「ああ、立木鉄夫ですが」

「いつ頃から何という店で飲んでいました？　その立木さんの所在と連絡先つまり携帯番号を教えてください。確認させて貰うかも知れませんが、よろしいですね」

おおよその時間は八時から九時半まで、宇田川町の大衆酒場Kで夕飯として飲んだようだ。

「お疑いなら、その店にでも鉄夫にでも、聞いてみてください」

「ではですね、定岡さんとのことですが、彼とは福岡からの付き合いですね」

「定岡さんがうちに来てくれて以来だから、二年半になりますか」

「仕事上、彼は以前勤めていた会社を攻撃する格好になったんでしょうが、こちらの社内では何か不都合やトラブルがあったんじゃないですか」

「先日もこちらの刑事さんに話したように、東京の社内ではこれといってトラブルはありませんでした。福岡での対外面では多少何かあったとしても、本人はその覚悟で移って来たでしょうから、仕事上の摩擦や軋轢などの嫌な思いは承知の上だったはずです。開設して日の浅い福岡の支店では、まずは仕事優先で数字を上げることに懸命でしたから、誰も他人のことなど構っている余裕などありません。ですが、少なくとも私が聞いた範囲では、不穏な様子は全くありませんでした」

「豊川さん自身はどうですか。定岡さんとの間に金の貸し借りとか感情の行き違いとか、個人的な行き違いや問題はありませんでしたか」

「私と定岡さんは年齢差がありますし、彼は社交的な性格ではなかったから個人的にはあまり親しくしてなかったですね。彼はどちらかといえば大人しくて人当たりの良いタイプでしたから、他の社員とのトラブルもなかったはず。それに実直できちっとした人で、金銭的な問題は誰とも起こしてないでしょう」

「定岡さんはどうして襲われたんだと考えます？」

「強盗が侵入していたところに、たまたま帰宅して刺されてしまったのではないのですか。それとも誰かが強盗に見せかけて襲ったと考えている？」

「まあ両方の線で捜査してますよ」

　豊川は時計を気にしている様子だったので、その日は他に二、三点質問をして終わりにした。慎吾は佐伯英明の事故死に関して、絞り上げてみたいと思ったが、ぐっと堪えた。まだ確証を摑んでない今、それを追及するのは控えた方が良いと判断したのだ。

その夜八時過ぎた頃、二人は宇田川町の大衆酒場Kに聞き込みのため立ち寄った。月曜だというのにほぼ満席状態で、あちこちから酔漢たちの大声が響いてくる。若い客が多いようで大声でのやりとりが騒がしい。とにかく店の責任者を呼んでもらった。店長だという三十代の男が訝しげな顔をして出てきた。ちょいと人を探しているんだが、と言うと、すぐに顔がゆるんだ。なんとも分かりやすい男だ、そんな性格で客商売なんて出来るのだろうか。違法営業の取り締まりとでも思ったのだろうか。だが、スマホに写った嘉和と立木の写真を提示したが首をひねっていた。

「四日のことですよね、十日も前の話でしょ、無理ですよ。見てのとおり、いつもこんな状態、混雑してますから、三、四日前の客の顔さえ覚えちゃいませんから。それが十日も前じゃあね。なんか騒ぎがあったとか、特別変な客なら別だけど。この人たちってごく普通のサラリーマンに見えますよね、ヤッパ無理ですよ。お客さんの殆どが、サラリーマンですから。なんなら、その日のフロア係を呼びましょうか」

アルバイトだろうか、二十歳そこそこの髪を団子に纏めた女性が出てきた。二人連れの若い客は多いからと、記憶がないようだった。嘉和のアリバイは成立せずといったところだ。立木鉄夫に確認したところで、親密度の高い部下の証言では全くあてにならない。

3

先月二十二日のライブの帰り、桜上水の古屋敷に入って行ったアズサのことが、慎吾は気になって仕方なかった。彼女はあの屋敷とどういった繋がりがあるのだろう、あの〈陰陽之館〉という屋敷はいったい何だろうと、疑問が頭の隅で燻っていた。だが今現在捜査に掛かっている定岡への強盗傷害事件とは直接の繋がりがないだけに、三係としての表だった捜査は出来なかった。それにそんな時間はなかったのだ。そしてそのあたりのことを一谷に相談してみた。アズサは山脇ノートの中心的存在なのだから、ぜひ確認しましょうと一谷は乗り気になってくれた。

十七日、いつものように朝出勤すると三係の部屋はがらんとしていた。後から出勤してきた事務員は、皆さん直行だってと清まし顔で気取って見せた。そんなことならと、慎吾はさっさと庁舎を後にして、一谷刑事に連絡を入れた。十時に新宿で待ち合わせて、京王線の桜上水で降りて先日の古屋敷に向かった。甲州街道の少し手前から杉並区下高井戸になる。前回アズサを尾行してきた時は夜中だったので、周辺の様子が定かではなかった。日中に見ると住宅地の一郭にこんもりと木の生い茂っている様子が、遠くからもはっきり分かる。その茂みの隙間から僅かに見え隠れする古い建物を横目に、二人は周囲の住宅地で聞き込みをしてみた。だが比較的新しい住宅では、何か由緒あるお屋敷じゃないかぐらいしか聞けなかった。

町内会長とかいう家を教えられて訪ねてみた。こちらは確かに築五十年以上かと見られる古家だが、家の周りは綺麗に片づいている。この地に古くからいるのだろう。インターホンではなく玄関脇のブザーを押した。暫くして出てきたのは、八十歳をとうに過ぎたような痩せた男性だった。その町内会長だという白髪の老人に屋敷のことを尋ねた。あの屋敷は昔からある祈禱所で〈陰陽之館〉とか言うらしく、自分が子供の頃からずっとあったと言った。代表者は栂沢千代さんで、普段は誰も住んでいないが、町内会費は払ってくれている。時折人の出入りがあるし、車が出入りしていることもあると言っていた。結局、この辺りの住民は、得体の知れないままに近所に住んでいるのだ。災いさえなければ、知らないことは知らないままで良いというのだろうか、全く暢気な話だ。

町内会長の家を出て暫く行くと、少し先の左角に戦前からあったような今にも朽ち果てそうな雑貨屋があった。その店の老婆によると、館はどうやら江戸時代からあった占い祈禱所で、京都の陰陽師の流れを汲んでいる由緒あるものだという。もともとこの一帯は雑木林の合間に畑地が点在していたような場所で、青梅街道沿いにポツポツ家があっただけの農村だったから、太平洋戦争にも焼けずに残っていたのだそうだ。あのお屋敷は普段人は住んでいないとか、時折だが中年の教祖様がいるとも言っていた。黒塗りの高級車が乗りつけることもよくあると、老婆は話してくれた。少しボケ気味だった町内会長よりも、よほどしっかりしていた。交番を捜してパトロールから戻ったばかりの中年の巡査に尋ねてみた。だが、屋敷の持ち主が栂沢千代で静岡県の伊豆に住んでいるというだけで、それ以上の詳しいことは分からなかった。

辺りをあちこち聞き回り、また入り口近くまで戻って来た。丁度その時、中年らしい和服姿の女性がタクシーを降りて、脇の扉から屋敷内に入って行くのが見えた。二人はすぐさまその後に続いて屋敷内に入って行った。檜造りだろうか、しっかりした門扉の中は車が楽に入れるほどの、小砂利を敷き詰めた路があった。とはいっても社のような建物まで、さほど距離がある訳でもない。神社風の屋根を見上げると銅板葺きなんだろうか、緑青色が落ち着いて見える。正面の両開きの引き戸にはガラスが入っている。先ほどの女性はその脇にある木戸から入ったようだ。慎吾たちはその木戸を押して中に入った。二坪ほどの三和土《たたき》の奥に上がり框《がまち》があり、板の間に繋がっている。黒光りした板はいかにも古風な趣があり、よく通った剣道場のような雰囲気が感じられた。なんとも落ち着く色合いに慎吾は頷いた。そっと案内を乞うてみた。いま着いたばかりという格好で足早に出てきたのは先ほどの女性だ。着物姿だが、肩幅のほっそりした中背の女性で、近づいてくるとほのかに涼しげな香りが漂っている。真正面から見ると、派手さはないが整った顔立ちの色白の美人だった。正面を外して少し斜め向きに座った女性に威圧感はなかった。警察章を提示して名前を告げた。

「少しお尋ねしたいのですが、よろしいでしょうか」

「すいません、今からお客様の支度がありますから、手短にお願いします」

「わかりました。いつもはこちら、誰も住まわれていないようですが、ここの持ち主はどなたになってますか。今日はあなたがいらっしゃいますが」

「この道場の主は私の母で、栂沢千代です。所有は宗教法人〈陰陽之館〉でして、私は栂沢奈弥子です。来客があるため、本日は伊豆から出て参りました」

「この屋敷に歌手のアズサさんが出入りされているようですが、どういったご関係なんでしょうか」

「ジャズ歌手のアズサというのは栂沢梓のことで、私の娘です。暫く米国にいってましたが、先月末に帰国しました」

「その梓さんについて、少し詳しくお聞きしたいのですが」

「あの子は東京の高校に通いだした時に、伊豆を出ています。なので、あの子の行動は正直言ってよく分かりません。母親として恥ずかしいことですね。何か知りたいのでしたら、本人に直接聞いていただけますか。申し訳ありませんが、これから来客がありますので、これでお許しください」

「それでは、いつも住んでいる伊豆の住所と電話番号を教えてください」

ややこぶりの名刺を取り出して慎吾に手渡すと、慌ただしく家の中に戻ってしまった。帰りがけに見ると、玄関の奥に横書きの額が掛かっていた。年季の入った黒ずんで渋くなったような古めかしい板に、〈京都陰陽之館〉と墨痕鮮やかに書かれ、その上に、〈賀茂流〉と少し小さな字が添えられていた。

なんとも得体の知れない古屋敷で、そこに出入りする栂沢梓という人物像がますます不可思議に見えて来る。明治や大正のアナログ時代ならいざしらず、あらゆるものがコンピューターで処理されている現代のデジタル社会からみると、摩訶不思議としか言いようのないことに思えた。一谷刑事にも、もう一つ分からないようで、何かぶつぶつ言いながら歩いていた。

屋敷を出て駅に戻る途中、一谷は高井戸署に同期の者が居ると言い出した。警察学校時代に一緒だったというが、その後連絡を取っていないという。十五年も前のことで、なんとなく言い出しにくかったのかも知れない。午後にでも連絡してみると言っていた。

翌日の午後、一谷から報告があった。高井戸署の友人から得た答えを伝えてくれたのだ。

「ああ陰陽之館ね、あそこは何度も捜査対象になっているんだ。オウム真理教が世間を騒がせた時や、福島悪魔払い事件とかがあった時にね。占い師や祈禱師なんて輩は、胡散臭いような宗教がらみで平気で人を殺しちゃうんだから。そんな事件が発生する度に、区民から気味が悪いと訴えが上がってくる。署もその度に再調査さ。けど、あそこは昨日今日出来た宗教とは訳が違うと、一喝されて終わりさ。京都の陰陽道の流れを汲むそうでね。何でもあの屋敷は江戸開闢《かいびゃく》の時代、大久保長安の肝いりで一六〇八年に建てられた。それ以来四百年以上、延々と存在し続けていたことになる。いくら何でも、建物そのものは何度か建て直されたらしいがね。今でも信者というか占いの顧客が政財界に居て、未だに莫大な寄付が絶えないようだ」

所轄署の友人はそう言っていたそうだ。栂沢奈弥子はその関係者なんだろうか、ということはアズサも同様ということになるのか。何だか得体が知れず摑みようがない、闇の中に頭を突っ込んでしまったようだった。

十月十八日の朝一番、慎吾は伊東係長と塩野刑事の三人で秀栄薬品の東京支社に向かった。係長は豊川嘉和を任意同行で引っ張ることに踏み切ったのだ。それと同時に行方を確認しておいた立木鉄夫にも任意同行を掛けて署に連行するように手配していた。出勤したばかりだったらしく、嘉和は呼び出されてすぐに受付まで出てきた。

「先日聞いた他にも教えてもらいたいことがたくさんあるんですが、署までご同行願えませんか」と畳み込んだ。

「少し待ってもらえますか。今日はメーカーのＭＲ（医薬情報担当者）と三軒ほど訪問する約束があったので、それを断っておきますから」

嘉和は表情を変えることもなく答えた。任意ではあるが出頭の要請を、動揺する気配も見せないのは、刑事が来ることを予測していたようにも取れる。先日のアリバイの虚偽がばれたと悟ったのか、あるいは単に図太い神経なのかも知れない。事務所の奥に戻って行く後ろ姿に、そのまま裏口からでも逃亡するのではないかと危惧したが、それはかえって己を怪しめることになるから大丈夫だろうと塩野の顔を伺った。もっとも、先日会社に来た時にビルの周囲を一回りしている。このビルに裏口のないことは確認済みだ。


連行された嘉和に、改めて事件当日の午後八時前後の行動を追及した。しぶしぶ言い出したことは病院の薬局長の接待だった。本人の言うソープランドの同行が真実のアリバイかどうか検証してみる必要があった。このことも、その場限りの言い逃れでしかないと疑えば疑える。だが何のため、何を隠すために、そんな虚偽を言い続けるのだろう。相変わらず肝心なことになると口が重くなる。何とか相手を言いくるめて、追及を回避しているだけにも見えるのだ。即答を避けて担当刑事に苛立ちを起こさせるのが狙いだとしたら、三十二歳とは思えぬとんでもないしたたかな男ということになる。

定岡が襲われたのは、福岡での得意先争奪戦のトラブルが原因ではないかと、慎吾は憶測をぶつけてみた。だがそれを嘉和はあり得ないことと言い切った。かといって、今のところ決め手になるようなものは全くなかった。

定岡襲撃に関する取り調べの合間に、慎吾は尋問する許可を貰った。先日、古賀靖生から得た情報を元に、嘉和がアズサに熱を上げて邪魔な佐伯を抹殺したという仮説を立てていた。その真実にたどり付きそうだった山脇刑事も、事故に見せかけて殺害した……そんな憶測をもとにして、嘉和の調べに当たった。四年前の佐伯の事故死を記憶しているという嘉和に質問を率直にぶつけてみた。

「実はあの日、佐伯君は送別会で九時まで飲んでいたんですよ。だけど解散したそのあとから、事故が起きた十時五十分までの行動が不明だった。ところがつい最近、佐伯君の友人から連絡があって、彼が若い人と飲んでいるのを見たと言うんです。あなたに心当たりはないですか」

「四年前ですか、さあ知りませんね。でも、なんで俺が知ってなければいけないんですか。佐伯君とはそれほど親しくなかったけど」

「アズサさんからも話を聞いているんですがね。まあ、じっくり思い出してください、時間はたっぷりあります。思い出すまで帰れませんよ」

「それはないでしょう。知らないものはいくら考えたって知らないんですよ。それを思い出せだなんて、無茶じゃないですか。だいいち今日引っ張られたのは定岡襲撃事件なんでしょ。別件じゃないですか。いいんですかね」

「まあ、じっくりと思い出してください。ああ、そうそう、立木鉄夫にも来て貰ってますよ。別の部屋で話を聞いてますけど」

　慎吾はスマホを取り出して耳に当て、嘉和に目で合図をして取り調べ室を出た。だがそれは伊東係長の指示だった。外で待っていた係長は様子が知りたそうな顔をしている。

「暫く一人にしておきますか。それで、立木の方は上手く捕まりました？」

「ああ、今こっちに向かっているそうだ。これで嘉和が何か吐けば一歩前進だ。嘉和は定岡襲撃の何かを必ず知っている。俺の勘だがな」

「奴はしぶといですよ。ですが、人を裏切るようなことは絶対に口にしません。五年ほど前に嘉和のそういった姿を偶然見ているんです。それを思い出しました、テコでも動かないって奴です」

　三十分ほど一人にしておいた。再び慎吾が部屋に入っても正面を向いて座っているだけで、ごく自然体に見えた。慎吾が椅子に腰掛けてやっと目を合わせた。

「もう帰っても良いですかね。これ、任意ですよね」

「私の尋ねていることは、四年前の事故の証明の参考なんだ。でもあんたに来てもらった本題は、定岡の強盗傷害事件だね。十五日に聞いたアリバイは調べさせてもらった。だけど、あの店であんたらを見た従業員は居なかったよ。先ほど言ったソープランドにしたって嘘くさい。今度は嘘じゃないと言い切れるかい、本当は何処にいたんだ？　定岡を手に掛けてないなら言えるだろう。それが判明しないかぎりちょっと帰れないね。ところで私が言ったこと、思い出してくれたかかな」

「ああ四年前の話ね。思い出したよ、俺はその日は東京に居なかった、大阪に転勤になったんだ。佐伯なんかとは会っている訳ないだろう」

「残念だがね、あんたが大阪に異動したのは、佐伯の事故の翌日だったたと聞いてるけど違うのかなあ。そうやって嘘の積み重ねを、いつまでもしているつもりかい」

また黙秘が始まった。だが黙秘を決め込むのは、そこに隠さねばならない真実があるからだと思える。慎吾は湯飲みにお茶を注いで嘉和に出して、ポケットから取り出したタバコを一本咥《くわ》えて、嘉和にも勧めた。

「五年になるかな。歌舞伎町でもこんなシーンがあった。覚えているかな」

火を点けたタバコを咥えたまま、嘉和は何かを思い出すように慎吾の顔を見つめた。

「あの時もそうだった。誰かを庇い通していたんだろうな。でも、所詮バレてしまうんだ。あんたの口から出ないにしても、何処からかバレる。結局最後に悪事は露見することになるんだ」

嘉和の眼差しが遠くの物を見るような様子に変わっていた。

だが、任意で引っ張ってはみたものの、嘉和への決め手がないまま時間だけが過ぎて、二日で拘留を解くことになった。

4

先日桜上水の古い屋敷で、アズサは栂沢奈弥子の娘だと聞かされた。それも伊豆市に本拠を構える〈陰陽之館〉の家族だという。だからといって慎吾は、彼女への疑いを全面的に解いたわけではない。あれこれ考えを巡らせても、アズサの周辺に数々の事件の根源があるという仮説から離れられないのだ。

彼女が出演する二十六日の金曜日、淡い期待を抱いて〈ｐｉｔ〉に出かけてみた。だがその夜は、嘉和と鉄夫が現れただけで、期待していた靖生は来ていなかった。嘉和と鉄夫は慎吾を見て苦笑いを見せた。慎吾には絞り上げても何も出なかったことへの嘲《あざけ》りにとれた。二曲、三曲と進んで行くうちにアズサの歌に引き込まれてしまい、ゆったりとした幻想的な気分に包まれて、身体がどっぷりとその雰囲気に浸ってしまった。本当に得体のしれない女……、謎の多いことがそうさせるのだろうか。その人物の全てを知らなければ済まないというのは、刑事のさもしい根性なのだろうか。

どうしても正体を暴いてやろうと、母親の奈弥子が言っていた天城山の裾野に出かける決意を伊東係長に伝えた。言わずもがな、栂沢家を訪ねてみてアズサの正体を暴くことが目的ではあるものの、そこに全ての答えがあるように思えてならないのだ。住所は下高井戸の道場で奈弥子から教えてもらっている。

ＪＲの三島駅から一時間に四本ほど出ている電車に乗って、修善寺駅まで行った。既に昼を回っていたので、駅前で簡単に昼飯を済ませてからタクシーに乗った。目的である〈陰陽之館〉はバス停から徒歩で十五分ほどだと聞いていたが、そのバスの本数がやけに少ない。しかも先ほどから曇り空になったせいか、心なしに肌寒さを感じる。山はもう冬が間近なのかもしれないと思うと、少し気が急いてくる。途中で道沿いに駐在所を見つけて、立ち寄って場所を確認した。教えられた方向に、というより山裾の一本道なのだが、まっすぐ進むと住所の番地の辺りだった。タクシーを降りるとすぐ目の前が〈陰陽之館〉のある一帯なんだろう。標高一四〇六メートルの天城万三郎岳の麓《ふもと》に山村があるのだ。その一郭に神社を守っているように見える屋敷がそれらしく見える。昭和になって建て替えたものだと聞いていたが、古い母屋を残した部分は江戸時代からのものなのか、やたらと重厚感がある。

途中で立ち寄った駐在所の巡査の話では、女だけの館（神社ではないと言っていた）で、そこには美女がいると目尻を下げていた。どうやら一番上の娘、つまり〈アズサ〉こと梓のことらしい。現在この屋敷に住んでいるのは、アズサの母である奈弥子とその妹である叔母、それに老婆が一人、他に得体の知れない女数名だという。男子禁制でもなかろうが、男はいないらしい。

「あの家のことなら、おうめばあさんに聞くといいですよ。なにせ五十年も前からあの屋敷にいたようですから」

十段ほど石段を上がって屋根の付いた棟門を潜り、敷石を踏んでさらに少し行くと、寺院のようなどっしりした瓦屋根の屋敷があった。土間に入って声を掛けてみたが、人の出てくる気配はない。暫く待って、さらに大きく声を掛けてみた。あちこち眺めていると、奥から作務衣を着た老婆が出てきた。中背で少し太めな感じではあるが、老人を感じさせない機敏な動きからは、言われた七十歳よりずっと若く見える。駐在の巡査が言っていたおうめさんだろうか。

千代さん、つまり通称ババ様であれば八十歳を過ぎているだろうが、まだ張りのある声からはとてもそんな年には見えない。

「栂沢梓さんのことを少々伺いたいのですが……、警視庁の辛島慎吾です」

「警視庁って東京のですか、ご苦労様です。この辺りは随分と田舎でしょう。それで、梓さんが何か仕出かしましたか？」

「いや、そういうことではないのです。先日足立区で起きた強盗傷害事件や、以前に起きた傷害致死事件などと、梓さんの周辺で次々と起きているものですから、彼女との関連を調べているんです。梓さん本人のことや栂沢家のことを聞きたくて訪ねてきました。栂沢千代さんでしょうか」

「いいえ、千代様はお出かけでして、私、家事を任されている芹沢うめと申します」

「そうですか、千代さんのお帰りはいつ頃でしょう」

「三島の知り合いの所ですから、暗くならないうちには戻ると思いますがね」

「では芹沢さんが知っている範囲で結構ですから、教えてください」

「いえいえ、私は詳しくは存じません。こちらに長くご厄介になっているとはいえ、使用人の立場ですから」

「そんな難しい話ではありません。ごく簡単に分かる範囲のことだけで結構です」

「そうですか、では何からお話ししましょう」

「梓さんのご家族のことを教えてください」

「祖母の千代さまと、母親の奈弥子さま。それに妹の遥《はるか》さんです。でも遙さんは京都に行ってまして、殆どこちらにはおりません」

「それだけですか、男性はいません？　梓さんの父親は……」

「ここ栂沢家は女の館です。通《かよ》って来る作男以外に男子はおりません」

外は雲が切れたようで、窓から光が差し込んできた。その明かりから、秋の柔らかさが伝わって来た。先ほどまでのうそ寒さは消えて僅かに暖かさが漂っている。周囲からは何も音が聞こえてこない静かな昼下がりだった。平成の時代からは遠く隔たった世界に迷い込んだようで、まるで歴史の中に漂っているような酔いの心地だ。それとも軽い目眩なんだろうか、妙な感覚に襲われた。これは睡魔だろうかと、気を引き締めた。

「ですから、梓さんの父親は……」

「さあ、存じません」

「知らない？　芹沢さんは、こちらに長くいるんでしたね」

「そうですね、東京オリンピックの年からですから、もう五十年近くになりますか。亭主に死に別れてからずっとお世話になっております。実家はもう少し山の中でしてね、もうそこには私の居場所はないんですよ」

「五十年も居たんじゃや、梓さんの生まれるずっと前からじゃないですか。それでも知らないって言うことは……、まさか私生児？」

「詳しいことは存じません。奈弥子さんが東京からお帰りになった時に赤ちゃんを連れてこられました。でもこの家ではごく自然に、おなごが一人増えただけでした。誰も何も言わないし聞きもしませんでした」

「それが梓さんですか。妹さんが一人居ましたね、その方の場合も同じで……」

「まあそうですね、遥さんの時も同様でしたね」

「貰い子……ですかね」

「分かりません、このお屋敷は謎が多くてね」

「どなたに伺えば分かります？　千代さんですか」

「さあ、案外おババ様も真実はお知りにならないかもしれません」

「弱りましたね、この栂沢家のこととか梓さんの生い立ちなど、東京では知る人もいませんから、何とか真実を知りたいんですよ」

「分からないと何か困ったことでもありますか。警察に逮捕されるとか」

「いや、恐らくそれはないですね。今のところ犯罪性はありませんから」

「なら、そっとしておいてください」

「それでは困ります。私がここに来た意味がありません。おうめさん、あなた本当は全て知っているんじゃありませんか？　知っていても余所者には話せない、そうなんでしょ。でも私はそこいらの野次馬とは違います。警察官として聞かねばならない義務があるんです。そこに犯罪性のありなしは別のこと、庶民を守らねばならないからなんです」

「分かりました。そこまで仰るのなら仕方がありません。それでは奥の道場にお出でください。おババ様が戻られたようですので」

俺の後に誰か屋敷に入ってきた？　そんな気配は何も感じなかった。おババは居留守を使ったのか、食えないばあさんたちだ。そう思いながら、慎吾は履き物を揃えて上がり框に踏み込んだ。

おうめは先に立って、黒光りした板の廊下を音も立てずに奥に向かって進んで行った。慎吾もあとについて薄暗い廊下を何度か曲がって進む。途中の羽目板に、女の能面が所々に掛けてある。増女《ぞうおんな》とでもいうんだろうかと思ったが、視る間もないほどにおうめはどんどん先に行く。それ程の間を歩いた訳でもないが、次の角に掛かった般若の面が睨むようで、背筋がぞくっとした。曲がりが多く、距離を感じる。

やっと抜けた先は、五十畳ほどの板の間になっていた。正面には何やら宗教じみた祭壇があり、白い御幣《ごへい》が左右に立てられている。おうめは正面に一礼して脇の藁円座を示し、慎吾に座るように手を動かして指示した。円座に慎吾が腰を下ろすのを見て、彼女は立ち去った。慎吾は一人残され、薄暗い室内を見回していた。円座に胡座《あぐら》を掻《か》いてみたが、何とも落ち着かない。右の後方に明かり取りの窓があり、左の前方に板戸がある以外は、周囲は全て板張りになっている。かなり時代を経ているらしく、周囲も床も総じて茶褐色をしている。人の動く気配もなく、寂として声もなしとでもいうように、やけに静かだった。

どれほど経ったであろうか、左手の奥から紺地の着物姿の老婆が、音も立てずに現れた。おババ様と言われる祖母の栂沢千代だろうか、昭和五年生まれの八十二歳と聞いていたが、そうとは思えないほどに若々しく見える。スーッと軽やかに歩く、背筋の通った細身の身体からそう見えるのだろうか。おババは慎吾の前まで来ると、祭壇に向かって円座に腰を下ろした。一礼した後に御弊を手にして一振り二振りし、二礼したあとすっと立ち上がって、祭壇と慎吾の間に横向きに居直った。その張り詰めた空気に、慎吾は思わず居住まいを正して正座に直した。

「栂沢家のことをお知りになりたいと、東京からお出でになられたそうですね」

低くやや嗄《しわが》れた力強い声が周囲の羽目板に凛と響いた。

「人の死に関わる出来事が二件ほど東京で起きました。それらが梓さんを中心に起こっているようなんです。それは栂沢家に由来しているようにも思えるので、根源を知りたいと。それで東京から出て参りました」

「そうですか、それではご説明しましょう。ですが、まず最初に言っておきたいことがあります。ここで話すことは全てが真実ですが、余所では絶対に話さない、他言しないと約束していただきたいのです。永い年月に渡って守り継がれて来た家系や家訓の崩壊を避けるためです。つまりこの屋敷で知ったことはここだけの話にしてください。お約束いただけますか」

「事件に関係することでなければ、一切口にしません。たとえ捜査に関わることでも、警察内にとどめて、外部には漏らさないとお約束します。上司からも個人情報の漏洩がないように厳しく言われています」

「結構です、それでは、お話し致しましょう。まずはこの館の経緯から始めます」

5

話は五百年ほど昔に遡《さかのぼ》って、今川義元の重臣だった関口親永《ちかなが》から始まった。話が突然に室町時代の終期に飛んでしまい、学校での歴史の授業を思い出し、慎吾は面食らってしまった。

好きではなかった日本史は、高校の時に選択していない。もともと体質的に拒否反応があったのだろう。剣道に夢中になっていた頃は時代劇が好きだったが、それは斬った張ったの小説の世界。歴史の物語になると、聞いていながらも眠気に襲われてしまう。辺りは薄暗いし、物音は鳥の声が時折聞こえてくる位なものだ。それでもおババは淡々と話し続けていった。

端的に言えば、栂沢家は、戦に敗れた落ち武者一族の末裔ということだろうか。

その祖は今川義元の寵愛を受けた側女が、関口親永に嫁いで、二人の女子を産んだ、咲恵姫《さえひめ》と瀬名姫《せなひめ》である。ところが第一子の咲恵姫は嫁ぐ時既に腹に居たので今川義元の娘ということになる。生まれた咲恵姫は関口の娘として育てられ、後に朝比奈主計頭《かづえのかみ》に嫁いだ。だが主計頭は主君義元と共に桶狭間で討ち死にしてしまった。それを期に妹の瀬名姫（築山殿）の夫である松平元康（徳川家康）が織田と同盟を結んでしまった。そのことを怒った今川氏真《うじざね》は、父親である関口親永を叱咤し切腹させた。そして妻は夫の後を追って自害する。妹の瀬名姫（築山殿）までが惨殺されたことで、咲恵姫は自分と娘にまで害が及ぶと、義父の朝比奈泰朝《やすとも》に助けを求めた。

朝比奈泰朝は氏真の反感を恐れ、若嫁の咲恵姫と一子をひそかに出奔させた。二人は朝比奈に仕えていた郎党に守られ、伊豆の韮山に構えていた北条氏規《うじのり》を頼った。韮山の北条氏規は、小田原に居る四代目当主の北条氏政《うじまさ》を慮《おもんぱか》り、咲恵姫たちを天城山の裾野にかくまった。それが隠れ今川である栂沢家を名乗る女系一族の発端である。天城山麓の栂沢家には、二つ引きの家紋の入った品々が残されている。北条氏規はこのすぐあと一五九〇年に豊臣勢四万の兵に襲撃され、苦戦のすえ開城し撤退。その後氏規の家系が江戸時代に河内国狭山に大名として続いていた。

一方このあとの今川勢は、朝比奈泰朝・今川氏真らが掛川城で徳川家康勢と戦ったが、そこで命運が尽き五月十七日に開城し、北条氏政を頼って相模に逃走。後に氏真の孫の今川直房《なおふさ》が江戸幕府の旗本になり、吉良家と姻戚関係で繋がることになる。

伝承として言い伝えられてきたことは、女の血で今川の家系を引き継ぐことだった。戦に勝ち、政治の中心にいた者が、内なる敵に欺かれ嵌められて死に追いやられてしまった。その今川の武将だった祖先の関口親永が残した書である。

男は戦に明け暮れ、政治に参加し、世の中を動かすことに全力を傾ける。時には勝利を勝ち取り凱旋して栄えて、またある時は負けて滅亡し死滅する。世の中で、社会に揉まれ殺される運命が男には待っている。

ならば、女は家にあって家を守り、家系を存続させるのが役目、男たちが外敵に負けて死するとも、生き長らえて家系を守ることだ。何時の日、何時の時代かに子孫が世に打って出られるように、家系を絶やさず育成するのが勤めと心得よ。女は決して死んではならない、孕め、家系を絶やすな。何処までも長く先の先まで永遠に家系を継承していくのだ――。

長い間中央の政治や権力から離れて時代の変転に関わることなく、ひっそりと先祖の血を繋ぎ生きながらえてきた一族が、栂沢家だとババ様は語っていた。

隠れ住むため本来の家名は、織田や今川氏真、さらに徳川に追われる身であるため使えないので打ち捨てた。天城山中腹にあった目印の大木、栂の下の沢という意味から、栂沢を名乗ったのはいつの頃からだろうか。

それでも、江戸から明治と、営々と生きながらえてきた。その時代時代の公儀や世間の目を眩まし疑惑をもたれないように、表向きの生活や家業を何世紀にも渡って永続している。移って来た当初、わずかな郎党たちの男手で開墾を続けた。出来得た田畑は、作男たちを使って耕して食を維持して来た。以後郎党たちが一帯に住み付き、開墾をして村落をなした。何代目かの娘が京都賀茂流陰陽道を修行して極め、陰陽之館を開いた。加持・祈禱師、占い師を主にして、時折都や地方の街に出ては上層階級相手の占いで、大金を稼ぐこともあったという。

京都賀茂流の知識に加え、祖先からの秘伝の薬草や毒薬がある。深山で採取した薬草で調合し、血圧上昇剤や心筋梗塞惹起剤などと、それに自然死に見立てられる毒薬もあった。婦女子でも楽に相手を殺害出来る、しかも疑われる気遣いは全くない。それを密かに販売していた形跡もある。

そして女系一族となり、男子禁制の館が存在し続けている。男子が誕生すれば、外に出すか天城の山中に打ち捨てる。時にはくびり殺すこともあったやもしれない。子を産めない役立たずは処分されても仕方がないのだ。そして女のみを残し、次代の女頭領がその中から生まれる。選ばれた娘が下界に出て優秀な男に狙いを絞って子を宿す。出生した子は、女だけを残し、男は名家に授ける。外に出された男は、優秀な種の結合であるから、成長してその時代を担うような活躍をする者が出ることもある。それが授けられた家名を馳せたり、新たな家を興したりして来た。従ってこれらの者たちからは女系一族の名は一切出ないが、館に保存された記録に事実が記されているという。

女と生まれた者は家訓を教え込まれ、優秀な子孫を残すために、下界に出て優秀な男を漁る。頭脳明晰は当然のこと、眉目秀麗を選ぶのは身を任せる女の好みといえるのだろう。選ばれた男の種を宿すまで同衾《どうきん》するが、その後は館に戻って過ごし、産み落とす。生まれた子が男であればしかるべく下界に下げ渡す。そして女は再度下界に降りて、同じことを繰り返す。その役を負う女は一人ではない、不慮の出来事に備えて継承する女は二人以上が育てられるが、そのどちらが本命となるかは本人すらも知らない。

江戸時代の初め、西伊豆の土肥で金が発掘され、大久保長安が金山奉行として当地に赴任していた時期があった。女には目のない長安は、美人の館に目を付けてその中の一人を寵愛した。採掘された金の一部を己の領地である八王子の屋敷の地下に隠匿し、伊豆の陰陽之館の祠《ほこら》にも隠した。長安の死後八王子の屋敷にあった全ての財産や金塊は幕府に没収され、一族郎党が処刑された。だが、陰陽之館は隠された存在だったため、難を逃れた。さらに、長安が江戸城に出仕する途中に立ち寄るように、高井戸に瀟洒な屋敷を設けさせ寵愛の陰陽師を住まわせた。登城の行き帰りに立ち寄り、表向きは祈禱や占いを受けるためとしていた。その屋敷が現在まで残されていて〈陰陽之館〉と称されている。長安によって運び込まれた金塊は、その後の栂沢家の運営に大いに助けとなったそうだ。

延々と続いたおババの長い話が、やっと終わった。慎吾が痺れを堪えて立ち上がる。触ったとたんに脚にジンと電気が走るような痛みが強烈で、しばし動けないでいた。その痺れも徐々に遠のいていき、忍び足で部屋の入り口に向かうと、おうめがまるで置物のように廊下の端に座っていた。先ほどからずっと控えていたのだろうか。慎吾を見るとすぐに立ち上がって歩き出した。慎吾は先に行く彼女に付いて進むだけだ。入ってきた玄関に向かっているのだろうが、数度の曲がりで何処を歩いているのか見当が付かない。その途中、まるで静けさを切り裂くように、振り向きもせずにおうめの声が響いた。

「このお屋敷に入った男衆は、命を落とされることがままあると聞いております。お気をつけになることですね」

恐ろしげなことを、ことも無げに言ってのける。そのまま玄関まで案内したおうめは、ただ無愛想に頭を下げて奥に戻って行った。おババの話とおうめが言ったことの衝撃があまりにも強く、すぐには平常心に戻れなかった。それでも、来た時に書き留めておいたタクシー会社に電話を入れて、迎えを頼むことだけは出来た。


修善寺駅で、四時五分発の三島行きに乗車した。電車はがら空きの状態で、三島駅まではほぼ四十分。気が緩んだためか、不恰好にも大股を開いてゆったりと席を取って田園風景をのんびり眺めていた。だが頭の中はまるで数百年前に引き戻されたままだ。先ほどの説話の続きのように、得体の知れないイメージで占められている。あの一族は古《いにしえ》からの女の館を守り、今川の血を女の腹で延々とつないで来たのだろう。そのために、次から次へと優秀な男の種を奪い続けてきた。目的のためには、邪魔をする者は容赦なく切り捨てただろうから、命を落とす男もいたに違いない。アズサの周囲で起きた不可思議な事故死は、あるいはこの一族の手に掛かったのではないか。佐伯英明は、近づいてはみたものの子種がなく、切り捨てられてしまった。叔父の山脇刑事は、そのことに気付いて毒を飲まされてホームで殺害された。ゆったりとした電車の中、慎吾はそんなことを心の奥で描いてみた。古くからの言い伝えが聞こえる女人の館。アズサこと栂沢梓の存在がますます謎めいたものになった。きらびやかな都会に出没して男どもを喰い漁る、そんな妖怪女が思い浮かんだ。

辺りはすっかり夕暮れが近くなっている。それにもかかわらず、途中で乗り込んで来る客は多くない。この辺りでは通勤客は居ないのか。学生や子供たちの姿がないのは、土曜日だからなのか。秋の色濃い田園風景が、柔らかく心を包んでくれる。左側の車窓には、まさに山々に落ちかける夕日が見え隠れする。十月も終わりに近くなると、日の入りが早くなっているのだろうか。

それにしても、一日を費やして伊豆くんだりまで来て、何を得たんだろう。謎をはらんだ栂沢家がますます秘密めいてくる。今日一日、多くの謎に包まれたアズサを知るための行動だった。四年前に起きた死亡事故から始まった一連の事件の源が、アズサにあるのではないかと推測しての伊豆調査行だった。叔父の山脇刑事の無念を晴らしたい、そのため天城山の麓までやって来た。それが、栂沢家に引き継がれてきた女族の由緒を聞かされることになろうとは。だがそのことから末裔であるアズサが、家系を守るために、次々と殺人を犯してきたという推測がはっきり形を成してきたようにも思えた。つまり女族達による己の家系を守るための犯行ではないかという説だ。

アズサの謎を暴こうと、天城山の麓まで来たことで、四年前に起きた謎の死亡事故から始まった一連の事件に、女族が因をなしているとも考えられる。だがそれらが定岡襲撃事件にまで繋がるとは、今の状況では考えられそうにない。それに慎吾とすれば、あの妖精のような魅力的な歌い手のアズサが、忌まわしい事件に関わっているなどと考えたくもない。だからこそ、それを否定する意味から伊豆まで出張ってきたのが本心なのかもしれない。様々な推測もどうやら空振りに終わってしまいそうで、慎吾は沈む思いだった。

すっかり夕暮れのなか、三島から新幹線に乗り換えた。東京まで一時間ちょっとだ。席に落ち着くと、車内の近代的な調度での雰囲気が、脳裏をすっかり変えてくれる。山里の長閑な風景と、歴史を引き摺って来た女の館、そんな別世界からやっと現代に戻れた気分になった。思考も切り替えられて心が落ち着くようだ。戻って一刻も早く現行の定岡襲撃事件に取りかからないと、係長にお目玉を食らってしまう。捜査が手詰まり状態のなか、古賀靖生から聞いていた話を追及してみようと、慎吾は豊川嘉和と立木鉄夫を今まで通りきっちりマークすることにした。

6

伊豆に出かけた翌日の二十八日、日曜だったが慎吾は、梅島の沢井マンション周辺の聞き込み捜査に出かけた。文字通りの現場百回だ。普段は勤めに出ていて、部屋にはいない人たちが、休日にいることがある。その中に事件の目撃者が現れないとも限らない、そう思っての聞き込みだ。だがその日も思うような情報も得られず、空振りに終わりそうだ。夜ならどうだろうかと、日が落ちてからも聞き込みを続けてみた。日中留守だった家を訪ねてみたが、相も変わらず目撃証言は出てこなかった。最後にもう一軒と、現場の隣のマンションに立ち寄った。事件直後に訪ねた時には在宅して顔を出して話を聞かせてくれたが、その後に何度訪ねても不在だった。あの時は、たまたま帰宅していたんだろうか。その留守がちの部屋の扉をため息交じりに眺めた。よしこれで最後にしようと、インターホンを押してみた。すると室内で微かな反応というか、人の動く気配があった。入り口の灯りが点いて、すぐに扉が開いた。四十代だろうか、以前に一度会っている中年の丸顔の男が顔を見せた。慎吾はバッジを提示して事情を説明した。独り者で外食するから帰りは遅くなる、だからいつもは留守なんだとすまなそうに言う口調から、その人となりが読み取れた。

「四日の事件について、その後何か思い出したことはありませんか」

「そうそう、先日来られた時には、言い忘れていたけど、後になってあの晩帰り際にすれ違った男がいたことを思い出したんですけど」

「何時ごろです」

「早めに晩メシ食ってからの帰りだから、八時二十分だったかな。いやもう少し後かもしれない。この辺りは住宅ばかりでしょ、だからそんな時間に駅に向かう人なんてめったにいないんです。みんな勤め人だかで、駅から自宅方向に歩いている人間ばかりだから、覚えていたんだね。連絡しなければと思いながらついついね、警察ってなんか電話しにくいからさ」

その小太りの男の言うには、あまり背の高くない〈俺と同じくらいだったかな〉というから、一六五センチほどだろうか。標準的な体格で黒いハーフコートを着て眼鏡はなし、という風体の男性で少し大きめの黒の鞄を持っていた。

「薄暗くて顔まではよく見えなかったんです。でも記憶に残っていたのは黒いコートなのにグレーのスニーカーが何ともちぐはぐで気になったものですから」

その時間なら、逃走する犯人の可能性がある、しかも黒いコートにグレーのスニーカーだ。

事件当夜に隣人の木村誠が見た犯人の様子と一致する。当然だろうが、ビニールの合羽は脱いでいたんだろう。顔がはっきり見えなかったことは、少し残念だ。それでも、初めての目撃証言が得られて気持ちが浮き立つ思いだった。その男性の氏名と電話番号を聞き取って、係長にメールで報告した。

確認のために慎吾は、沢井マンションから梅島駅まで歩いてみた。まだ八時を過ぎたばかりだというのに、住宅地から駅までの道は人通りがほとんどなかった。駅までの道は徒歩で二十分弱、途中灯りのもれている家々を横目に急ぎ足で歩く。それでも大通りに出れば車の往来は引っ切りなしだった。ここまで来れば、タクシーを拾えるのか……。

慎吾は、確実とはいえないまでも、目撃証言を得たことで気持ちがスッキリして、軽やかに面を一本取ったような爽快感に浸った。そのまま帰る気にもなれずに、暫くぶりで夜の道玄坂に立ち寄ってみようという気分になって渋谷に向かった。佐伯英明の転倒死した場所を見て、辺りを歩いてみた。九時少し前だが、この辺りは宵の口なんだろう。若い男連中や女性連れなどで、人通りがかなりあった。十時を過ぎると、この人出も収まるのか、それとも当日は冷たい雨だったからなのか、目撃者が出ていない。そんなことを考えながら、叔父の行きつけだった「加代」の暖簾を潜った。

その晩は叔父の匂いを感じながら、婆さん相手に燗酒を飲んだ。十時半を過ぎた頃に、店を出て渋谷駅に向かった。まだまだ若者達があちこちに屯して、気勢をあげていた。階段を上がってホームに出て、人の少ない端の方に移動した時だった。突然両眼に異常な刺激を受けて、入ってきた電車に危うく接触しそうになった。強烈な光で目の前が真っ赤になった。思わずふらついたが、とっさにしゃがみ込んでホームに膝を落として手を突いた。勢いよく入ってきた電車が、風を巻き上げてすぐ脇を通過した。そして暫く走って止まった。

動悸が高まっていたが、何とか胸を撫で下ろした。深呼吸して落ち着くと、改めて恐ろしさに鳥肌がたった。だが、まだ眼がチカチカして正常には見えていない。はっきりしない視力で周囲を見回すと、人々は皆電車に乗り込んだのか、ガランとしてホームには誰も居なかった。あの強烈な刺激は目眩なんかじゃない。確かに、光線……まぶたが真っ赤になった。そうだ、あの感覚はレーザーポインターの光線だ、しかもかなり強烈な光線だ。署にあった資料で見た記憶がある、３Ｂか４Ａの出力がある製品なのか、慎吾はそう確信した。同時に、叔父の死亡事故が浮かんできた。確かに叔父はあの時点で酔っていただろう。酒で少しふらつくところに強烈な光線を眼に受けて、よろけてホームから落下した。運悪く入ってきた電車……ではなく、電車がホームに近づいてくる寸前に、丁度今の俺と同じように、まともに光線を受けて転落した。そうに違いない――。

だが誰が、何のために叔父を殺害したんだろう。それも、今の自分と同じ状況なんだろう。犯人は一度の成功に味をしめて、同じ手口で俺を葬り去ろうとした。全く同一の手口とは……、慎吾は恐ろしくなって、思わず身震いした。

ここのところ以前の古い事件に首を突っ込んで、しつこく嗅ぎ回っているからに違いない。しかも叔父と同じ手口ということは、四年前に関係があるということなのか。今捜査している定岡襲撃事件ではなくて……、いや、ひょっとすると同一犯の可能性もなきにしもあらずだ。犯人は身近にまで迫る捜査を嫌がって、手を引くように脅してきたのか。とすれば、これは豊川嘉和と立木鉄夫の仕業なのか。俺の付け回しを止めさせるためか、あるいは邪魔な俺を抹消するためにやったのか、そうに決まっている。だがなぜ見え見えの行為をとるのか、自分が犯人であることを言っているようなものじゃないか、何とも解せない。

あるいは、一連の出来事は同一犯ではないこともあり得るだろうか。福岡での古賀丈治殺害事件と定岡襲撃事件とは別の犯人と考えれば、見方が違ってくる。古賀靖生、案外彼が父親殺しの犯人に仕返しをするために、やってのけたことなのかも知れない。となると、古賀丈治殺害に、定岡が関与していたということなのか。それで、真相に迫ったように見えた俺を襲った。ということは、古賀靖生……か。そして、靖生はアズサと密接な関係がある。

そんなことに考えを巡らせながら、回復してきた視力で品川で乗り換えて京急平和島の駅を出て、自宅に向かった。十一時過ぎているので、慎吾の向かう方向には人通りは全くない。JR大森駅方面に歩いて十二、三分、築四十年の古屋で両親と同居している身だ。五分ほど歩いて大森第二中学の横を通り過ぎ、右折した時だった。駅からずっと一人だったはずが、後方に人の忙しく動く気配を感じて振り向きかけた。その途端に顔をめがけて棒のような物が振り下ろされた。反射的に右に身を躱《かわ》したが左肩にガツッと衝撃が走った。襲ってきた相手は鉄パイプらしい棒をもう一度振りかざした。慎吾はその隙に、相手の懐に体当たりを喰わせた。慎吾より若干小柄な相手は、飛ばされて後ろに尻餅をついたが、すぐに立ち上がって横殴りに棒を振ってきた。左腕でそれを受け、相手を捕まえようと踏み込んだ。形勢が悪いとみたのか、相手は棒を放り出して、全速力で走り去って行った。

カラン、カランと辺りに金属音が反響する。後を追おうとしたが、あちこちに痛みが走った。一連の動作から若い男と思ったが、顔は目出し帽で覆っている。捨てていった棒は鉄パイプだった。こんな物をまともに頭に受けていたら、脳挫傷で即死も免れなかっただろう。慎吾は息が上がって、その場にへたり込んだ。左肩と左腕がズキズキ痛むが、骨に異常はないだろうか。こうも立て続けに襲われるとは、なんだか情けない気になり、通報する気にもなれなかった。突然襲われたとはいえ、かろうじて身を躱して急所を外した。だがそれだけで精一杯、相手に一撃も与えられなかったことが悔やまれた。

先ほどホームでレーザーポインターを照射した奴に違いない。筋書き通りに俺がホームから落下しなかったから、ここまで付けてきたんだろう。途中で拾った鉄パイプで殴りかかったんだ。それにしても、渋谷から山手線で品川まで乗って、京急に乗り換えて平和島まで付けられていた。全く尾行に気が付かなかったなんて、いやはやお粗末な話だ。気が抜けたように暫く座り込んでいたが、もぞもぞとスマホを引っ張り出した。登録されている番号をプッシュすると、すぐに出てくれた。

「遅い時間に悪い、まだ起きていたかな」

「はいはい、まだ宵の口ですよ。でなあに?」

「今、大森第二中のそばにいる。すぐに来てくれないかな」

「何なのよ、何かご馳走してくれるってぇ?」

「襲われたんだ。怪我は大したことないが、ちょっと歩くのに不自由でね」

「分かった、すぐに行くから。何か必要?」

「いや、肩を貸してくれるだけでいい」

今井芽衣と表示されているスマホのディスプレイを、暫く眺めていた。このところ会ってないなあ、なんでこんな時に思い出したんだろう。

おそらく骨までは達していないだろうが、かなりの打撲傷が残るはず。通報すれば被害届を提出して事件扱いになる。たちまち係長に伝わるだろう。そうなれば単独行動を諌められ、今後は一人での捜査を禁止される。そうなっては思ったように動けず、前からの捜査に支障をきたす。それに、今の男は黒い革手袋をしていた。鉄パイプから指紋は採れそうにない。

池上署に勤務している今井芽衣のアパートは、ここからさほど遠くない。十分も経たないうちに、近くでタクシーが停車して芽衣が飛び出してきた。慎吾の身体をあちこち触っていたが、打撲だけで済みそうだねと、待たせてあったタクシーに慎吾を押し込んだ。

「困った時にしか電話をくれないんだから。自宅に行く？」

「こんな姿見たらお袋が驚いて騒ぐからなあ」

「分かった、あたしの部屋に行こうか。ちらかってるよ」

「有難い」

危ないことばかりするんだからと言いながらも、自分の部屋まで連れて行ってくれた。小綺麗なハイツだった。芽衣の部屋を訪れるのは初めてだ、というより事件以外に女性の部屋など入ったことなどなかった。痛さを堪えて、床に腰を下ろした。もの珍しそうに、あちこち見回す慎吾を余所に、芽衣は放り出してあった衣類を手早く片付けた。何見てんのよと言いながら、芽衣は手当を始めた。

「明日は腫れて痛くなるよ」

「骨がやられてなければ何とかなるさ」

「それより誰に襲われたか分からないの？」

心配顔の芽衣に、これまでの状況を話しながら、自分の捜査は間違っていないことに納得して思わず苦笑いをした。芽衣は横目で慎吾を見ながら、

「何を笑ってるのよ、おかしな人。痛くないの？」

「俺は犯人に近づいているってことだよ、だから相手は焦って俺を襲ったんだ。犯人は馬脚を現したってことさ」

「近づいたっていえば、慎吾さんもアズサさんに近づいたんでしょ。男どもはちょっと良い女だとすぐに鼻の下伸ばすんだから」

おやおや、言われてしまったな。だけど、俺が今日伊豆に行ったことは、既にアズサに報告が行っているだろう。案外俺を襲ったのは、アズサ絡みかもしれない。

叔父の山脇はレーザー光線の照射で襲われたことに間違いない。佐伯英明は後頭部の延髄部分を強打されたとも考えられる。手口は全く違うものの、同一人物の犯行とみるのは、あながち間違いではないような気がしてきた。犯人は同一人物だろうか、それとも数人の共謀なのか。

バーンと背中を叩かれた。

「ウッ、痛えじゃねえか」

「はい治療終了。でどうする、ここに泊まっていく？」

「若い女性の部屋に、男が泊まり込んじゃまずいんじゃないかい」

「へえー、女性と認めてくれるんだ。心配するなよ、誰も何も言いやしないって。それに、その身体じゃ女を襲うなんて出来やしないだろう？」

考えて見れば迂闊だった。独身のうら若い女性の部屋に、のこのこと入り込んだのだから。でも、何の躊躇も見せずに俺を部屋に入れたのは、もしかすると、とちょっと自惚れてみたくなった。肝付刑事の言った〈芽衣を貰っちゃくれんだろうか〉が思い出された。

第五章　二〇一二年　大阪・東京

1

　今井芽衣の手当がよかったのか、何者かに襲われた辛島慎吾の左肩と左腕の打撲による痛みは殆ど消えていた。まだ痣が残ってはいるものの、生活には全く支障はない。芽衣には大きな借りが出来てしまったので、当分頭が上がらないだろう。それにしても口の悪さは相変わらずだが、女性らしい細やかな優しさがあったのは一つの発見だ。一心に手当をする芽衣を見つめて、そこに今までとは違った女性の顔を感じた。なんだか少し戸惑ったものの、新鮮な芽衣を見たような気持ちだった。

　月が替わって十一月になったとはいえ、捜査は行き詰まったままの状態が続いている。そして休み明けの五日、慎吾は大阪行を命ぜられた。いきなり犯人に行き着けることはないだろうが、何か新たな情報でも入手出来ないだろうか。そんな祈るような思いで慎吾は新幹線に乗った。結果を持って帰らなければと思う気持ちが逸《はや》って、すでに心は大阪に飛んでいる。大阪という街は修学旅行で大阪城を見ただけ、あとはほとんど素通りに近い駆け足旅行をしただけの都市だ。日本で第二の大都市であるにもかかわらず、知っていることは殆どないに近かった。そんな見知らぬ街に、地理不案内のまま乗り込む不安は心の隅にある。外国じゃないんだから地図や案内を頼りに調べて回れば案外何とかなる、そんな軽い気持ちで行けと先輩刑事に尻を叩かれて出てきた。仕事なんだからと覚悟を決めて、二時間半ほど後には新大阪の駅に降りたった。

大阪府警はＪＲの駅からはかなり遠いから、地下鉄谷町線の谷町四丁目駅からの方が良いと聞いて来た。言われた通り新大阪から地下鉄御堂筋線に乗り、途中で乗り継いで谷町四丁目の駅までなんとかたどり着いた。大阪はなんとも喧《やかま》しく、駅構内や車両の中でのアナウンスが騒々しいほどに鳴り響いていた。だがお陰で乗り過ごすこともなくスムーズに行けたことは確かだ。地下鉄の駅を出て少し登り傾斜の道を歩くと、建ててまだ間もないような、白くてどでかい建物が左手に見え始めた。近づくにつれ警視庁より大きく立派なんじゃないかと慎吾は若干緊張感に見舞われる。それでも一歩中に踏み込むと、ビルの中はどこも大した違いはなく見慣れた雰囲気で、気後れもすっと消え緊張感も薄れてきた。案内に従って伊東係長に言われた捜査一課の部屋まで進み、待機していた山本警部補に会った。細面の日焼けした三十代半ばと見える山本刑事は、挨拶を簡単に済ませ、資料を手渡してくれた。係長が捜査内容を話していたからだろう、秀栄薬品のことや豊川家の概要がプリントしてあった。目を通していると、テーブルの向こうから痩せて骨っぽい山本刑事が身を乗り出して笑みを向けてきた。

「どこから捜査を始めますかね。大阪の街は分かりにくいかも知れんよ」

「まずは定岡正之の勤めていた秀栄薬品販売の会社ですか。被害者の定岡と豊川家の面々の接点がどんなものか、それと豊川家について……、嘉和の人物と過去を知りたいですね。そこに事件の動機でも見つかればいいんですが」

「おやおや色々ありますね。では、まず会社に行ってみますか」

秀栄薬品は大阪市中央区道修町にある医薬品卸会社で、現在六十六歳になる豊川長次朗が社長を務めている。初代が道修町で昭和初期に開いた薬種問屋が始めで、大手老舗の立ち並ぶ街の片隅で細々と商っていた。それが戦後の復興時、日本の社会が急成長することに加えて、科学の目覚ましい程の発展に依って商いも飛躍的に大きくなった。そして二十年前に長次朗が後を継いで急速に成長を遂げ、現在に至っている。山本刑事が用意していた資料には、ざっとそのような内容が書かれていた。だがその辺りのことは、先月東京支社で確認済みのことだった。その豊川長次朗の家族構成は、妻の清子六十三歳、長男の将成三十七歳、長女の恵利子三十五歳、次男の嘉和三十二歳、そして末っ子の三男大悟が二十六歳、といった六人家族だと記載されていた。

山本刑事が車を出して案内してくれることになった。

「地下鉄があちこち市内を網の目のように走ってはいるんやけど、乗り継ぎがややこしいんや。いくつかの場所を回るんやと、その乗り継ぎに時間ばかり食ってしまう。まあ大阪市内は、東京ほど広くはないし、交通渋滞も酷くない。車での移動が一番なんですわ」

確かに都内の渋滞は困ったもので、近場の移動は地下鉄や電車がベターな面がある。その点、大阪では割とスムーズに車が走れるようだ。そんなことを言っている間に、道修町の一郭にさしかかった。本庁を出てものの十二～三分でしかない。カーナビに入力した秀栄薬品販売のビルは、御堂筋から道修町通りに入ってすぐの高速脇にあった。さほど大きくない中程度のビルだったが、この界隈には名だたる製薬会社のビルが犇《ひし》めいているので、秀栄薬品の建物は心なしか貧弱にも見えた。

車を降りてそのビルに入ってすぐの受付で案内を請うと、幸いなことにその日は犬山常務と豊川将成総務部長の双方が在社していた。だが犬山常務は先ほどから来客中とかで、まずは豊川部長が応対に出てきた。

「おや、今日は大阪まで来られましたね。やはり定岡襲撃事件の捜査ですか、ということは空き巣狙いや強盗事件じゃないと、顔見知りによる犯行っていうことなんですか」

「いえ、はっきりその線に絞った訳でもないです。強盗事件にしても、闇雲に襲った訳じゃないのかもしれない、案外大阪に解決の糸口があるかもしれませんから。今日も、ご協力ください」

「なるほどね。もう調べは済んでいるでしょうが、定岡をうちに呼んだのは犬山と私でしてね。彼はこつこつ型の人物でして、期待に違わず成果を挙げてくれたから、引き抜きに苦労した甲斐がありました。それにしても何者かに襲われて刺されたとは、実に気の毒な話です。まだ入院しているようですね。それで大阪まで来られたんですか。だけど嘉和の任意同行では何も出なかったと聞いてますがね」

「被害者の大阪や福岡でのことを重点的に調べようと思っています」

「強盗事件じゃなく、あくまで秀栄の中に犯人がいるということかな」

「いいえ、そういうことではありません。個人的なことなどは仕事仲間が一番よく知っている場合が多いようですから。そこに被害者が襲われた動機なり犯人に繋がるヒントなどが隠されていることがありますんで、手掛かり探しですかね」

「とかく男の日常なんて、ほとんどが仕事がらみでしかないからね。しかも定岡は単身赴任だから特にそうだと思うよ。大阪に居た時の仲間を呼んでおくから、気の済むまで調べていいですよ」

「それでは、まず豊川部長さんにお尋ねしましょうか。定岡さんが襲われた日には、大阪に居たんでしょうか」

「なんですか、私を疑っているみたいですね。まあいい、皆を疑うのが君らの仕事なんだろうからね。ええと、四日でしたか」

ポケットから取り出した手帳をパラパラ捲っていた。

「その日は午後から社内で打ち合わせを済ませて、その後は医薬品メーカーのＭＲ（医薬情報担当者）と食事を摂りながら訪問先の顧客について話していた。それからあちこち飲みに歩いて、それでも九時には家に帰って自室でオーディオを聞いていた。まあそんなところだね。なんの変哲もない日常の一コマってところですよ」

「そうですか。で、決まり文句なんですけど、そのことをどなたか証言してくれる方はいますか」

「さあね、我が家はそれぞれ勝手に生活してるからね。女房も娘も顔を合わせてないな。あえて言うなら、メーカーのＭＲかな。鈴木って言うんだけど……」

話の途中で社内連絡で呼び出された豊川部長は、話は終わったというように手をかざして、あたふたと席を立って行った。そのあとすぐに大柄のどっしりした犬山常務が現れた。

「お待たせしたようで、すいませんね。薬品メーカーの営業課長が来ていたんで……。ところで今日は東京からですか、何でしょう」

東京での強盗傷害事件は大阪では報道されないのか、犬山は社内での噂話でしか知らない様子だった。慎吾は事件のあらましを説明して、定岡の手帳に八月三十日出張で大阪に来たことが書かれていたと伝えた。その時に犬山に会ったことも記されていたので、そのことを質してみた。

「三十日ですか、確かに彼はここに来ましたね。残暑ともいえないほど猛烈に暑い日だったから、よく覚えてます」

穏やかそうな印象の顔立ち、話しようもゆったりしている。

「何か大事な話でもありましたか」

「いや単なる業務報告ですよ。出来れば次の異動で九州に戻りたいと、そんなことが言いたかったんでしょう。なにしろ、彼を引き抜いたのは私ですから、彼の有りようには責任を感じますすね」

「東京での一人暮らしに疲れたんですか」

「そうはいっても、九州支店での彼の仕事は一応けりが付いたんでね。ＫＩＨから異動してきた分の働きは、十分にやってくれましたよ。そうそう、定岡君はＫＩＨの古賀社長の殺害に不審を持っていたようで、犯人は他に居るようなことを口にしてましたね。まあ、警察が解決したんだから、口を挟む問題じゃないと言ってやりましたがね」

「何か根拠でもあったんでしょうか」

「そうかも知れませんね、何か思い込んでいたようにも見えた……かな。犯人に心当たりがあったのかもしれない、だからその証を探している。そんな風にも聞こえましたよ」

先日、古賀靖生から聞いていたことと一致している。定岡は古賀社長の殺害犯確定に疑問を持っていたのだろう。

「彼としてはすでに犯人の目星を付けていたのかも知れないですな。それで相手を追及して、逆に襲われたのかもしれない」

「まさか犬山常務……、それはないでしょう。いくら定岡さんが愚直なほどの人だとしても、犯人と思える人物に直接ぶつかる程無謀ではないと思いますが」

「確かにそうなんでしょう、でもあの事件にはホント驚きました。死に様《ざま》が異常だったこともあって、当時福岡ではその話で持ちきりでした。その頃私はまだ福岡に居ましたから。商売敵とはいえ私も何度かお会いしています。古賀社長はなかなか温厚な人物でしてね、それだけに忘れられない事件ですよ。こんなこと言っちゃあなんですが、古賀さんが亡くなられたお陰で、うちは多少良い思いをさせてもらいましたがね」

「定岡さんのその辺りへの拘《こだわ》りは、ＫＩＨを裏切ったという負い目があってのことだと思いませんか」

「ＫＩＨにいた頃定岡君は社長から随分目を掛けられていたようなことを言ってました。だから負い目に思うところがあったのも事実でしょう。あの日も古賀さんの話で終始しました。彼は恩義に篤い人柄ですから」

「話は変わりますけど、豊川嘉和さんの手駒に立木鉄夫とかいう若者がいますね」

「嘉和部長が個人的に使っている者です。雑用や情報収集などで小まめに動いているようですね。私どもは、彼については把握しきれていません」

「もう一人蒲田とかいう若者もいるようですが、彼も同じような扱いですか」

「ああ、蒲田則男君ね。立木の弟分だとかいってるが、彼は将成部長が使っているようです。たまに呼んで仕事をさせているようですが、立木のように常に社内にいる訳ではありません。どちらにしても、会社にああいった輩《やから》が出入りするのはあまり好ましい雰囲気ではないですね」

「すいません最後にもう一つ、ちょっと教えてください。事件の起きた四日はどちらにいらっしゃいましたか」

「私のアリバイですか、十月の四日ですよね。確かあの日は午前中社内で打ち合わせがあって、午後から常務室で報告を受けた数字のチェックをしていたと記憶しています。いつものように七時には会社を出て、自宅に向かってます。社内に居たことは社員達が知っているし、八時前には自宅ですよ。妻や子供に確認するといいんじゃないかな」

そのあと、出かけないでまだ社内に残っていた社員たちから話を聞いてみた。だが、定岡と特に親しくしていたような社員は見当たらなかった。彼らにすれば、定岡は大阪本社には僅かな期間しかいなかったから、顔ぐらいは知っているという程度でしかなかった。大阪には親しいといえるような人物はいないだろうと言っていた。結局、秀栄での定岡の身辺捜査では参考になるようなことはほとんど出なかった。

秀栄の会社を出ると、既に昼を回っていた。山本刑事お勧めの定食屋で昼を済ませることにしたが、評判の店なのか外に行列の出来るほどに混んでいた。

「大阪じゃ、ちょっと旨くて安いと、すぐに行列が出来るんですわ。大阪人は口コミに乗りやすいんですかね」

客の殆どがサラリーマンのようで、若者から中年ぐらいの仲間連れが多かった。裏通りのビルの一階で飾り気のない、どちらかといえばがさつな感じの店で、女性客は僅かしか見当たらなかった。入り口で少し待たされたが、客の回転が早いのか待ち時間は十分ほどでテーブルに着けた。大阪に来たのだからと、慎吾はお好み焼き定食を注文して山本刑事に笑われた。しかしミックスお好み焼きは、東京では食べられない甘めのソースの味がなんとも旨く、再度挑戦したくなるほどだ。

定岡襲撃事件には直接関係ないが、引っかかっていた他の事件絡みもある。とはいっても定岡襲撃事件に、豊川嘉和部長の疑いが全くないとは言いきれない。任意同行で尋問したがその取り調べでは何も出なかった。それでも疑いが残ったままで、つまり重要参考人といったところなのだ。だが慎吾が目指すのは、山脇ノートに関することだった。その豊川嘉和をよく知るために、育った環境を調べたかった。

山本刑事に頼んで、車で十五分ほど先にある嘉和の通っていた学区の小学校に行ってみた。用向きを伝えると校長が対応に出てくれたが、なにしろ二十二、三年前のことなので調べに手間取っていた。当時いた教職員は、今では誰も残っていないという。その頃の卒業者名簿を調べると、平成四年度卒業生の中に確かに豊川嘉和の名前があった。当時の担任教師は滝井蘭子となっている。しかし、その教師は現在ここには居なかった。

「滝井先生は、十年前にここから他の小学校に異動しました。今は住吉区の小学校で教頭先生をなさってます」

他に当時のことを知っている者は残っていない、校長でさえここではまだ五年でしかない。

そう言われ、校長に礼を言って、教えて貰った滝井蘭子先生の勤務先の小学校に行ってみることにした。山本刑事はその小学校の場所は分かるからと、すぐにそちらに向かってくれた。

　市の中心から少し南になるその小学校は、周囲に高いビルがほとんど見当たらない住宅地に囲まれていた。先ほどの小学校より校庭が広く、その中に大きな校舎が目立っている。丁度授業が終わったところのようで、待つこともなく滝井先生とはすぐに会うことが出来た。五十歳ほどだろうか、白髪混じりの髪を肩の上でカールさせている、ふくよかな感じの女性だった。単刀直入に、豊川嘉和の子供時代のことを知りたいと伝えると、少し記憶を辿っているようだった。暫く考えていたが、やっと思い出したように話し始めた。

　今から二十二、三年前のことでもあり、豊川嘉和のことについては殆ど知らないと言う。しかも、あの小学校に赴任して最初に持ったクラスだったが、嘉和は四年生の冬に施設に送られて、五年生と六年生の時は学校には出ていなかった。籍だけはあの小学校にあって滝井先生のクラスだったが、出席は一度もなかったのだそうだ。一応卒業したことになっているので、中学校に内申書を送ったのだが、本人の顔さえまともに知らないと言った。

「二年間行っていた施設って、児童自立支援施設のことですか」

「ええそうです。四年生の時ですから、私が直接教えていた訳ではありません。ですから、人づてに聞いた話ですけど、動物虐待への処置なんです。生徒たちが飼育していたウサギが殺されることがありました。それが一度で終わらずに、何日かに亘って殺されたそうです。しまいには首を切り落としたりハラワタを引き出してそこら中にまき散らしたりだったそうです。当時その学校では大変な騒ぎになったそうです。日を追って残虐性がエスカレートしていったので、学校だけでなく町中が大騒ぎになったんでしょう。でも所詮子供のやること、通行人に家に入るところを目撃されて、警察に通報されました。その犯人ということで、嘉和君が施設に行かされたという話です。まだ十歳だったので少年院ではなく、児童自立支援施設に送られたと聞いてます」

聞かされた過去の話から、豊川嘉和という男は凶悪犯罪を犯してもおかしくないように思えてきた。少年期に染みついた悪癖や凶暴性が、何かをきっかけに再発したのだろうか。過去の過ちで人を色眼鏡で見てはならないのだが、それで決まりだと思いたかった。首を切り落としたりハラワタを引き出したりと言われて、ひょっとすると福岡の古賀丈治殺害事件も嘉和の犯行ではないだろうかと考えてしまうが、あの事件は既に解決済みだった。これだけの情報があれば、証拠がないにせよ全てが嘉和の犯行説に向かっていくだろう。再度任意同行を掛けて絞り上げれば、吐かせることが出来るのではとまで考えてみたものの、先日の尋問では何も聞き出すことが出来なかった。何とも、このままでは白とも黒とも判断のつかない状態だ。確かに嘉和は現状では一番犯人に近い重要参考人に見える。状況からは疑いの濃い存在だが、最終的には犯行の動機が全く見えてこない、もう一押し決定的な物が欲しい。慎吾は直接の動機と証拠を捜すことだと口元を緩めながらも、もう一方では豊川家での家庭環境がどうだったのかを知りたくなった。

2

小学校を後にしたのは四時過ぎだった。車に乗り込むと、そのまま天王寺に向かうように頼んだ。〈阿倍野やね〉と言う山本刑事に、待ち合わせたのは天王寺の喫茶店だと言い直してやった。彼は、電車の駅は天王寺だが、あの辺りは昔から阿倍野と呼ばれているんだと、何ともややこしい説明をしていた。ともかく、古賀靖生から聞いていた元豊川家の家政婦田中幸子とは天王寺の喫茶店で会うことになっていた。

四時半に待ち合わせの店に着いた時には、目印の赤い帽子を被った小柄な彼女が一番奥の窓際の席に既に座っていた。七十歳近いはずだが、おしゃれに赤いベレー帽を頭に乗せている。挨拶もそこそこに、早速豊川家の話を聞くことにした。

豊川家は住吉区の高台の帝塚山《てづかやま》にあった。そして坂を下ったすぐ隣に位置する西成区が、嘉和の遊び仲間のいる地域だった。高級住宅地の帝塚山とは正反対といえるほどの下町で、場末のような地域があるという。

嘉和たち兄弟の母親は、裕福な家庭に育った苦労知らずのお嬢さんだった。それだけに好き嫌いもはっきりと行動に表す性格だ。自分が産んだにもかかわらず、年寄り顔の醜い赤子だった嘉和を嫌って、そのことを隠そうともしなかった。嘉和は育つにつれ、ますます父親似の不細工な顔になっていった。母親は自分に似て端整な顔をした長男の将成を愛し、愛くるしかった恵利子を可愛がり、嘉和を毛嫌いしたという。母親に疎まれ何かにつけ邪険に扱われた嘉和は、当然のように愛情に飢えて歪んで育った。きょうだいたちも母親の行動を見て、嘉和をのけ者にすることが当たり前と思っていたようだ。だが兄の将成は狡賢く、親の前では良い子を装いながら、悪戯を仕組んでは嘉和にそれをさせた。悪戯が見つかり叱られるのは嘉和だけで、将成は知らん顔をしている。母親がヒステリーに怒り捲っている席からは、常に姿を消してしまう。だが陰では、嘉和の機嫌を取ることは忘れなかった。嘉和が小学一年の時に末の弟の大悟が生まれてからは、嘉和はますます家族から疎外されていった。

その辺りのことは、古賀靖生から聞いて知っていた。田中幸子は甘いケーキで口がよく滑るようになったのか、さらに続けて語った。

嘉和が母親や家族への疎外感や反抗心などで反発して育ったのは、至極当然といえるだろう。県外の中学高校一貫校に入学したが、中学時代から常軌を逸するようになった。出来の悪い連中と連《つる》んで、街で遊び回った。高校時代には家に居着かないことがしばしばで、親の金をくすね中古のオートバイを手に入れて、無免許で乗り回していた。小遣いには不自由しなかったことから、暴走族予備軍的な存在になっていた。だからといって、社会人の枠から全く逸脱したわけでもなかった。だが、高校三年の時にバイクの事故を起こしてしまった。仲間の大怪我や嘉和自身の負傷、それにバイク大破などで窮地に追い込まれてしまった。心がどん底まで落ち込んで、家にも帰らずにあちこちほっつき回っていた。その頃のこと、バイク仲間の家に転がり込んで過ごしていた時期があった。そのことから下町の赤裸々な人間模様や人情に触れて、人間が変わったようだと、幸子は話してくれた。

それでも、嘉和の頭脳は決して悪くはなかったのだろう。いやむしろ良かったのかもしれないが、学校の成績が思わしくなかったのは事実だった。それは親への反抗でもあり優等生の兄に対する自己主張だったのか。だが悪さをし続け、問題児として育ったが、中途半端なワルでしかなかった。悪道に入りかけたものの、そこにどっぷりと浸かることはなかった。気の弱さもあったのだろうが、一歩踏み切るだけの要因——怒りからの破壊心——がなかったのかもしれない。親兄弟への当てつけはあったものの、物質的には恵まれた環境に居たことや、僅かながら持ち合わせた穏やかさもあった。懐《なつ》いていた末の弟が可愛く、そこに救いがあったのだろうか。ただ一時的な腹いせやどうしようもない気持ちの爆発で、非行を重ねていたにすぎないともいえるだろう。そうしながらも、親や家に従っていたほうが楽に生きられる、生活に困らないことを、何度かの家出生活で学んでいた。不良仲間たちの家庭の生活苦も見てきた。金を稼ぐことの困難さを身に染みて感じていたのだ。兄弟や学校で虐められ、悪に長けてはいたものの、生きていく賢さは持っていた。我が身を最後のどん底にまで落とすこともなく、その一歩手前で踏みとどまっていたのもそのためのようだ。

出席日数の足りないままだった高校三年の時「大学に行かないのなら働け」と父親に突き放された嘉和は、東京へ出たい気持ちも手伝って何とか卒業にこぎ付けた。一年浪人して真面目に塾に通い、懸命に——この時だけはマジに頑張った——受験勉強に励んだ。その結果、三流とはいえ見事に目的の有名私立大学にパスした。まともに学校に出席したことのなかった落ちこぼれ組の嘉和にしてはよく頑張ったといえる。またこのことで、必死に立ち向かえば何でもできると自分に自信が持てたように見えたと、幸子は褒め口調だった。それだけに思い込んだら一途という気質があって、仲間が余所の族に袋叩きに遭った時には、身体を張って相手を徹底的に叩きのめした。そのことが語り種になり、暴走族仲間でも嘉和の名は恐れられていた。だが〈根は良いやつだ、何か家庭内で訳ありのことがあったらしいが、金持ちの親に反抗していただけだったのかも知れない〉最終的には仲間内でそんな話になっていた。

暴走族時代、相手を容赦なく徹底的に打ちのめしていた……それを知った慎吾は、ここでも犯罪者の影を見たような気がした。そして、もう少し突っ込んで嘉和の本質を知る必要があると思った。

「嘉和さんはあまりものを言わない子だったねえ。でも恵利子さんとは気が合ったようで、よく二人で日向ぼっこなどしてましたよ」

そう言っていた田中幸子から、恵利子の連絡先を聞いて、早速連絡を入れてみた。だが電話に出た女性は、彼女が旅行中で不在なことを告げた。仕入れを兼ねての海外旅行だとかで、友人と十日ほどヨーロッパに行って、店は自分が任されている……そう言っていた。明日は東京に戻らねばならない予定になっていた慎吾は間が悪いとしか言いようがなかった。

「残念だったわね。恵利子さんなら何か知っていると思ったんですけど。それじゃ話しましょうか、私が言わなくてもどのみち誰かが言うでしょうから。実は、嘉和さんは小学校の時から問題児だったんです。近所のペットなどの殺戮から始まって、小学校で飼われていたウサギや鳥などを切り刻んでしまったんです。当時嘉和さんは九歳だったので、児童自立支援施設に送られていたんです」

そのことは既に滝井蘭子教頭から聞いている。だが少年期の犯罪、十四歳以下のものは歴として残されていないので、そのことを警察関係では把握していなかった。

田中幸子は豊川家の長男についても話していた。

将成は結婚した時から豊川家を出てマンション住まいをしている。現在の家族は、三歳下の妻美帆と十歳と七歳の娘たちだ。妻の美帆は東京の上流（山の手）育ち、大阪に来ることを躊躇《ためら》っていた。だが、持ち前の明るい屈託のない性格ですぐに大阪の街に馴染んで、親しい友人も出来ている。一方将成は育ちの良い品のある美帆に夢中になって結婚したものの、心の安らぎを感じることが出来なかった。大阪に戻った安心感もあって、心の癒やしから水商売の女に入れ込んでしまった。将成は心の中では、いつも妻とその女を比較していた。それが原因だろうか、家庭には隙間風が吹いていた。仕事と遊びで遅くまで家に戻らず家庭を顧みない将成は、家庭内で疎外されるようになった。妻の美帆は何かというと娘達を味方に付けて将成を責めた。会社では逆らう者のない天下さまであったが、家では女三人に疎んじられていた。そうなればそうなったで、将成の心は外の女にどんどん傾いていく。交際費に不自由しない彼は、水商売の女にのめり込むようになるが、浮気はたちまち露見してしまった。それからというもの夫婦仲はますます悪化し、完全に夫婦は家庭内別居の状態になっているらしい。

田中幸子から豊川兄弟の内輪話を聞くことが出来たことから、容疑者として絞るまでは至らないとはいえ、納得出来るものがあった。これで決まりだと思いながらも、何も証拠になる物もないまま慎吾は東京に戻った。肝心の定岡襲撃事件に関しての手応えは、全くなかったと言っても過言ではない。

状況から物盗りの仕業ではないと見極めた捜査陣ではあるが、犯人の襲う理由つまり動機の分からないまま膠着状態が続いた。先月の十八日に事情聴取をするために、嘉和に任意出頭を求めたことがあった。だがそれも結果は何も引き出すことが出来ずに終わった。慎吾にすればその尋問の合間に、山脇ノートからの佐伯英明の転倒死や、山脇刑事の転落死について追及し、何とか情報を得たかった。だが本筋の定岡襲撃事件は当然のこと、嘉和は佐伯英明についても何も喋らなかった。立木鉄夫も引っ張ってみた。それでも、二人はまるで言い合わせてでもいるかのように黙秘を通したままだった。たとえ嘉和が直接手を下していないにしても、何らかの関連があるものと見込んでいたから、何かを聞き出したかったのだが。

3

十一月五日の休み明け、病院に詰めていた警官から連絡が入った。定岡の眼が開きかける動きがあったとの報告だった。だがまだ気の許せる容態ではなく、無理は禁物で事情聴取など許可出来ないと医師は制していた。

その日は慌ただしく、慎吾が大阪に向かったと同時に、捜査一課第六強行犯捜査三係の刑事が二人福岡県警に向かった。伊東係長は朝一番の電話で福岡県警に捜査の協力依頼の挨拶をして、刑事二人の派遣を伝えている。その時にあった事件内容の報告のなかでは、秀栄薬品の東京支店に勤務している定岡正之が何者かに襲われて意識不明の状態だと伝えている。それを受けた県警の捜査一課では、秀栄薬品の名前が出たことでざわめきが起こった。このところマークし続けていた会社なのだ。

「肝付さん、秀栄薬品とは何だか嫌な予感がするなあ。まさか春の事件と関わりなんてないだろうな」

「そうじゃないことを願うよ、嫌な事件だったからなあ」

肝付はすぐに思い出したことがあった。春の事件での遺族から言われていたことで、自殺した犯人の証拠品の再調査を請われていた。そのことはすぐに鑑識に伝えたものの、その後の結果についてはまだ確認していなかった。

「定岡正之はあの事件の捜査で何度か事情聴取したけど、穏やかな人物という印象だったな」

「生真面目で小心者ってところだろう」

「世話になった社長が殺害されて、当時は随分落ち込んでいたからなあ。そいつが襲われたってことは、なんか前の事件に引っかかりがあるかも知れん」

「まあ、東京さんもそんなところが知りたいんだろうさ」

東京からの刑事は、肝付刑事らの案内で秀栄薬品の九州営業所と（株）ＫＩＨを徹底して聞き込みに回る予定だと言った。そしてまず最初に訪問した秀栄薬品では、定岡とつき合いの長かったという営業部長の柳瀬隆司が主に聴取の対象になっていた。

「他社から秀栄に異動して来る前、つまり前の会社に勤めていた頃から、定岡さんは私の上司でした。どちらかといえば穏やかな性格の人で、業界の販売合戦などには不向きでしたね。だから、秀栄に移って来てからも、以前の会社との間に諍いなどは全くありませんでした。トラブルや恨みで東京まで追って行って、殺害しようなんていう酔狂な人間なんて居るわけないでしょう。犯人は東京者じゃないですか」

「福岡と東京は近いですよね。飛行機で一時間半ほどでしょう。九州の人間にも犯行は可能ってことになる。ちなみに、柳瀬さんは、十月四日、どちらにいました？」

「私、ですか。ええっと、四日は木曜日でしたね。その日は若い者と二人で鹿児島方面に行ってますね。会社に戻って来たのは七時過ぎで、その日の受注を整理して翌日の行動をチェックして退社したのが九時です。とても東京なんぞに行く時間はありませんよ。同行した部下は西山守正、お疑いならタイムカードを確認してください」

「ところで、定岡さんはこちらの会社ではどんな仕事をしてたんですか。

ポジションは営業部長ですね、今の私と同じ立場です。というか、私が引き継いだってことです。MS（医療品卸販売担当者）の上げる数字を管理しながら、メーカーのMRと打ち合わせて次のターゲットや戦略を練っていました。といっても、我々地方の卸問屋はメーカーの言いなりですけどね」

「営業所の数字を管理していたんですか。となると、会社の上層部との軋轢も相当なものがあったんじゃないですか、今の柳瀬さんと同じように」

「さあ、その辺は分かりませんね。私は数字をパソコンで管理して、本社に報告するだけで、そのことに関しては何も問題はないですね。下の者に檄を飛ばしハッパを掛けるだけですよ。上は上で苦労があるんでしょうけど」

　秀栄薬品の九州営業所関連では、問題になる点は全く見当たらなかったと断定してもいい。トラブルがあるとすれば、本社の上層部とのやり取りの中なのかも知れないと言っていた柳瀬部長の言葉が唯一胸に残った程度だ。次にＫＩＨに向かったが、昼休みに掛かってしまうからと、途中で博多ラーメンの評判の店で昼食を済ませた。こってりしたとんこつスープが細麺に絡んで、東京で食べるものよりずっと美味い。さすがに本場物は違うと、二人は顔を見合わせて、満足げな態だった。

午後一時少し前に訪問したＫＩＨの社内は、実に静かなものだった。通された応接室に行く途中、どの部屋もひっそりとして物音さえ聞こえてこない。日中のこと、社員達は皆出払っているとはいえ、残っている事務員や管理職などからの話し声も聞こえず、なんとなく陰気な空気が感じられた。少しして応対に現れた総務部長は、五十歳前後だろうか白髪交じりの小柄な人物だった。

「すいません、今日は皆出払ってしまいまして、社内に残っているのは私と事務員だけなんです。何か、定岡さんのことがお聞きになりたいとか」

「東京で定岡正之氏が何者かに襲われて、未だに意識不明が続いてます。犯人の捜査をしていますが、まだ手がかりのないままなんです。単なる暴漢や強盗の仕業とは思えないところがあるんで、彼の過去に絡む何かがあるのかと調べています」

「それは大変なことですね。で、襲われたのはいつのことですか」

「ひと月前の十月四日の夜でした。定岡さん、以前はこちらに長く居ましたね」

「福岡の私大を出てからずっとここに勤めてましたから、三十年ほど居たことになりますかね。そうですか、彼が襲われましたか。因縁なんでしょうかねぇ、亡くなった古賀社長には随分可愛がられていましたから」

「定岡さんは、こちらを二年半ほど前に退職されて、秀栄薬品に異動したんでしたね。端的に言えばこちらを裏切ったことになるんですよね。顧客を取られたりデータを持って行かれたりで、こちらでは皆さん随分恨んでいたんでしょう」

「彼と柳瀬君二人が引き抜かれたんです。おっしゃるように得意先までごっそり持って行かれて、さんざんでした。その影響で売り上げが大きく落ち込んで、酷いものでした。当然社員たちは恨みごとを言って二人を罵《ののし》ってました。それより秀栄薬品の攻撃がすさまじくて持ちこたえるのにやっとという状態で、じきに彼らのことは口に登らなくなってました。その後、古賀社長が殺害されて、最悪の状態が続きました。でも皆の頑張りで、何とか持ちこたえてはいますが」

「それはまた、随分と大変なことでしたね。でも、会社がおかしくなった原因は定岡氏の裏切りにあるとか言ってる社員も、何人か居るんじゃないですか」

「まあ多少は、彼を悪く言う者も居ないわけじゃないです。そのことで色々振り回されましたけど、結局は悪い奴は秀栄薬品だとなってますね。定岡さんはどちらかというと人柄が良い性格でしてね、ここでも部下の面倒を小まめに見てました。だから、彼自身を悪く言う者は少なかったですね」

「そうなると、彼を襲うような人物なんて考えようがないってことでしょうかね」

「全く思い当たりません。得意先でばったり顔を会わせた社員がいますが、お互いばつの悪い思いで会釈だけしたって言ってましたね。あのどさくさも、今では過去の出来事位にしか思ってないですよ」

「それでも彼ら二人の取った行動で、大きく影響を受けた者も居るんじゃないですか。成績が極端にダウンして辞めさせられた者とか、家庭崩壊に陥ったとか……」

「うちは昔から社員は皆な家族といった社風ですから、無理に成績を競わせるようなことはしていません。社内がギスギスして人間不信に陥ることを、前の社長が嫌ってましたから。それが会社の成績に大きく響くんでしょうけど、今苦境に見舞われている時に退職者も出さずにやってこれたのは、そんな社風のお陰と考えてます。まあそんなわけですから、今更東京まで出かけて恨みや憂さを晴らす者が居るなんて考えられませんよ。特に相手が定岡さんですから」

「自棄《やけ》を起こすほど恨む者といえば、後継者の古賀直輝氏の名が出るんでしょうが、彼は今日はどちらにお出かけでしょう」

「若手と一緒に得意先を回ってますよ。まだ若いのに、よくやってます。年明けには結婚を控えてますから、何事にも全力投球ってところでしょう。四六時中社員の誰かと一緒に行動してますから、東京に出かける余裕などないはずです。今日も若い部下と福岡市内を回ってます」

「ちなみに、十月の始めに東京に出かけた人のこと、耳にしてませんか。勿論社員以外にもですが」

「さあ、そんな話聞いたことがないですね」

結局のところ、定岡が勤務していた双方の医薬品卸会社ではこれといってめぼしい情報が得られなかった。

定岡の留守宅、つまり妻子の住む家に一度立ち寄ってみた。妻は事件後すぐに東京に行って入院中の病院に顔を出していたが、定岡の部屋に一晩泊まって翌日には福岡に戻っている。彼女からは病院にいる間に事情聴取を済ませていたのだが、夫のことなど何一つ理解しようとしない部類の女のように見えた。夫がどんな人たちと交際があり、何を考えて生きているかなどは自分には興味のないことだと言っていた。男は外でしっかり働いて、きちっと給料さえ届けてくれればそれで良いと考える類いの女性なんだろう。そんなことだから、事情聴取にあたって捜査の参考になるような話は何一つ聞き出すことは出来なかった。彼女は、このまま意識が戻らなければどういうことになるのかとか、死んでしまえば保険金は下りるのかとか、そばにいた刑事に質問をしていたという。

4

アズサの本名が栂沢梓だと辛島慎吾から教えられた時、やはりそうだったのかと靖生は納得しようとした。だが、実際にそうならと考えると、それはそれで何とも妙な気分になってしまう。心のなかで朧気《おぼろげ》に思っていたことがいざ現実になってみると、戸惑いが湧き起こって来る。それでも、血を分けた兄妹ができることへの喜びも出てくるんだろうか。これは是非アズサ本人に聞き質してみなければと思っていた。

一方アズサのほうは、靖生が実の兄であることはとうに知っていた。親元を離れ東京の高校に入学する時、栂沢家の全てを母から聞かされたのだ。実の兄が九州の古賀家に養子に入っていることも、その時に聞かされていた。

〈ｐｉｔ〉で歌い出して一年、ファンの中に友人たちとよく顔を見せる古賀靖生という若者が、なんとはなしに母の面影を感じさせた。後日、そのことを母に確かめると、やはり兄に間違いなかった。だがアズサはそのことを自分の胸にしまい込んで、靖生には告げないまま、知らん顔をして心の内で楽しんでいた。そんな折りに恋人の佐伯英明が事故で逝ってしまい、生きる気力も失せてしまった抜け殻のような日々が続いていた。周囲の人たちは、そんな彼女を心配して、日本を離れるように勧めてくれた。アズサはそんな周囲の勧めに、思い切って米国に旅立つことにした。そして三年半が経過した後に帰国すると、早速気になっていた靖生に連絡を入れている。「日本に帰ってきました、また〈ｐｉｔ〉のステージで唄います。是非聴きに来てください」と誘った。今度はちゃんと妹だと言おうと決めていた。

古賀靖生の方は、アズサの帰国後最初のステージに行った後、一度も〈ｐｉｔ〉に顔を出していなかった。十一月に入っての第二金曜日の九日、靖生は暫くぶりのアズサのボーカルに酔い、ゆったりとした心地に浸っていた。心の芯までくつろげて、実に良い気分だった。二回目のステージが終了したあと、お久しぶりとアズサが寄ってきた。何だかすっかり大人になってしまい、女性っぽさがやけに匂って臆してしまう。それでも靖生が〈ゆっくり話がしたいんだけど〉と辺りの様子を見ながら言うと〈じゃあ、外に出ましょう、支度してくるから〉と、カウンターの奥に引っ込んで行った。

二人は連れだって店を出て、アズサの案内で近くの洒落たカウンターバーに入った。飲みながら食べながらの話ねと、アズサはご機嫌の微笑みだった。それでも、いざ顔をつきあわせて座ると、何から話そうかと靖生は言葉が出てこなかった。山ほど聞きたいことがあるのに。

「ニューヨーク楽しかった？」そんな間の抜けたことしか言えなかった。

「トーマス叔父さんの知り合いが大勢いるから、不自由しなかった。十分楽しんで来ましたよ。こっちはどうだったの？　なんか福岡の家で凄く恐い事件があったりして、大変だったんでしょ」

アズサはニューヨークに居る時、古賀丈治が殺害されたことを、母からの電話で知らされていた。その時ふと、豊川嘉和が古賀丈治を死に追いやったのではないかと微かではあったが疑いが頭に浮かんだ。何故なんだろうと、不思議だった。恋人の佐伯が死んでしまった、その年の暮れに渋谷署の刑事が同じ渋谷で同じように死んだ。両方とも酔った上での事故死だったと知った。当時そのことに少しばかり不審感を抱いていた。でもその頃失意に閉じこもっていたアズサには周囲を見回すほどの心のゆとりはなく、三ヶ月後にニューヨークに発ってしまった。そして時折ではあるが、ちらちら思い出してはいた。そこに豊川の姿が交差してくる。その豊川嘉和という男が〈ｐｉｔ〉に現れるようになったのは、アズサが歌い出して間もない頃のことだった。豊川は東京支店営業課長の名刺をちらつかせていた。アズサはそんなことを話した。

「そうなんだよ、なんだか立て続けに悪いことが起きているんだ。後で気が付いてみると、どの事件にも豊川嘉和がそばに居るんだ、まるで犯人のようにね。まあ、そんな暗い話よそうよ。それより聞きたいことがあるんだけど」

「あら、なにかしら」

「君、本名は栂沢梓っていうんだね。実は僕の生みの親は、戸籍上では栂沢奈弥子になっている。ひょっとして、親戚なのかと思って」

「私の母は栂沢奈弥子、つまり私たち兄妹ってことなのよ。知らなかった？　私ずっと前から知ってた」

「そうか、そうなんだ、やっぱり本当だったんだ。驚きだな。僕が赤ん坊で貰われた時に、古賀の家では詳しいことを一切知らされていなかったんだって。それを、ずっと知りたいと思っていた。生まれた家は何処だろう、母親ってどんな人だろう、なんで僕を手放したんだ。そんなことで、ずっと悩んでいたんだ」

「それが栂沢家の掟なんですって。変な家柄に生まれたばかりに、随分苦しい思いをしたのね。母はちょくちょく東京に出てくるから、今度会わせてあげる」

アズサは栂沢家の由来を話してくれた。女の館で男子が生まれたら外に出されることも聞かされた。うすうす感じてはいたが、靖生にとっては驚きそのものだった。江戸時代とか明治時代ならともかく、現代のこの社会でもそんなことが存続しているとは信じがたいことだ。まるで異次元の世界のようで、とても現代社会のこととは思えない。まして自分自身がその流れの真っ只中にいるなどとは、どう捉えたらいいのだろう。長い年月に亘って続いてきた今川家の血が、自分の身体にも流れている。女系の家柄に生まれた男子は、不要な存在でしかないのか。延々と続いてきた歴史の流れ、自分はそんな端にぶら下がっている存在でしかないんだと思うと、なんだか虚しくなってしまう。これから先の人生には燃えるような生き様があるんだと考えていたが、全てが醒めてしまうような感覚に襲われた。簡単には納得しかねることだった。

「歴代の女たちが優秀な種を求めて男を漁ってきたのよ。だから生まれたけど外に出された男子は、大事に育てられて優れた人物になっているらしいの。オババ様の手元に、昔からの記録が残されているって聞いたわ。栂沢家で男に生まれると過酷な人生に見舞われるのよ、でもね、あの家で女に生まれたって大変なのよ。愛情だの家庭の幸せだのを全て捨てて、ひたすら子孫を残すために子を産むんだから。家系ってそんなに大事なものなのかって、随分悩んだわ。本当に変なことよね、まともじゃない」

確かに栂沢家の女性も、平穏な生活を送る訳にはいかないのかもしれない。むしろ外に出された男子のほうが、ごく一般的な人生を得ることが出来るのかもしれない。それにしても因果な家に生まれたものだと、靖生はアズサに頷いて見せた。

靖生の父丈治は、精神を侵された秋吉利一に惨殺されたと警察に知らされ、報道で納得していた。だがその後靖生は定岡に聞いた話から、丈治は企業戦争で抹殺されたという疑いを持つようになっていた。養子の自分を分け隔てなく育ててくれた父は、何の恩返しもできないうちに逝ってしまった。悔やんでも仕方のないことだとは分かっていたが、口惜しさは痼《しこ》りとなって心に張り付いたままでいる。その痼りがうずき出しているのは、決して正義感などというものではない、復讐心が芽生えて肥大化していったのだ。嘉和、そして豊川家を調べるうちに、そこに大きな秘密が隠されていることを知った。そのことが、古賀丈治殺害に絡んでいるように思えてならない。更にさかのぼって渋谷で起きた連続事故死も、周囲に豊川嘉和の存在があったことをアズサから聞かされた。何やら、きな臭さが漂ってくるようだ。その晩、それらのことを辛島慎吾のスマホにメールで知らせておいた。靖生が疑いを持ったのは、どの事件の渦中にも顔を出している豊川嘉和に対してのことだった。

5

十一月十二日の夜、豊川恵利子という女性から靖生に電話が入った。海外旅行から帰ってきた彼女は、留守中に東京から訪ねてきた人物が二人いたことを田中幸子から聞いたという。つまり医者と刑事とがそれぞれ会いたがっているというのだ。彼女はこの数日、長旅の疲れが出たのか、前から不調だった身体の具合がいよいよ酷くなって来ていた。男遍歴や生活の不摂生からきた子宮癌ではないかと自己診断しているほどだった。そんな時に、医師が訪ねて来たと聞いて、たちまち興味を示した。靖生の名刺から東京の大学病院の医師だと知って、これは診察して貰えるチャンスだと、会ってみることにした。〈東京まで出て行くんやから、精密な検査をして欲しいんやけど。予約しといてんか〉と条件を付けてきた。早急に会って話を聞きたかった靖生は、研修の時に面倒を見てくれた婦人科の准教授に頼み込んだ。無理を言って十五日の木曜日に診察の予約を入れてもらい、そのことを恵利子に連絡すると、途端に上機嫌な返事が返ってきた。

「そんなら診察の終わった十五日の夜は美味しいもんご馳走してな。東京行くの久しぶりやから、楽しみやわ」

おやおやと苦笑いだったが、早速辛島慎吾にそのことを連絡した。

「分かった、話の場所に俺が居てもいいんだろうな」

「今抱えている捜査のヒントが得られるかも知れない。豊川嘉和の仮面が剝がせるかもしれないよ」

「俺もそのことを期待している。だけど彼女、高い物喰うんだろうな、係長経費を認めてくれるかな」

恵利子は三十五歳、二度の結婚に破綻を来して現在は一人暮らしをしていると聞いた。心斎橋で小さな洋品店を営んでいて、それなりに安定した生活を送っているようだ。そして、十五日の検査では恵利子の体調不良は、夏の疲れに旅行が重なったことでの疲労によるものだろうとされ、過去二回の堕胎の影響もあると言われた。今回の検査では、どうやら癌性のものは見当たらなかった。過去の無理が身体に出ているから、年に一度は定期的に検査することをお勧めしますと言われたそうだ。それで恵利子は気持ちがすっきりしたようで、すこぶる上機嫌だった。夜は新橋のホテルを予約してあるというので、三人で食事をしよう、美味しい店に連れて行けと要求された。ちゃっかり者なのは大阪のおばちゃんの特性なんだろうか。

「ちゃんとした結果を来週聞きに来るんやけど、先生が心配はないだろうって言ってくれはったんよ。みんな古賀先生のお陰ですわ。私の身体、これからずっとここの病院で見て貰おうって思ってます。よろしうお願いしときます。ところで、古賀先生がどうして嘉和のことなんぞ知りたいんです？」

「実は今年の春、福岡で僕の父が殺害されたんです。惨殺とでもいうんでしょうか、酷い有様だったと聞いています。暫くして犯人と思われる男が自殺して、事件は解決したと警察は発表しました。でもその犯人とされた人物は違うんじゃないかと思ったんです。その結果に納得がいかないんです。絶対に他に犯人が居ると確信しているんです。警察が全く当てにならないから、自分で犯人を捜し出そうと決めたんですよ」

警察が当てにならないと言われて、脇で慎吾は恨めしそうな目をしていた。

「それでその犯人が嘉和やないかと疑っているんやね。せやから嘉和を調べてはるんや」

「犯人は絶対に嘉和さんだと決めつけている訳じゃないんです。でも僕の中では、今一番疑いの濃い人物なんです」

「まあ仕方ないんかな。嘉和は人に疑われても、文句の言える立場やないんやから。しゃあないのかも知れへんな。けど私、ほんまのところあまり嘉和のことよく知らへんのや。嘉和は、中学高校と奈良県の一貫教育の学校に行ってたから、夜寝に帰ってくるだけやったし、その間のことはぜんぜん知らへんのやわ。でも夏休みとか春休みとかになると、地元の悪仲間と遊び歩いてた。休みが終わっても学校に戻らへんで、父に叱られてたわ。無免許でバイクを乗り回していたんもその頃のことやねん。勿論バイクは家に持って帰れへんから、仲間の所に置きっぱなし。あの子が奈良の学校に行ってたんは、地元の学校に行けなんだからなんよ。もう知ってはるでしょ、施設に入れられていたんやもの、帰ってきたかて、地元の中学には通われへんやろ」

「その辺りのことは、田中幸子さんから聞いています」

「施設に送られた理由は、小学校で飼うてた動物虐待が原因なんやけどね、本当は嘉和じゃないんよ。ほんまは……ほんまのこと言うと、ちゃうんやで」

「違う？　何がですか」

「ほんま、言いたくないんやけど。今まで誰にも言うてへんのやけど、またまた嘉和が無実の罪で警察に連れて行かれるんは、いややから。嘉和が可哀想やから……」

豊川家で疎まれているのは嘉和だけではなかった。長女の恵利子は長男将成の二歳下で、嘉和より三歳上だ。下の二人は大人たちの覚えのめでたい将成の陰で、ゆがんだ子供時代を送っている。ピアノだバレエだと押し付けられていた彼女は、母親の愛情が常に将成に寄せられていたことを敏感に感じ取っていたのだ。そんな恵利子は、型にはまらない個性的な性格で、世の中のしきたりに開き直っているように育った。豊川家のやり方に批判的ではあったが、へそ曲がりとか天邪鬼《あまのじゃく》というほどでもなかった。恵利子は子供の頃から、お上品な母親の押し付けからはみ出していた。母親が長男の将成を可愛がるあまり、嘉和を毛嫌いし遠ざけている様子をずっと見ていた。そして批判的だった。嘘の言えない、おべんちゃらの言えない、人前で取り繕ったり良い顔をしたりできない、要するに不器用な嘉和とは何故か気が合った。母親からヒステリックにまで叱られても黙るしかなかった二人は、家の隅で蹲《うずくま》っていることで耐えていた。二人は豊川家では異端児扱いだった。その恵利子から嘉和の非行歴の数々を聞くことが出来た。そして驚くべきことに、真実はまるで違っていたのだ。

彼女は意外なことを言った。将成は親の前では満面笑みを見せ、陰で二人の弟妹を苛めて喜んでいたのだという。あの動物虐待や虐殺は、将成のしたことだ。それを、長男の自分が家を継いでも一生可愛がって面倒を見てやるからと言い聞かせて、自分の罪を嘉和に負わせたのだという。その兄弟二人のやり取りやこそこそ話を、恵利子は盗み聞きしていたのだ。周囲の誰も何の疑いもなくすんなりとそれを受け入れてしまったのは、普段常に良い子を装っていた将成に疑いのかけようがなかったからだという。驚いて、疑うような慎吾に、恵利子は子供の頃将成から自分が性的な悪戯を繰り返し受けていたことまで呟いた。

嘉和を手懐《てなず》けて利用していたのは長男の将成だった。将成は子供の頃から両親の期待を一身に受けて育った。〈あなたはお父さんの後を継いで、豊川家と会社を守っていくんだからしっかりしてね〉と母親が言い続ける「帝王学」とは何だったのか。人の使い方、とりまとめ方を、母親は耳打ちし続けていた。子供がそこから覚えることは、ずる賢さと人を見下す心でしかなかったとしたらどうなんだろう。しかも際限のない甘やかしに応えて、周囲に良い顔を見せ続ける反動と腹いせに、人の目のないところで悪さをすることで心を癒やしていた。

そんな将成は陰で五つ年下の嘉和を繰って悪戯や悪さをし続けた。当然の顔をして使いっ走りに彼を利用した（権謀術数に長けた将成だが、父親だけはそれを見抜いていた）。そして、ゲームに熱中するあまり動物を虐待することを覚え、心がすっきりと晴れるような思いになれる、そんな快感を覚えた。たび重なる動物殺傷は町中の問題になって追及を受けるが、弟嘉和のせいにしてしまう。ばらすとお前もウサギのように殺してしまうぞ、遊んでもらいたかったら絶対に言うなよな。俺は十四歳だから警察に捕まったら牢屋に入れられ、少年院に行かされて何年も帰ってこられない。お前はまだ九歳だから絶対大丈夫だ。男の約束だぞと言い含め脅した。大人たちにはその真実が見抜けなかった、そのことで嘉和は生涯問題児のレッテルを貼られてしまう。だが、将成自身も完全に腐敗してはいなかった。嘉和が施設に行ってしまったことで、将成は大きな衝撃を受けた。それからは、悪さがぴたりと止まり、残虐性も自身で封じ込めてしまった。

「それがほんまのことなんよ。豊川の家ん中でやさしい心を持ってるんは嘉和だけや。オートバイを唸らかしたり、喧嘩したり、ようやってたわ。せやけど、人様に刃物を向けたりは絶対にせえへん、間違いないわ。けどな、兄の将成は分からん、よう言わんわ」

食べることもそっちのけで、恵利子は関西弁で捲し立てていた。ワインが利いて歯止めが掛からなくなったのか、それとも不憫な弟の話に気持ちが高ぶったからなのか。話の成行きとはいえ、兄のことを話さざるを得なくなっていたのだろう。

将成は東京の有名私立Ｋ大を順調に卒業した。卒業後は親の会社に呼び声も高く迎えられ、期待通りの仕事をし続けていた。そして、同じ東京とはいえ三流の大学を、かろうじて四年で出た弟の嘉和を、自分の手の届く位置に置いた。大学時代遊び続け、逮捕されないまでも不祥事を起こした嘉和は、規則ずくめのサラリーマンが出来る訳もない。入社当初は秀栄薬品の社内でも常に問題を起こした。そんな嘉和を手元に置き、汚れ仕事をさせた。社内で将成の目に触る男や、すんなり役職に就いた将成に反発する者らを会社から放り出す仕掛けをさせた。また競争相手の業者に打撃を加えるため、優秀な営業マンを使い物にならないように仕向けたこともあった。さんざん遊んだ挙げ句飽きてしまった女の後始末をさせる、などなど……。

ところが医薬品販売という仕事の流れの中で、社内に嘉和を置いておくような部署はないのだ。そこで将成は企画部の別室を設け、市場調査や社内厚生、新規拡張などの仕事をさせることを思いついた。言ってみれば捨て扶持的な扱いでしかなかった。大阪では汚れ仕事をさせ、東京支社では邪魔な問題を潰させたのだと、恵利子は言った。そして、二〇一〇年に福岡に転勤させ、二〇一二年には再び東京に戻したのだ。

恵利子のとんでもない話を聞いて、靖生と慎吾は発する言葉がなかった。暫く考えに浸り込んでいたが、食事を済ませた恵利子をホテルまで送り届け、語ることもなく二人はそこで別れた。二人とも胸中では、おそらく同じことを考え巡らせていたのだろう。靖生はマンションの自室に向かったが、慎吾は桜田門にタクシーを走らせた。

第三係の部屋に戻ると、待機していた係長に恵利子から聞かされた話を伝えた。思ってもみなかった内容に驚いた係長は、〈捜査の方向を変えなきゃならんな〉と事件の内容が書かれたボードに寄っていった。これまで中心を占めていた豊川嘉和への疑惑が一挙に薄らぎ、重要参考人の欄から外された。それとともに、脇の存在だった兄の豊川将成の容疑が俄然大きくなった。疑惑の線がそこに集中したのだ。そのことから考えると、定岡事件もさることながら、福岡での古賀丈治殺害事件の犯人としてまで、疑いが浮上してくる。豊川将成は事件直後には容疑者リストに入っていたが、これといった決め手がなかったと聞いている。そうなってくるともう一つ、慎吾が追いかけている渋谷での二件の事故死についても関与しているのではないかという疑問が息を吹き返してくる。

だがどの件に関しても、確実な証拠があるわけではない。一つ一つ不明な点を詰めて行かなければ、容疑者として扱うことが出来ない。さらに、将成が自ら手を下したというより、誰かに指示して定岡を襲わせた可能性も考慮しなければならない。日頃から手なずけていた蒲田の線もあるのだ。伊東係長は先ずは外堀からと、蒲田則男を緊急に手配することにした。蒲田の立ち寄りそうな先を上げて、その夜のうちに刑事たちに指示を出した。そして将成本人が定岡を襲ったとするなら、事件当日は大阪に居たと主張する彼のアリバイを崩さなければならないと考えた。

慎吾のスマホに先ほど別れたばかりの古賀靖生からメールが入った。

「躊躇してましたが、思い切ってお願いすることにしました。福岡県警の肝付刑事に、豊川将成と豊川嘉和兄弟、それに立木と蒲田の指紋を送って頂けますか。古賀丈治殺害の真犯人割り出しのためです」

思うところは同じだったのかと、慎吾はすぐに伊東係長に伝えた。

6

定岡殺人未遂事件は、十月四日の二十時二十分頃に発生している。豊川将成はその時間には大阪に居たと主張している。そのアリバイを崩すにはどうすればいいのか、何処かのアリバイ証明を取り去らねばならないなら、どの部分なんだろうと考えた。大阪に居た将成が犯行のために事件現場に居たとするなら、どんな行動を取らなければならないんだろうか、慎吾は時間を追って計算してみた。

大阪と東京間を一番短時間で移動できるのは飛行機で、一時間足らずで着くことが出来る。だが、飛行場へのアクセスや出発三十分前に手続きが必要などを考えるとロスタイムが出る。便の手配は前もってしておかねばならない。さらに、犯行の計画時間にぴったり合う便があるとは限らないし、犯行後大阪に戻る必要もある。かえって新幹線「のぞみ」のほうが本数もあり、即飛び乗ると二時間半ほどで着くという利点がある。しかも新大阪へのアクセスと東京駅から事件現場までの時間は合わせて一時間ほどだ。自動車を使用した場合ではどうかと思ったが、高速道路を突っ走っても片道五時間近くは掛かってしまう。やはり、新幹線を利用するのが一番だろう。すぐに時刻表を繰って、可能な列車を引き出してみた。犯行時間にぎりぎり間に合う列車だ。


新大阪十六時三十分発　↓　東京駅着十九時三分着、のぞみ二四二号。

東京駅からタクシーを利用、犯行時間の少し前、二十時十分現場に到着。定岡の帰りを待つ。

犯行後、二十時二十五分、部屋を出る。表通りで二十時四十分、タクシーを拾って東京駅に急ぐ。

東京駅二十一時十分発　↓　新大阪二十三時三十六分着、のぞみ二六三号で帰る。

この行程で犯行は何とか可能になる。ところが将成の言い分では、大阪本社で午後には役員会議を行っている。会議後は夕方から医薬品メーカーのＭＲと食事を摂りながら打ち合わせをした。その後、曾根崎新地を二軒ほど飲み歩いた、となっている。自宅に戻ったのは九時だったと言っていた。このアリバイを崩さなければならないのだ。

明日の十六日は金曜日だ、土・日になれば会社や自宅は聞き込みが出来難くなる。そう考えた伊東係長は、大阪府警の山本刑事にすぐに連絡を入れた。豊川将成の十月四日夜のアリバイを捜査するため、東京から刑事が二名大阪に行くことを伝え、協力を要請した。慎吾と塩野刑事は、朝一番の大阪行きの新幹線のぞみに飛び乗った。

そして、同じ十六日の夜のこと。立木のアパートを張っていた刑事が、こそこそと現れた蒲田を確保することとなった。その時の蒲田の所持金は、僅か三百円でしかなかった。将成の言いつけを蹴って逃げ出したものの、所持金を使い果たして、立木に助けを求めて来たのだと言っていた。刑事は将成から逃げたという言葉に引っかかりを覚えて、すぐに取り調べ室に連れ込んで尋問を始めた。

大阪に到着した慎吾と塩野は山本刑事と落ち合って、秀栄薬品の本社を訪れた。幸いといって良いのか、その日豊川将成部長は福岡支店に出張して、帰りは遅くなる予定になっていた。その結果本人が不在の間にアリバイ捜査を進められることになり、邪魔されずに捜査が出来るのだ。まずは総務部の女子事務員に十月四日に行われた役員会議のことと、将成のその日の行動を質した。事務員の話では、その日の役員会議は、十二時半から始まり二時半に終了している。そして将成は待っていたメーカーのＭＲの鈴木と出かけたと、女子事務員は証言している。その事務員の言ったメーカーの鈴木に連絡をすると、来週から地方回りのための準備で、今は大阪の支社に居ると言っていた。好都合と早速鈴木と市内で待ち合わせて将成のアリバイを確認したところ、その日は夜の八時過ぎまで一緒に飲み歩いたと話していた。だがその証言を言った時の態度が、何かしどろもどろに見えて引っかかった。

　この手の嘘の証言を見破るのはよくやることで、刑事とすればお手の物だ。食事をした店と飲み歩いた店を一つ一つ確認していったが、どの店もしっかり証言することが出来ないでもたついていた。そこで、そのメーカーの若いＭＲ鈴木に、繰り返し何度も同じことを追及すると、最後にはたまらなくなって偽証を認めた。将成から女と出かけるので妻の手前嘘の証言をするようにと、頼まれたことを吐いた。となると、帰宅時間の九時も怪しくなってくる。二人は直ちに将成のマンションに向かった。幸い妻の美帆は在宅していた。

「さあ、十月四日ですか？　覚えてないわね。みっともない話ですけど、もう何年も前から家庭内別居なんです。夫が何時に出かけて何時に帰ろうが、一切関知しませんから。ご覧の通りうちは玄関から自分の部屋にスッと入れますから、顔を合わさずに済むんです。買った時には４ＬＤＫなんて贅沢と思っていたんですけど、子供が大きくなるとこれでも狭い位ですわ。それで、お尋ねは十月四日のことでしたね。たしか九時ピッタリに部屋でオーディオが鳴ったのがその日だったかしら。でもね、以前にも同じことをしてましたよ。女と会っていた時間をごまかすためにね、そんな同じ手を使って、人を騙せるとでも思っているのかしら。今どき、タイマーがあるし、スマホを使って外出先から操作できますでしょ。アリバイにもなりませんわね」

そう言って美帆は笑っていた。夫が殺人未遂事件の容疑者として、取り調べられている。にもかかわらず、平然としていられるのは、この夫婦の仲が、既に壊れてしまっている証なのか。その笑いはどことなく淋しげに引き攣っているように見えた。

帰宅時間のアリバイ証言なんて何の役にも立たない。そんな報告を大阪から伊東係長に入れた。伊東はその夜のうちに大阪まで出てきて慎吾たちと合流した。明日は土曜日、出張から遅い帰りだと聞いていたので、朝のうちなら家に居るだろうと推測した。十七日の朝は早めの七時、豊川家のインターホンを鳴らして、出て来た妻に将成を呼んでもらった。本人はまだ寝ていたのか、出てくるまで少し間があった。まさか逃亡した訳ではないだろうと心配もしたが、パジャマ姿で現れた豊川将成に任意同行を求めた。状況証拠のみで不安は残るものの、係長は引っ張って吐かせることにしたのだ。

将成は抵抗することも異を唱えることもなく、着替えを済ませて素直に同行に応じた。時折笑みを見せるほどの上機嫌さは、警察をなめているようにも見える。その表情は取り調べ室でも続いていて、質問に歯切れ良く答えていた。だが、それは初めのうちだけで、肝心なことになると完全に否定し黙秘を決め込むようになった。それ以降は空とぼけを演じ、刑事の尋問をはぐらかすように答えていた。業を煮やして厳しく責めると、途端に黙秘を決め込んで目を閉じてしまい、何としても態度を変えようとしなかった。

一方東京では、留め置いた蒲田の取り調べが続いていた。十六日の夜に確保された蒲田は、どうにも鼻っ柱ばかりが強くて、警察への反抗心をむき出しにしていた。だが一日、二日と経過して、脅されたり賺《すか》されたりを繰り返されていると、徐々に強気が失せていくようだった。事件には関係のない他愛もない質問を向けると、まともな答えが帰って来るようになった。それがきっかけになって、あとはずるずると語り始めた。


「ところで蒲田君は、秀栄薬品の臨時社員に採用されているのか？」

「いや、社員にはなってない。俺、そんな頭ねえから」

「だけどもう二十五歳になったんだろう。好きな女と家庭を持ちたいんじゃないのか」

「そんな女いねえよ、第一まだ食わしてやれねえ」

「だって豊川将成部長が、面倒見てくれるんじゃないのか」

「それがさ、結構渋くて、なかなか金出さねえんだ」

「仕事をした時には、ちゃんと報酬貰っているんだろう」

「まあな、けどさ、いつも仕事がある訳じゃないし。ここんところ、俺部長から逃げてるから金なくてさ。それで、立木兄貴の部屋に行ったらあんたたちに捕まったんだよ」

「どんな仕事だった、いつ頃からだ？」

「言われた相手の写真を撮ったり、そのあとを付けて時間を記録して、部長に報告する、そんなところだけど、決行難しいぜ。相手に勘づかれないようにするんだからな。探偵みたいな仕事だ。そうだな、始めは四年ぐらい前だったろうか。で、今年になって、また始まったんだ。それが九州でさ。俺、九州って初めてだったから、けっこう楽しかったけどな」

将成は時折酒を飲ませたり、上等な食事を食べさせたりしていたようだ。手駒としていつでも使えるように、なんとか蒲田をつなぎ留めておきたかったのだろう。

「福岡じゃ、古賀社長や秋吉とかいう若い奴の調査だった。でもさ、後で知ったんだけど、俺が調べていたヤツらは皆死んでるんだ、それもすげえ殺され方してるから、俺ビビッちゃったんだ。このまま部長に付いていたら、いつかは俺も殺されるって思った。だから定岡とかいうヤツの調べが終わったら逃げたんだ」

「それは、東京だよな。他には誰がいたんだ、東京で」

「古賀靖生って医者とか、渋谷の刑事とかも調べたさ」

「学生は？　佐伯とかいう……」

「知らねえよ、俺そんなヤツ知らねえ」

途端に機嫌を害したようで、それきり話さなくなってしまい、その日の尋問はそれで終了になってしまった。そして翌日、矛先を将成の行為に絞り追及を強めていくと、あれこれととんでもない方向に話が飛んで、思ってもみない事実が明らかになって行った。だが担当刑事は、先ずは定岡の一件からと、ポイントを絞って尋問を続けた。

蒲田は人間性欠落の将成が恐ろしくなったのか、九月に入ってから将成の前から姿をくらましていた。古賀丈治への残虐な殺害様子を知って恐れてしまったが、その後落ち着いてきていたので少しは心を撫で下ろしていたようだ。それが九月の半ば、たしか連休明けの十八日、スマホに定岡の行動を調べるように連絡が入った。定岡の行動は毎日変わることがなく、なんとも簡単な仕事だった。だがその後、定岡を襲撃するように言われたが、ぐずぐず受け流していたところ、突然将成自らが大阪から出て来て定岡を襲ってしまったのだ。次は自分が襲われると恐ろしくなって、将成の前から姿をくらました。金があればその晩で使ってしまうような生活で貯えなどない。たちまち逃走資金に困って立木に泣きついて来たところを、立木を張っていた刑事に確保されたというのだ。定岡襲撃の廉《かど》で引っ張られたにもかかわらず、次々と余罪を唄ってくれた。だがその話の内容が真実なら、蒲田則男本人の罪としては、殺しには関与していなかったことになる。だがそれは自分の罪に関わることを隠して、一切話さないように避けていたとも取れる。

彼の話には佐伯英明は出てこない。他の人物、山脇刑事や古賀丈治とか秋吉利一などは躊躇せずに語っていたのに、佐伯の名前が出てこないのは、関与していなかったということなんだろうか。彼の喋った山脇殺害や古賀丈治、そして秋吉利一の殺害は、将成自身が手を下したと主張している。定岡の襲撃を命じられたが、ぐずぐずしている間に結局将成が自分で実行したのだとも言った。

大阪にいる伊東係長は、電話で蒲田の自供内容を聞いて、あきれ果てたのか、ただ唸るだけだった。そして蒲田則男の容疑を佐伯英明殺害に切り替えて、裏付け捜査を始めるように東京に残っている者に指示した。山脇刑事殺害に関しては、解決済みの事件とはいえ警視庁管内のことだから捜査に支障はない。だが古賀丈治や秋吉利一の殺害事件は福岡県警管内のことだけに、先方へ連絡することにとどめるだけにした。連絡を受けた福岡県警は、ただちに管理官を警視庁に派遣して来た。

大阪では、係長は将成の犯行説に確信を持ち、十九日に会社と自宅の家宅捜索の礼状を取った。慎吾と塩野は将成の自宅と会社を捜索する班に同行して、多数の証拠品を押収した。

まずはクローゼットの隅から、ビニール袋に入った古い携帯電話が出てきた。暫く使用されなかったようで、電池容量が切れてスイッチが入らない。通話記録でも採れればと、持ち帰って鑑識に充電して記録を調べるように頼むことにした。更に、太さが二センチ長さ十センチほどの筒状のレーザーポインターが見つかった。本体に貼ってあったラベルには波長六五〇ナノメートル、とあるのは赤色光線のことだろうか、レーザー出力三〇〇ミリワット、これは違法性のある非常に強力なものだ。二十八日に渋谷駅のホームで慎吾が眼に照射されたものかと、手に取ってじっくり見た。叔父の山脇刑事もこれでやられたんだろうと思うと、無性に怒りがこみ上げて身体の震えが止まらなかった。

さらに刃渡り十五センチほどあるサバイバルナイフが出てきた。ルミノール反応と、出来れば血液型が採れればと、これも鑑識に回すことにした。クローゼットの中から出た黒皮の手袋や黒のコートも検査に回す。これらを着用して定岡を襲った可能性もあるのだ。血液反応が出て血液型が採れ定岡の物と一致すれば、犯行に使われた凶器となり、将成の犯行が裏付けられる。さらに目出し帽やノートパソコンも押収した。引き出しの奥から出て来た封筒に写真が数枚入っていた。自分で撮った写真なら敢えてプリントアウトなどしないで、パソコンのファイルやメモリースティックなどに入れてあるだろう。本人以外の誰かが撮った写真と思われるが、数えてみると七枚の男性のスナップ写真だった。

一枚ずつ見ていくと、中に叔父の山脇の写真と慎吾自身のものがあった。双方とも街中で写したものらしく見える。雑然とした街並みを背景に、被写体の上半身が浮かび上がっていた。

驚いた慎吾はなぜ叔父や自分の写真がここにあるのかと訝った。さらにもう一枚は先日事情聴取をしたばかりの古賀靖生の白衣姿、それに定岡正之のものまであった。残りの三枚を改めて見直したが、どれもが本人の気付かないうちに撮られている写真のようだった。何らかの目的があって、人物を特定或いは確認するといった意味合いで撮った写真なんだろうか。山脇刑事や定岡の写真と、慎吾自身のものまであるということは、襲うための標的を写したともとれる。ともかく証拠品の中に入れて持ち帰って早急に調べることにした。

古い携帯電話のことは、翌朝一番で鑑識から報告が届いた。内蔵メモリーに二〇〇八年三月十九日までの記録が確認された。契約使用者は佐伯英明になっている。その報告書を見た慎吾は、目の前の霞が一気に晴れていくような気持ちなった。さらにサバイバルナイフと黒のハーフコートから採取した血液が定岡のものと一致したと報告書に記載されていた。これで決まりとばかりに、係長は直ちに逮捕状を請求した。二十日には豊川将成を東京に護送する手筈をとった。

その十日ほど前のこと、福岡県警では、定岡正之殺人未遂事件の捜査で警視庁捜査一課第六強行犯捜査三係から二人の刑事が訪れ、三日ほど大わらわだった。これといった結果が出ないままだったが、二人は東京に戻った。県警の刑事たちは終わってほっとしていた。〈奴らは何しに福岡まで来たんだ、警視庁も大したことないわ〉と笑って一週間が過ぎた。

ところが、十一月十九日、同じ警視庁捜査一課からの連絡があり、福岡で起きた古賀丈治殺害事件の新たな証拠が出たと報告があった。その事件は被疑者死亡で五ヶ月前に解決済みのはずだった。それが、警視庁から真犯人を引っ提げての横槍が入ったことになる。慌てふためいての再捜査ということになってしまう。なんのことはない、福岡県警の捜査の不手際をあからさまに指摘されたようなものだ。何の成果も出せないまま東京に戻ったと思っていた刑事たちは、実はそのことを捜査していたのかと、苦い思いが部屋を覆った。

その事件の捜査に当たっていた肝付刑事は、〈やっぱり〉という思いが湧いていた。自殺した秋吉利一を殺人犯と断定し、容疑者死亡で幕を下ろした時、被害者の息子から〈おかしい、犯人は他に居るのでは〉と言われていた。その時肝付自身も、若干胸に痼《しこ》りが残る捜査だったことを想い出した。あれから五ヶ月が経過していた。

大阪府警から四人の指紋が送られてきた。それを、事件当時に採取した数個の指紋と照合するようにとの指示だった。だが現場に残されていたシートとか入り口扉などの建造物や中にあった物全てから、完全な指紋はほとんど採取されていない。これは、犯人が手袋を着用していたか、あるいは犯行後に痕跡を入念に拭き取ったためとされた。一方、事件解決後に被害者の息子の直輝から要求があって、秋吉利一から押収した証拠品の書籍に付着している指紋を調べるようにと要求があった。鑑識がそれと照合してみたところ、なんと、押収してあった数冊の書籍から採取した複数の指紋の中に、大阪から送られてきた四人の中の一人のものと一致する指紋があった。このことは秋吉利一とその者に接触があったことになる。だがそのことが何を意味するのか、福岡県警の肝付刑事にはもう一つピンとこなかった。ところが、その報告を受けた警視庁捜査三係では、古賀丈治殺害事件の真相はこれで決まりだと、事務所に居た者たちが大きく歓声を上げた。

そして、目下捜査中の定岡正之殺人未遂事件の方は、大阪での捜査で将成のアリバイが崩された。それを機に東京でも、事件発生の四日に将成が事件現場に居たことを洗い直した。タクシーの運転手への聞き込み捜査による証言や、駅の防犯カメラから立証されることとなった。

大阪での家宅捜索で、証拠品として押収した物の分析が、大車輪でなされていた。捜査一課では、佐伯の所持品である携帯電話とか、山脇を襲ったと思われるレーザーポインターが確認されたが、二人の死亡については表だって追及することをしなかった。この二件の案件は、本人たちが泥酔したうえでの事故として調書を作成し処理済みになっている。しかも当時の渋谷署の署長だった人物はキャリア組の最優秀若手で、現在警察庁に戻っている。噂では現内閣の大臣に親類が居るという。その人物の指揮での案件が、捜査ミスだったとなると、彼の経歴に大きな汚点になる。そんなことから、警視庁内ではあえて触れない方が良いという雰囲気が充満していた。何のことはない、触らぬ神に崇りなしと尻込みしているのだ。だが事故発生当時からその結論に疑問を呈していた者の中に伊東淳士係長がいた。山脇亮一は警察学校の同期生で、特に気の合った飲み仲間だった。彼のそんなみっともない死に方を、まともに甘受出来ないでいたのだ。

第六強行犯捜査三係には、伊東係長を始めとして出世など眼中にない猛者が揃っている。筋の通らないような上司の指示などに従う気持ちなど、一寸たりとも持ち合わせていない者の集団が捜査一課の三係なのだ。その精神は、日頃上からの物言いで押さえつけられている連中の反抗心ともいえる。慎吾が拘り続けていた過去の事件の解決に、全員が進んで耳を貸してくれた。それは福岡の古賀丈治殺害事件に関連する部分もあるだけに、興味を示し追及に助成してくれた。それにしても、たとえ渋谷の事故で死んだ二人が殺害されていたとしても、二件の事故は手口が全く違っていることが引っかかった。定岡事件の取り調べで将成を尋問している合間にそのことを挟んでみたが、将成は二人のことは全く知らないと惚ける余裕を見せていた。慎吾は何としても山脇の無念を晴らそうと、真相を追及していきたいのだが、将成への尋問は当面定岡殺人未遂事件に集中して行われていた。係長はそんな慎吾を見て「慎吾、焦るなよ」と、肩を叩いた。

慎吾は大阪の将成の自宅の机の引き出しから山脇の写真が出たことから、将成の主張を覆せると考えた。古賀靖生と定岡正之そして叔父と自分以外の残る三枚の写真を関係者に見せて回り、被写体がだれなのか探ってみた。だがそのことは意外にあっさりと解決した。拘束されていた蒲田に見せたところ〈これ、全部俺が撮ったんだよ〉と言ってのけたのだ。それらは古賀丈治、秋吉利一、佐伯英明で、将成に指示されて撮ったものだという。彼らを監視し行動をチェックすることを言いつかって、間違いのないように確認するためだったそうだ。

「このなかで襲われてないのは古賀靖生だけじゃないか。全部おまえが襲ったのか、殺害したのか」

「冗談じゃない、前にも言っただろう。オレは何もしちゃいないぜ。写真を撮って奴らの後を付けただけだ。そのあと奴らの行動をこまかくチェックして将成部長に報告したんだよ。何もしちゃいないんだから、さっさと帰してくれよ」

「定岡正之さんの写真は何処で撮ったんだ？　何日もあとを付けたんだろう。それで頃合いを見計らって襲ったのか」

「違うって言ってるだろ。四谷の会社から出て来たところを撮っただけだ。奴は、殆ど毎日同じ時間に会社を出るんで、後を付けるのも楽だったな。マンションに着くのも、毎日殆ど同じ時間なんだ。それを将成さんにメールしただけだよ。定岡を殺せって言われたけど、俺将成さんが怖くなって、返事もしないで逃げたんだ。福岡でハラワタまで引っ張り出したこと知ってたからさ、俺も殺されるんじゃないかってビビッちまったんだ。だってさ、後を付けるように言われた秋吉だって、ビルから突き落とされたんだぜ。紳士面してあいつ悪魔だよ」

「渋谷の件はどうなんだ、お前がやったんだよな」

「渋谷って、なんのことだ」

「四年前のことだよ。お前が渋谷で襲った、学生の佐伯英明の話は聞いたよ。電車に撥ねられた山脇刑事のことはどうなんだ。お前がやったんだろう」

思わず力が入ってしまったんだろう。慎吾が詰め寄るほどの形相を見せた大声に、蒲田は圧倒され一瞬身を引いてしまった。慎吾を見る目が上目遣いになり、声のトーンが落ちている。

「俺、やっちゃいないって言ってるだろ。それも将成さんに言われて後を付けて報告しただけだよ。何もしちゃあいないって。刑事が警察署を出るのを待って、飲み屋に入ったのを携帯電話で報告したんだ。店を出るまで見張ってろって言われてさ、あの時は年末の寒波ですげえ寒かった。でもさ、なんかTVドラマの探偵みたいで結構面白かった。刑事が飲み屋から出て駅に向かったのを報告してその日は終わったんだよ。結構良い金貰ったけど楽じゃなかったね」

「そのあと将成はどうしたんだ」

「知らねえよ、だけどさ、次の日のニュースで刑事が渋谷駅で電車に撥ねられて死んだのを知って、将成さんがやったんだってピンときたね。あの時だよ、俺、将成さんの恐ろしさを初めて知ったのは。だってさ、あの刑事が帰りに電車に乗るのは、いつも最後尾の車両だって、報告したんだぜ。そしたら部長、機嫌良く、了解って言ってたんだ。やったんだよ、絶対将成さんだよ」

「だけど、お前その後も将成に付いていたんだろうが」

「結構良い金くれるから、なかなか辞められなくて」

「佐伯英明の方はどうなんだ。お前が絡んでいたんだろう」

「将成さんから初めてやらされた仕事で、俺張り切っちゃってさ。写真撮ったりしたけど、仕事が出来ることを見せようと思って言われた通り学生の携帯電話を盗って渡したんで、褒めてもらえた。だけど、それだけだぜ、何もやっちゃいないよ」

「四年前の三月二十一日のことだ、知ってるよな。あの日もお前が佐伯の後を付けたんだろう」

「違うって、あの日は嘉和さんが佐伯とかいう学生と会ってたんだ。俺はそこまでしか知らないって」

　だが佐伯殺害の話になるとだんまりを決めこんで、それ以上一言も言おうとしなかった。口の軽い蒲田が話さなくなってしまった。ということは裏を返せば、かえって逆に大いに疑いありということになるんだろう。

7

豊川将成に逮捕状が出て、二十日に大阪府警から警視庁に護送された。東京に移っての取り調べは、ホームグランドに戻った安心感があった。三係の刑事たちはどっしりと構えての尋問になる。それとは逆に大阪から移送されたことで、容疑者将成は気弱になっているように見えた。それは任意同行から逮捕へと変わった己の立場を、手錠を掛けられての護送ではっきり知ったからだろうか。それでも、尋問には証拠品のサバイバルナイフやハーフコート、目出し帽などを突きつけられて、定岡襲撃を渋々認めはしたが、口籠もったり黙り込んだりでスムーズには運ばなかった。犯行そのものは認めたものの、脅すつもりだけで殺す意思はなかったとか、計画的な犯行ではないとか、言い逃れが多かった。とはいえ、凶器のナイフや返り血の付着した黒いハーフコートなど物証が揃っていて、将成が犯行を一部自白したことで定岡襲撃事件は解決の方向にこぎ着けたことになる。

傷害事件なのか、殺人未遂事件なのか、刑が分かれるとあって、将成は殺すつもりがなかったことを強く主張していた。

そして本人はその事件だけで終わらせるつもりだったようで、定岡事件の調書の作成に異議を唱えることもなかった。だが肝心の動機が見えてこないままだ。改めてこのことを追及していった。そして、やっと蒲田が口にしたことを聞いて、定岡を襲った動機について話し始めた。それを聞いた第三係の面々は、そんなつまらないことで人を殺そうとするのかと、呆れ顔だった。人を殺すことに何ら躊躇の心が失せてしまったのだろうか。既に精神が犯されて異常な状態になってしまっているんだろう。

将成の供述は大阪本社から始まった。八月三十日に定岡が大阪本社に現れた時、古賀社長を殺した犯人の何かを見たと言ったのだ。それを聞いた時一瞬ドキッとしたが、定岡の釈明を聞いて、その場はそれで気持ちが治まった。だが、定岡が東京に戻って日が経つにつれ、またぞろ不安の芽が頭をもたげ、心痛が日増しに増大していった。あいつは何かを知っている、だから薄笑いを見せて俺を追い詰めようとしているんだ。あいつなりに古賀社長の復讐でも考えているのかも知れない。一日過ぎるごとに、一時間経つごとに、その思いは疑心暗鬼になり大きく肥大していった。あのまま野放しにしておいてはいつ誰かにバラさないとも限らない、口をふさがねば、殺してしまわねば、そう考えるようになっていった。今更人を殺すことに抵抗感はない、むしろ快感さえ覚える。社員リストで定岡の東京の住所を調べ、グーグルマップのストリートビューで周囲の状況を探索した。そして、あくまで自分は大阪にいたように装うことを考えた。警察なんてちょろいと、完全犯罪を目論んだ。蒲田則男を使わないことにしたのは、ことがそこから発覚する危険があるからだ。古賀社長殺害の時も蒲田には手伝わせなかったのはそのためだ。俺の犯行を知る者は一人もいなくしなければだめなんだ、人間なんて誰も信用できない。

将成は定岡のことがいつまでも心に引っかかり、ますます肥大化していった。人の善意が信じられない将成には、定岡の存在がすっかり恐怖の存在になってしまった。すぐにでも東京に行って定岡に確認したいところだが、なかなか時間が取れず、一週間後にやっと東京に行く用事が出来て、定岡に会うという念願が叶った。夕方出先から戻った定岡を呼び出し、益体《やくたい》もない会話に混入して、さりげなく聞いてみた。

「九州での饗応や接待のデータを見たけど、何処かに提出するつもりなのか。まさか公取に垂れ込もうってことでもないよな」

「別に他意はありません。お見せするのを止めようかと思ったんですが、これだけの接待費用を使ったから、それに見合った成果を上げることを肝に銘じようと。つまり自分に言い聞かせる意味だったんです」

「まあ君からこんな数字を出して貰わないでも、総務ではしっかりチェックしているよ。ところで、古賀社長殺しの犯人は秋吉じゃなくて、別にいるんだとか言ってたようだけど、一体何を見たというんだい。犬山常務の話では、ウチの社内に犯人が居るようだとか聞こえたってことらしいけど、ホントなのか」

「すいません、たいしたことではありません。なんかちょっとそんな感じがしただけなんです。大変世話になった方が亡くなったのは、私が裏切ったからだとか恩を仇で返したからだとか、なんかそんなことばかり考えているうちに、嫌な夢を見たりして……」

「根拠のないことを言いふらしたりして、社内に混乱を起こさせないでくれ」

定岡は特に顔色を変えるでもなく、もったりした口調でゆっくり話し出した。

「事件は解決したことだから、今更言う程のものではありませんね。確実な証拠でも出ないことには警察は動かないですよね」

とぼけているのか本当にたいしたことではないのか。将成には判断が付きかねた。まあこの男は気の弱い真面目男だから、混乱しているだけで嘘はないだろう。知っていて俺の前で何もないように振る舞えるほどの度胸はないはずだ。何も知っているはずがないのだとその時は納得した。ところが、将成は納得したはずなのに、一向に不安が消え去ることがなかった。夜になると、その不安材料が頭をもたげて眠りを妨げる。そんなことが暫く続いていよいよ我慢出来なくなり、蒲田を呼びつけて定岡の行動を見張らせた。〈会社を出た後、きっちり自宅に戻っているか、分単位でチェックしてくれ。〈企業秘密を他社に売ってる疑いがある〉。定岡の行動を把握して、犯行を計画することにした。当然、自分は大阪に居るように見せる計画を練った。

定岡殺害を狙った時には、運は味方してくれなかった。もう一撃というところで邪魔が入ってしまった。偶然が犯行の不首尾をもたらすことになってしまったことに舌打ちした。帰りの車中であれこれ考えたが、手がかりになるような物は何も残していないから、警察に突っ込まれることは絶対にない、大丈夫だと頷いた。

殺人未遂事件はやっと解決した。被害者の定岡正之は、その後少しずつ回復に向かっている。先日、担当医の同席を条件に、本人と面談した。定岡は刑事の質問に、ゆっくりとした口調で答えていたが、頭脳の反応や働きになんの違和感も感じられなかった。脳の機能は損なわれてはいないと思えた。だが、事件のこと、襲われた当時の状況は殆ど記憶にない様子だった。不意を突かれて目出し帽とビニール合羽を着た男に襲われたことは記憶にあるものの、それがどんな者なのか誰なのか全く分からないと言った。空《くう》を見つめて記憶を取り戻そうとしているように見えたが、実際にそれだけしか見ていなかったんだろう。それ以上は担当医師のストップが掛かって時間切れになってしまったが、定岡の記憶能力は完治しているように思えた。

そして、慎吾は定岡襲撃事件の調書の作成が終了するのを待っていた。その件の終了をみて、渋谷での四年前の二件の事故死が殺人事件であったことに関して尋問をしようと構えていた。拘留されている蒲田則男の供述からおおよその事件の流れは摑めていた。慎吾自身が襲われたこともあり、山脇刑事が渋谷駅のホームで電車に撥ねられた事件の凶器として使われたとみられるレーザーポインターが押収されている。だが果たしてそれが本当に山脇刑事を襲った物なのか推測の域を出ないのだ。レーザーポインターのビーム光線で目を射られホームから線路に転落するものなのか、これも憶測でしかない。他に証拠になるような物は何もない。それもそうだが、将成の指示で蒲田が山脇の写真を撮り、帰路の後を付けて逐一将成に報告したことなども、単に状況証拠でしかないのだ。

さらに、小雨の降る夜、渋谷の路地の階段で滑り落ちて死亡した佐伯英明の場合、凶器とする物があるわけでもない。死亡原因とされる後頭部打撲も、転んだ際に階段で打ったものとされている。その後頭部を角材のような物で強打したとしても、それを証明する術がない。この事件に絡む証拠品としては、蒲田が佐伯から盗った携帯電話が将成の部屋で発見されているが、物証としてそれだけではなんとも弱い。犯人の自供が決め手になるだけだろうから、一件ずつ将成に喋らせる他にないだろう。時間を掛けてじっくり将成の話を引き出つもりだった。

一方、これらの事件の流れに豊川嘉和と立木鉄夫が絡んでいるため、二人を任意で出頭させてそれぞれに事情聴取を行った。だが嘉和は相も変わらず、肝心なことになると途端に口が重くなってしまう。決して真実を明かそうとはしなかった。伊東係長が立ち会い、相変わらず口を割ろうとしない嘉和に語りかけた。

「誰を庇っているのか、何に義理立てしているのか分からない。あるいは自分自身の身を守るためか、それとも警察に反抗するためなのか。そのいずれにしても、君はこのまま真実を伝えないままに全てを覆い隠そうとするつもりなのかな。だがね、君の人生のなかで、一度は全てを綺麗に清算しなければならない時があるんじゃないのかな。これから先、まだまだ長く続く人生だ。将成はおそらく死刑を免れないだろう。そんな男が事実上経営していた会社は、これから先どうなると思うんだ？　さらに将成の行為で倒産の危機に追い込まれているＫＩＨは、この先どうなるのかな？　今じゃあ秀栄薬品を継いでいくのは君しかいないんだよな。医薬品卸業界に従事している者たちが、皆んな明るく生活していける。そんな業界にする責任が、嘉和君には課せられているんじゃないかな。大所高所に立って、じっくり考えることだね。将成に代わって君がこれらの問題を収めなければならないんだよ」

係長の言葉に感銘を受けた訳でもあるまいが、嘉和は時間をおいてポツリポツリと語り始めた。ことの発端は〈ｐｉｔ〉でのアズサとの出会いからだったという。

大学受験の勉強を始めた時に一旦はオートバイから離れた。その後東京の大学に入って完全に族を卒業したが、バイクは好きで乗り続けていた。大学四年の夏のこと、急に右に路線変更をしたダンプに巻き込まれ、後ろに乗っていた女性を死なせてしまった。意識を失って救急車で搬送された嘉和が、ベッドに括り付けられて意識を取り戻した時に、愛している女の死を知らされた。左脚・左手を骨折した嘉和は自身の傷みよりも、彼女を死なせてしまったことのほうが、大きく痛手となって心に残った。人を好いたり好かれたり、愛したり愛されたり、そんな経験に乏しかった嘉和が、その女性には心の底から惚れていた。彼女が大学を卒業したら一緒になる約束だった。それ以降、いろんな女と出会った。ベッドを共にし、将来の話までするようになると、決まって心にストップがかかる。いつの間にか相手の女を、死なせてしまった彼女と較べてしまっている。死んだ者と比較されて、生きている者に勝ち目があるはずもない。そんな男だから三十二歳まで結婚に踏み切れないでいたのだ。

嘉和が初めてアズサを見たのは二〇〇七年四月東京営業所に転勤になったその年の秋、二十七歳の時だった。渋谷のジャズライブバー〈ｐｉｔ〉でアズサのボーカルを聴いて魅せられた。彼女の出演する予定を調べて、〈ｐｉｔ〉に通った。だがアズサを目当てに店に来る客は多かった。彼女の歌う夜は平日の水曜にもかかわらず店がほぼ満席になった。噂では、彼女はまだ学生だという、確かにまだ幼さを残す表情が時折見える。だが、歌唱力、レパートリーの多さ、ネイティブとも思える英語の発音などには素晴らしいものがあった。憂いを含むような歌声に、心を持って行かれた。バイクで死なせた女に、面影が心持ち似て見える。アズサのことを思って、寝付けない夜が続いた。だが、自分の他にアズサに付きまとっている男がいた。

嘉和は女を口説くことにはそれなりに自信があった。学生などには、金と遊びでは負ける気などまるでなかった。それだけに、競争相手とは思っていなかった。それが突然その一人、佐伯という男に〈しつこくしない方が良い、彼女嫌がっている〉と言われてショックを受けた。若造のくせに威張りやがってと怒りが走ったが、何とかその場は堪えた。相手は眉目秀麗、しかも秀才ときている、とても自分の及ぶところではなかった。だが叶わないとなると想いは余計に増し、せめて遠くからでも見ていたいと思うまでになった。彼女の歌う日には〈ｐｉｔ〉に通い詰めた。そしてそのことが蒲田の口から兄の将成の知ることになった。

嘉和には東京の学生時代の悪仲間と、まだ付き合いが残っていた。立木鉄夫は暴走族の片端にいたチンピラだったが、悪さをして嘉和が属する仲間に袋だたきにあったことがある。半殺しの態で転がされていた鉄夫に、嘉和は弟の大悟を重ね合わせて見た。嘉和は制裁を止めさせて悪仲間の仕打ちから鉄夫を解放してやった。それ以後、鉄夫は嘉和の腰巾着になった。嘉和にすれば可愛がっていた弟にでも摺り合わせたのか、小遣いを遣り遊びに引き連れて歩いた。暴走族あがりのチンピラじみた鉄夫には定職がなかった。嘉和が大学を卒業した後、父親の経営する近畿メディカルに入り、大阪本社勤めになった。暫くして落ち着くと、立木を大阪に呼び寄せて使いっぱしりに遣っていた。大阪での汚れ仕事を手伝わせていたが、その後二人は東京に舞い戻った。

そんなある日、嘉和は立木鉄夫を脇に、やけ酒を飲んだ。

「佐伯とかいう野郎、生意気な奴だ。俺をコケにしやがって」

鉄夫は嘉和のぼやきや不平を脇で聞いて相槌を打っていた。

「佐伯が居なければアズサは嘉和さんのものなのに」

「アズサは佐伯とできているのか、あんな男、何処がいいんだ」

「佐伯なんて野郎消えちまえばいいんだ」

佐伯を呼びだして話を付けたほうがいいと鉄夫は言ったが、嘉和は穏やかに済ませたかった。十九日に〈ｐｉｔ〉で会った時に話したいと言うと、佐伯は今日は都合が悪いが翌日なら良いといった。佐伯はその夜はアズサと約束があったようで、結局二十一日に会う約束をした。

大学時代に起こしたオートバイの事故で、後ろに乗せていた恋人を亡くしてからというもの、女性を愛することがなくなっていた。そんな嘉和が何年振りかに恋をしたのだ。援護してやろう、ここで奴に貸しを作っておくことも悪くないと、将成は援護しようと決めた。何にしても、子供の頃の負い目が付きまとっている、それをチャラにしようと、いつも考えていた。

いや、兄である自分が常に優位に立つのが当然だとも考えていたのだ。出来れば嘉和の恋敵を痛めつけて女を諦めさせよう、身を引かせようと思った。そして将成は嘉和を狂わせる程の女を見てみようと〈ｐｉｔ〉に出向いてアズサを観察した。

どことなく嘉和の亡くした恋人に似ているところがあった。染み渡ってきた彼女の歌声に妖艶さを覚えた。将成は、蒲田則男を呼んで目論見《もくろみ》を実行させることにした。将成は佐伯を痛めつけるように指示する計画を練った。彼の計画は策士そのもので、嘉和を一連の計画に引き込んで己は関与していない風に組立てたのだ。

それでも、当初から佐伯の殺害を考えていた訳ではなかった。蒲田に佐伯の携帯電話を奪い取らせたことは、通話記録を消滅させ嘉和や自分の関与を消そうとの企てだった。それにより捜査の攪乱と行き詰まりを画策したことは事実だった。痛めつけて、アズサから身を引かせることが目的だと蒲田則男には告げていた。則男は指示通りスチールのアングル材で佐伯を殴った。ところが勢い余って、前のめりになった佐伯の後頭部頸椎の一番上の延髄を強打する結果になってしまった。打ち所が悪かったのか、佐伯は即死だった。翌朝ニュースで佐伯の転倒死を知って、将成は期待以上の結果になったことで、得体の知れない快感に襲われた。そうなると、この計画は最初から殺害を意識していたとも解釈できる。蒲田にスチールのアングル材の使用を指示していたことは、殴られた者が死に至る公算の大きいことを、考えに入れていたとも推測出来るのだ。

その二十一日には、佐伯に会ってアズサから身を引くことを伝えるようにと、前もって嘉和に指示しておいた。嘉和は三月十九日（水）、アズサのステージが終了して、店を出る佐伯を呼び止めた。少し話したいことがあるけどと、二十一日の九時に御茶ノ水駅で待ち合わせた。二人は鉄夫の運転する車で神楽坂の小料理屋に入り、酒を飲みながら話した。まだ学生の佐伯は恐縮しながらも遠慮なく飲んでいた。そんな佐伯に、自分は大阪に転勤になったので、蟠《わだかま》りを解いて行きたいと言い出し、アズサのことじゃ随分不愉快な思いをさせたようだから、最後に謝っておきたいと伝えた。

「アズサは良い女だ、俺はファンという域を超えて惚れてしまった。だがアズサには君という素晴らしい男がいた。俺みたいな出来の悪い男と帝都大の大学院生じゃ、端からとても勝負にならないよな。それで、俺は焦った。それがアズサに不快感を与えてしまったようだ」

いささか飲み過ぎた佐伯は、理性のタガがゆるんで自惚れの自我が現れる。相手を見下した物言いで、アズサとの惚気話を聞かせた。十時を回ったところで、嘉和の携帯が鳴った。二人は店を出た。

「俺はこれから寄るところがあるからここで別れる、俺の車で家まで送らせるよ」と、電車で帰るという佐伯を半ば強引に車に押し込んでしまった。佐伯は疲れが出たのか、調子に乗っていささか飲み過ぎてしまったのか、強烈な眠気に襲われた。にもかかわらず、口がやたらに軽くなって頻りに運転する鉄夫に話しかけた。だがいつもの癖で、高見からの物言いでついつい鉄夫や嘉和を小バカにした口調になってしまう。……東京を離れるからアズサを頼むだなんて、彼女は最初から頭の悪いやつなんて相手にしてなかったんだ、それも分からないなんてやっぱりダメなんだよ、クズだなと、独り言つした。だがその声は鉄夫に聞こえていた。普段から鉄夫は、頭の良いことを鼻に掛け取り澄ました連中に反感を持っていた。佐伯の言葉に激憤して車から引きずり出してしまった。

鉄夫は殴りもしないで、佐伯を置き去りにしてそのまま走り去った。だが翌日のニュースで佐伯が死んだことを知って、蒲田を呼び出し問い詰めて事実を聞き出した。思った通り蒲田は将成の言いつけで、鉄夫の車の後を付けていたのだ。そして、携帯で将成から指示されたとおりに、車を降りてふらふら歩いている佐伯を捕まえた。振り払って逃げようとする佐伯の後頭部を一撃して、階段から突き落とした。辺りは冷たい小雨が落ちている。さほど遅い時間ではないのに人影は全くなかった。鉄夫はそんなことを蒲田から聞きだして、逐一嘉和に報告した。

嘉和が話したことはそんなところだった。聞き終わった慎吾は、その後の将成の行動を推測してみた。将成は、嘉和に恩を着せることが出来たとにんまりしただろう。則男にも殺人に手を染めたという大きな枷を塡めたことになった。そして警察の疑いを外すように、翌日嘉和を大阪に異動させた。事件当夜の雨も手伝って、殺人事件が酔った上での転倒死の事故として処理された。それで全てが終了したはずだった。

　だが嘉和はアズサに会いたい気持ちが抑えきれなかった。仕事にかこつけてはその後も月に二度は東京に出て〈ｐｉｔ〉に顔を出していた。それを山脇刑事が嗅ぎつけた。半年以上も過ぎた頃に、山脇の執拗なほどの捜査の手が伸びたことを立木鉄夫が蒲田則男に話し、蒲田は将成に伝えた。手加減を知らない則男の暴走ではあったが、完全犯罪だとほくそえんでいた将成は、追い詰められた気分になった。おまえの失敗が原因だぞと蒲田を叱り付け山脇を始末するように言いつけようとした。だが将成は危惧した……こいつに任せてはまた失敗するかもしれない、そう思った将成は自ら手を下すことにした。

　マニアックな将成はあれこれ仕掛けを考えて、事故死に見せるように仕組んだ。遠隔操作で電車の入ってくる寸前にホームから落下させる。ビーム光線で目に強烈な刺激を与えるか、パチンコ玉をこめかみに打ち込むか……。ただし、電車のホームにいる周囲の者たちに気づかれないように気を配り、ホームから足を踏み外させる……そんな計画を立てた。強力なレーザーポインターをネットの闇サイトで購入した。当日の酔っ払い刑事は、上手く塡まってくれて、見事なほどに計画が成功した。そしてなおラッキーなことに、警察は事故死に全く疑いを持たなかった。

完全犯罪の成立だった。それが自信になって、将成は自分の才能を誇る気持ちにまでなっていた。そしてそれは警察を甘く見ることに繋がって行った。佐伯を殺してしまったことから、将成の精神は少しずつ異常性を見せ始めていた。幼児期から少年期の動物虐殺の本性が頭をもたげ、子供の頃の快楽が蘇り、山脇刑事を殺害してさらに悪化していった。福岡では仕事が行き詰まり、単身赴任の不快が増して、窮地に立たされた。そして自制心のタガが外れて、自ら手を下す虐殺に走った。古賀丈治殺害では残忍さに酔い、完全に精神を病んでしまったのかもしれない。そして定岡を襲う計画の時は、興に乗り自信過剰にまでなっていた。勢いで突っ走った挙げ句計画が粗くなって、結局邪魔が入ることになってしまったのだ。将成はそこまで計算しきれなかったのだろう。

古賀丈治を殺害した頃からだろう、性格が急変したと噂されていた。隠蔽されていたサイコパスの顔が表面に出てきたのだろうか。社内や家庭で妙に自信に満ちた態度や行動が多くなり、人が避けて通るようなニヒルな笑みを見せたことがよくあった。家では急に大声で高笑いをすることもあり、近寄りがたい雰囲気になっていたという。慎吾はその辺りのことを考慮に入れて、将成の取り調べをした。

「なるほど、嘉和はそんなことを言ってましたか。まあ、当たらずとはいえ遠からずですか。

蒲田が言うように、俺は佐伯を殺せとは命じてなかったよ、それは事実だ。レーザーポインターで刑事の目を狙ったのは俺だ。だけど刑事は自分でホームから落ちて電車に撥ねられたんだ。俺は手を下したりしてない。傷害致死ってところかな」

調子に乗って語り始めた将成は、慎吾の出した番茶をすすりながら、なおも話し続ける気配だった。一瞬叔父の顔が浮かんだ、腹わたが煮えくりかえって、このままぶっ殺してやりたいような怒りに襲われた。それでも拳《こぶし》を握りしめて堪えた慎吾は、椅子に寄りかかって将成を睨み、頷くだけにしていた。

「どうせ、蒲田辺りがべらべら喋ってるんだろうな。ここが終わったら福岡県警に移されて、ガッチリ絞られるんだろう。九州の人間は気性が激しいから、一つ一つ厳しく追及するに決まってる。さっさと自白しても、しつこく質すんだろうな」

そして、想い出したとでもいうように、古賀丈治殺害事件について話し出した。その話しっぷりは、己の手柄話を披露しているつもりなんだろうか。

8

「二〇一〇年、当時の秀栄薬品は、業界大手の統合の波に飲み込まれる窮地に立たされていたんだ。なんとかそれを打破しようと、福岡営業所の開設に踏み切った。福岡での成功は社運を賭けるほどに期待されていた。数字が重くのしかかっていた。だけど計画通りの売上はそう簡単に上がるものではないよ。そして日夜押しつぶされそうな思いを、単身赴任の身にあって、俺は一人で耐えていた。その頃俺は一人になると、自分の手のひらをじっと見ることがよくあった。まるでそこに山脇を葬った時の感触が残っているかに見えるのだ。そんな日々、ぶらりと街を歩くことが息抜きになっていた。度々訪れる福岡の大きな書店に入った時、マニアックな本のコーナーに足が向いた。そこに一人の若者を見て、自分と同じ臭いを嗅ぎ取った。まだ三十歳には間のありそうな、ひ弱そうな若者だった。ただそれだけのことだったが、数日後また同じコーナーでその若者を見た。熱心に本に見入っている男は、ＫＩＨの社名の入った封筒を持っていた。こいつＫＩＨの社員なのか、と思いながらも携帯電話のカメラでその男を三枚ほど撮った。こいつは使えるかも知れないという思いが頭を掠めた時、すでに古賀社長殺害の心が芽生えていたのかもしれない。秀栄薬品が九州制覇を企てるのに、立ちはだかった古賀丈治という男は、俺の敵だと感じた。ＫＩＨを取り込もうと何度も掛け合ったが、全く相手にされないばかりか鼻の先で笑うような仕草で、俺をバカにしきったように見えたのだ」

「あれは三月九日の金曜日だったな、朝からすっきり晴れて計画実行にはもってこいだったよ。ＫＩＨの少し先に車を停めて、古賀社長が出て来るのを待った。十時にやっと出て来た古賀の白いクラウンのあとを俺は暫く付けて、適当なところで追い越して停めさせた。車を降りて古賀の車に寄って行って、話しかけたんだ。〈以前おたくが使っていた坂下町の倉庫、ウチで借りることにしたんです。でも中に入ってみたら、シートの下にとんでもない物があったんです。警察に届ける前にちょっと見て貰った方が良いかと……。行ってみますか〉俺はすぐに自分の車に戻って、倉庫に向かって走った。思惑通り古賀は付いて来たよ。倉庫の中に入って古賀がブルーシートを捲った時、俺は前に回り込んでナイフで脇腹をブスリだ。倒れたところを仰向けにして腹に深くナイフを差し込んだ。人をさんざんコケにした奴も一巻の終わりさ。なんか頭の中のもやもやが消えて、心底すっきりした気分だった。少しすると、血の臭いがしてきたんだ。子供の頃のウサギからの臭いが想い出されてね、これはキッチリやらなければばって、着ていた服を全部はぎ取った。車から道具を出してまだ温かい腹を切り開いた。だけど、ウサギと違ってナイフじゃなかなか切れないんだ、結構力が要るよ。キッチン鋏だとスムーズに切れた。あの内臓から立ち上る臭いは酔えるね」

「脱がせた衣類はどうした」

「ああ、海に放り込んだよ、血を拭き取った布切れと一緒にね。あの場所、綺麗になっていただろう。随分時間をかけて掃除したからな」

少し上を向くような格好で椅子に腰掛けている将成の眼は、何処か遠くを見ているようだった。自分が何をしているのか、何処に居るのかさえ分かっていないようにも思えた。将成は神経が冒されてしまったのだろうか。それでも、慎吾は途中で言葉を挟むこともせずに、そのまま将成の語るに任せることにした。だが、それは必要のない心配だった。

「刑事さん、これ録音してるんだろうな。福岡で、また同じ話をさせられるのはしんどいからな。気分が乗った時ならいくらでも喋るぜ」

確かに今将成が話していることは、福岡県警が捜査をするのが筋だ。東京での捜査が終了した時点で福岡に移送され、古賀丈治殺害事件と秋吉利一殺害事件の両方の取り調べを受けることになるだろう。そうはいっても、被疑者が進んで事件を語っているのだから、あえて止める必要もないと慎吾は思った。部屋の外でも係長たちが聞いているはずだ。

「秋吉利一とは親しかったのかい」

「秋吉か、事を起こす前に三回ほど会って食事をしながらマニアックな話をしてやった。奴は親しい友人がいないと嘆いていたけどな。自分のことを分かってくれない友人なんて何の意味もない、つまらないよって言ってやった。奴の好きそうな本をプレゼントしてやったら、笑顔満面で喜んでいた。まあ最初から、犯人役を演じて貰うつもりだから、それなりに教育もした。古賀を殺った後暫くして会った時には、びびっていたね。〈腹を割いて内臓を引き出すなんて、秋吉君が殺ったんじゃないのかい〉って言ってやったら、すっかりその気になってしまっていた。〈僕、はっきりした記憶がないんだけど、自覚しないままに殺ってしまったんだろうか〉なんて悩んでいた。それなら丁度良い、その気になって自殺でもしてくれれば言うことはないんだ。結局事件の記事が載っている新聞を持たせて死んで貰った。奴の家は日中誰もいないんで、証拠品を隠すのは何の問題もなかったな、楽な仕事だよ」

長い時間に亘って拘留し尋問を続けたが、殺害した被害者への謝罪や哀れみなどの言葉はついぞ聞くことが出来なかった。そこまでいくと、心を失ったような将成がかえって哀れに思えてしまう。だがなんとも後味の悪い連続殺傷事件で、言って見ればシリアルキラーに属するのだろうか。将成は、この後福岡に護送されて、真実を追究されることになる。だがそれでも、ひょうひょうとして態度を変えないで居られるだろうか。いや、変えるべきスタイルは、既に捨ててしまっているやもしれない。あれが何も飾らない彼自身の本来の姿なんだろう。

将成の逮捕はたちまち九州中に知れ渡った。なにしろ、当時の組合理事長でもある（株）ＫＩＨの社長が残虐に殺害された事件だったから。しかも犯人が、よりによって競争相手の秀栄薬品の取締役総務部長だったとは。福岡を始めとする九州中の病院や医療機関の殆どが、秀栄薬品との取引を避けるようになり始めた。さらにそれらの関係者は、自分は裏金を貰った記憶はないとかゴルフや料亭の接待を受けた経験などないとか、言い訳に終始しているとの噂だ。

社長が殺害された事件の後、細々と生き延びていたＫＩＨは、九州医療関係者から見直され始めた。豊川将成の逮捕を機に業界は甦ったようで、古賀直輝は忙しい日々を送っているらしい。「お客は徐々に戻ってきてるよ、良い兆しだ」胃の痛くなる毎日が続いたがこれからは少しずつ良くなっていくだろうと、靖生に言ってきている。年が明けたら結婚式を控えているから、その準備にも大わらわだそうだ。

十二月十九日、山脇亮一の命日は、丁度五年目にあたる。その日慎吾は十時に、叔父の遺骨を預けてある寺院に出掛けた。まだ墓は建てていない。どんよりとした天気だったが、伊東係長と一谷刑事が来ていた。読経のあと、係長は事件の顚末を書いた文を供物と共に仏壇前に供えていた。

「あいつが逝っちまって、もう四年だな。遅くなったが、奴の名誉を挽回してやらなきゃならない。俺の仕事だ」

結果として叔父は非公式とはいえ、殺人事件を追っていたことになる。その犯人に殺害されたのだから、捜査中の殉職ということになるのだ。不名誉の死という汚名が残る、叔父の死への扱いを改めなければならない。その手続きをすることで、叔母や健太への警察の対処が変わってくるはずだ。すでに死んでしまった本人には、今更なんの影響もあり得ない。そうはいっても叔父の笑顔が甦ってくるように思えるのは、生きている人間の勝手な思いなんだろうか。

その日の午前中に、慎吾と伊東係長が柿の木坂の佐伯家を訪ねている。英明氏の死から四年九ヶ月後になって、事故ではなく殺人事件だったと判明し、その犯人を逮捕したことを位牌に報告し遅滞を詫びて来た。

ひと月ぶりだろうか、十二月二十一日、第三金曜日の夜七時過ぎ、慎吾は〈ｐｉｔ〉に顔を出した。その日も店内はほぼ満席の状態だった。相変わらずピアノトリオをバックに、アズサは魅惑の歌声で観客を酔わせていた。隅の席には古賀靖生と尾原祐希が見えた。そして、後部座席の中央には気取ったスタイルを決めた豊川嘉和が、鉄夫を横にして歌声に陶酔している。

ワンステージが終わった時点で、慎吾はアズサと靖生に捜査の終了を伝えた。話を聞いた二人は、結果の異常さに驚きを隠せないでいた。嘉和に疑いを抱いていた靖生は、全て将成のしでかしたことと知って、ただ唖然としている風だった。

年末も押し詰まった日、辛島慎吾は八王子の首都大学東京を訪ねて、佐伯英明の友人だった寺尾竜哉に会った。帝都大大学院を出た寺尾は、今は翻訳を片手間にこの大学で教鞭を執っている。四年前に起きた佐伯の死亡の原因は、事故ではなく殺害されたことだと伝えた。彼に手を下した犯人は暴走族上がりの若者で、パーソナリティー障害者の指示でやった傷害致死事件だったと報告した。そう、ことはサイコパスとかいう問題ではない、その枠を超えて精神障害という域の問題なのだ。当時捜査に当たっていた山脇亮一刑事もその障害者に殺害されたことを言うと、寺尾は暫く窓の外に視線を向けたままだった。佐伯の面影でも追っているのだろうか、慎吾はそのまま黙って部屋を後にした。

大学の校舎を出て、キャンパスを通り抜けて駅に向かった。葉を落としたプラタナスの梢が大空にくっきりと浮いて見える。何だか心置きなく飲みたい気分になった。そうだ、暫くぶりに芽衣を誘ってみようか……そんな心地でゆっくりと足を進めていた。

了

あとがき

この作品を書くにあたって、医薬品業界の話を千葉県在住の山南氏に聞かせて貰いました。
また、出版にあたりオフィス・ミューの扇田女史にご協力頂いたことも、お礼を申し上げます。皆様、本当に有り難うございました。

なお、この物語はフィクションであり、事実とは異なる部分があります。

〈参考文献〉

『よくわかる医薬品業界』　長尾剛司（日本実業出版社）
『今川義元』　有光友學（日本歴史学会編集　吉川弘文館）
『今川氏研究の最前線』　大石泰史編（日本史史料研究会　洋泉社）
その他、ネット資料の数々。

著者プロフィール
椎葉　乙虫（しいば・おとむ）
1942年満州に生まれ、横浜で少年期を過ごす。
その後、栃木、埼玉、大阪を点々とし、現在は伊豆に在住。
2004年に創作ミステリーを描き始める。
著書：『短編ミステリー集　冬隣』（2013年、青山ライフ出版）
『絡みつく疑惑』（2014年、青山ライフ出版）
『十月の悲雨』（2016年、ブックウェイ）

錯《さく》雑《ざつ》
アズサの歌が流れて

発　行　2020年10月1日
著　者　椎葉　乙虫
発行所　学術研究出版
〒670-0933　兵庫県姫路市平野町62
TEL 079（222）5372　FAX 079（244）1482
https://arpub.jp/
印刷所　小野高速印刷株式会社
編集・本文デザイン　オフィス・ミュー
http://shuppan-myu.com

ISBN978-4-910415-03-1